ハヤカワ文庫JA
〈JA1491〉

日本ＳＦの臨界点　新城カズマ
月を買った御婦人

伴名 練編

早川書房
8688

目次

日本ＳＦの臨界点　新城カズマ

月を買った御婦人

議論の余地はございましょうが

「……えーそれではお待たせしました、〈無所属統合ネットワーク〉公認の、田楽政樹《でんがくまさき》候補です！」

「御通行中の皆様、そして東京都一千万の有権者の皆様、田楽政樹でございます――」

（聴衆の拍手と歓声）

「――がんばっております、選挙戦も半ばを過ぎ、はいありがとうございます、ご心配ありがとうございます、選挙戦も半ば、まだまだ喉の調子はバッチリです。伊達に元オペラ歌手じゃございませんよ、はい」

（聴衆から笑い声、かけ声）

「あー、ありがとうございます。田楽です。ちゃんとね、えー、漢字で『田』『楽』、田んぼに楽しいと書いて田楽。あたしね、昔っから政治家がポスターに、選挙のですね、ポスターに自分の名前をひらがなにして書いてるのって、大嫌いだったんですよ。そうでしょ？　だって選挙民をバカにしてると思いませんか、ああいうの。読みにくけりゃあフリガナふればいいじゃないですか。投票の時にもフリガナふって、漢字で書いてもひらがなで書いてもいいってことにして、でなけりゃ名前にマルつけるとかね。いくらでも改善する方法ありますよ。

がんばって、はいありがとうございます、がんばっております。可愛い一人娘のためにもがんばっております。いやほんとに可愛いんですって、あたしの娘。母親のほうに似ましたから」

（聴衆の笑い）

「ま、ね、ほら、あたしゃもう、見た目、わかるでしょ。メタボっていうんですか最近は。予備軍どころか立派な正規軍の将校クラスですから。でも、うちの娘は違います、すら〜っとしてね、おまけに美人で。その娘のために、まだ小学校あがったばっかりですけどね、もうとっても可愛くて、あとでご覧に入れますよ写真を。

それであたしゃ最初、立候補しませんかっていうお話いただいた時はずいぶん迷いました。正直な話。

だって忙しくなったら娘と一緒にいられなくなるじゃないですか。もうね、可愛い盛りで、でもけっこうやんちゃで、ちょっと眼を離すとすぐに、はいご声援ありがとうございます、すっかり親バカでございます、漢字は読めますが空気は読めません」

（聴衆の笑い）

「でもね、〈ネットワーク〉の方がこうおっしゃった。田楽さん、その娘さんのために、娘さんたちの世代のために、自分たちは頑張ってるんです。頑張る覚悟です。田楽さんはご自分の可愛い娘さんのために、どこまで頑張る覚悟ができますか？――ハタ！　と膝を打ちましたよ、あたし。そうです、赤の他人の老若男女があたしの娘のためにがんばります、っつってんですから。こんなこと言われたら、男として引き下がれるもんじゃありません。ここは喉が嗄《か》れるまで、はいありがとうございます、おかげさまで体力だけはございます、ここはひとつご厄介になろうかなと立候補を」

（拍手）

「ありがとうございます、いろいろ勉強しておりまして、それまでは全然、政治のことなんか知りませんでしたけどね、なにしろあたし中卒ですから、はい勉強中です、まだまだ勉強中です、田楽政樹、田楽政樹でございます、田んぼを楽しく、政治をまっすぐ、田楽よろしくお願いいたします、ご通行中の皆様お騒がせしております、よろしかったらちょっと聞いてってください、はいそこのお若い方、いや選挙権なくても全然問題ありませんよ、そうですそうそう、みなさんのためにがんばってます田楽です。汗かいております、だいぶ体重も減りまして激痩せしまして、もうたったの百二十キロしかありません。それでいろいろ勉強しまして、あとパソコンも扱えるようになりました、今や時代は二十一世紀、これからはますますパソコンです、ケータイの時代です、キーボードなんかもうブラインドタッチできるようになりました、あたし。たとえばですね、こちらにあたしのケータイありますけど」

［ほらこのとおり］

「……ほら、このとおり。もう、喋るのと同じくらいに素早く打ち込めます。人間、なんでも慣れです。住めば都、慣れれば極楽。こういう新しい機械でもね、いくつになっても、やればできるもんです。そうでしょ、おじいちゃん。はい、ありがとうございます。機械は使いこなしてこそナンボです。あと、あたしのこの眼鏡。これですね、ここんとこに仕掛けがありまして、電話みたいに声が聴こえるんです。よく出来てるでしょ。日本製ですよ。まだまだ日本の技術も捨てたもんじゃありません。ねえそうでしょう」

（聴衆から、まばらな拍手。「もっと面白いこと言えー」の野次もあり）

「ありがとうございます、ご声援ありがとうございます。おっしゃるとおり、面白いことは大事です。みなさんね、えーみなさんの生活を、暮らしを楽しく、豊かに、幸せにするのが政治の役割です。だから政治家の言葉はもっと楽しくなくちゃいけません。先程もですね、政治家が選挙のときだけ名前をひらがなにする、なんかバカにされた気がする、そう申し上げました。不満はそれだけじゃありません。みなさんと同じ。政治家の喋り方って、つまんないですよ。わかりにくいですよ。ねえ？　演説の時くらい、こうやって街頭演説をして、はいありがとうございます、そういう時はせめてわかりやすく、面白く、ずばっと本気で本当のことを喋らなくちゃ」

《あーテステス、マイク入ります……先生、田楽先生、聴こえてますか？　ＯＫなら、そちらの端末から入力ください》

［無問題］

「しかも今回の参院選挙、今回から公職選挙法も改正されましてネット選挙が解禁です、他にもいろんな新しい技術が解禁になりました、日本製の技術です、世界に誇るメイド・イン・ジャパン、素晴らしい技術がみなさんの声を一つに集め、ようやく政治の世界を変えようとしております。政治の言葉は変わります、政治の」

《はーいＯＫです……聴衆の脈拍・呼吸・体温変化、今んところぜんぶ誤差範囲内で先生とシンクロしてます、そのまま盛り上げてってください》

［了解　ただし先生は禁止　まだ当選前］
《はい了解ー（笑い）入力きっちり読めてます、そのままよろしくー。あ、あと、あんまり上で動き回らないでください。この選挙カー、けっこう屋根が薄いみたいで、田楽さんが動くと車内のＰＣとか無線機が不安定に》
［了解］
「言葉はもっと楽しく、わかりやすく、すきとおったものになります。まずは言葉を正しくする。そしたら政治はまっすぐになる。ね、孔子さまも良いことおっしゃってます。政治は言葉です。あと、声ですね。声。いい声で喋る政治家が最近少なくなったと思いませんか、みなさん。若いみなさんも、とんと思い当たらないでしょ、いい声の政治家。昔はいたんですよ、いい声の政治家が。きれいな声じゃなくて、いい声です。だみ声だけどカッコいいとかね。
政治は声ですよ、よくとおる声、すっきりとした言葉、これがありませんと、みなさんに伝わらないし、みなさんの声に耳を傾けることもしなくなる。政治は声です。ありがとうございます、おかげさまで、なにしろ元オペラ歌手ですから」
（聴衆の拍手と笑い）
「技術解禁のおかげで、この街頭演説も、すぐに文字になって読めます。なんでしたらこの場で、この渋谷ハチ公前ですぐに読めます。エアタグに表示されてます。エアタグ、すごいですね、空中にペタリとシールを貼るみたいに、眼には見えない文字や画像を残しておくことができる、さらにコメントも書き込める、それをこのケータイのカメラや傘のスクリーンを通して見た時だけ、ちゃんと見えるってんですから。魔法の遠眼鏡《とおめがね》ならぬ科学の遠眼鏡です、ほんと長生きはするもんです。ですから」

〝なんか落語家みたい〟

〝さっきの 政治=声 なんか堀井憲一郎の『落語論』に似てる〟

「はいそうです、堀井憲一郎さんの『落語論』、あたしも読んでます。愛読してます」

〝え!? このコメント、読まれてるの?〟

「はいそうです、エアタグ、あたしのこの眼鏡を通して読めてますんで、お集まりのみなさんが書き込んだコメント、生で読めます。インタラクティブな街頭演説です、しかもご通行の邪魔になりません、はいどうぞ、ご感想どんどん書き込んでください。みなさんの声に耳をかたむけるのが政治です。あたしもエアタグどんどん貼ってきます、なにしろブラインドタッチでね、こうして喋りながらも打てますよ。セカイカメラと、あとはAiAi傘でも読めるようになっております。まあ、今日は良い天気ですから、AiAi傘お持ちの方はあんまりおられませんか、どうですか、あとは、えー」

《OtherGlass と SecondSight と Google Realtime で表示できます、Layar では見れません……けど、それは言わなくてもいいです》

「アザーグラスとかセカンドサイトとか、グーグル・リアルタイムなんかでも見れますよ。はい。ぜひどうぞ」

(選挙カー周辺の熱心な支持者が、携帯端末や AiAi 傘を取り出して空中にかざす。それを見た背後の聴衆が、順々に、手元の携帯端末をかざし始める)

「はいありがとうございます、がんばっております、あたしの演説、すぐにエアタグの中の文字になって読むことができます、お持ち帰りもできます、ご通行中のみなさま、お急ぎのところ、ありがとうございます、ささっとエアタグ拾ってくだされば、のちほどゆっくり読めます。のちほど、山手線に沿ってタグを周回させますんで──はい、周回型タグも出来るようになりました。アイコンはあたしの娘のアニメなんで、目が合ったらニッコリしてやってください。ちゃんとお返事します。コメントもつけられますので、ぜひ」

〝まじで〟

〝面白い　さっそく記念カキコ〟

〝記念〟

〝リンク〉　田楽政樹のブログ／ツイッター／公式ホームページ〟

〝Sangi.in で田楽の当選確率が上昇中〟

《はい、聴衆の平均体温ちょっと下がり気味ですー。なんか軽めのネタお願いします、それから政策のほうへ振ってくださーい》

「了解」

「ぜひよろしくお願いいたします、可愛い娘のためにがんばっております、あ、今」

（選挙カー内に腰かけている少女の姿が、ライブ動画エアタグとして空中に浮かぶ。聴衆の歓声、拍手。少女は含羞《はにか》んでいたが、やがてカメラにむかって右手を振る）

「出ました、ほらね、可愛いでしょ。いや可愛いだけじゃないですよあたしの娘、すごいんですよもう天才じゃないかってくらいで、ケータイいじらせたらあたしよりすごい。ブラインドタッチでパパパパーってね。ほんと天才ハッカー並みで。将来楽しみですよ、こないだもあたしんとこ来ましてね、ねえパパ赤ちゃんってどうやったら出来るの？　なんつって。あたしゃびっくりドキドキしまして、そういうことはもうちょっと大人になってからね、ってそしたら娘ったら、いいもん自分で検索するから、つって後ろ手にしたまま、こうパパパパ、ピポピポピポって何か入力してるんですよ！　もう大変で、しょうがないんで、お小遣い減らすよ！って言ったら泣き出しちゃいましたけど。はいありがとうございます、さようですか、最近はどこのお子さんもそれくらいはできますか、はい親バカでございます。

　でもね、子供ってのは本当に凄いです、デジタル・ネイティブってやつですか、もうすっかり親よりグーグル、そういう世代です。しかも毎日どんどん成長します。未来は既にやって来て」

「「立候補を取り下げろ」」

「だれ　？　」

「ます。ご声援ありがとうございます、がんばっております。はいコメントありがとうございます、ちゃんと政策を聞きたい、子供の話はもういい、わかりました政策の話をいたします。争点、今回の参院選の争点は、なんといっても経済です。経済。昨年の総選挙で政権交代がおき」

「「誰でもいいさ。立候補を取り下げろ。この演説中にだ。さもなければ、おまえの娘に重大な危険が及ぶだろう」」

「だれ　だ　　！！？？」

《はい？　どうしました、先生？――もしもし、聞こえてます？》

「無問題　だいじょうぶ　スパム・メールらしい　」

「ました、本格政権交代、たしかにおきました、しかし良くなりましたかみなさん。みなさんの暮らし。どうですか。

　お金の巡りは血の巡り、社会の大切な潤滑油です。景気は悪い。確かに悪い。デフレ宣言しました。二番底も来ました、さらに三番底も！っておっしゃる評論家の方もおられます。もう大変」

《スパム？　妨害ですか？　もしかして対立候補の――》

「かもしれん　眼鏡のスクリーンに　直接　文面　送りつけてる」

「［対立候補ではないよ。ただし、妨害というのは正しいがね。おまえが立候補を取り下げないかぎりは］」

「です。みんな大変な目に遭ってる。お集まりのみなさんも大変です。ご近所も大変です。うちの近所の商店街も大変です。うちの一人娘だってお小遣い減ってます。とにかくデフレ・スパイラルだけは避けなくちゃいけない。

　そのためにはどうすりゃいいのか。何を変えればいいのか。たった一つ、たった一つです。みなさん。一つだけです。

　一人あたりＧＤＰの増加です。

　ＧＤＰってなんですか。国内総生産です。国内・総・生産。難しい？　難しいですよね。あたしだってわかりません」

（聴衆の笑い声と野次）

「こんなカクカクした漢字ばっかりの言いまわしじゃ、わかりません。じゃ、どういうことなのか。こういうことです。GDPとは、この国の、お金の巡りのことです。お金が巡るってことは、売り買いがあったってことです。売り買いってのは、モノが動いたか、モノの権利が動いたか、サービスをしてもらったか、とにかくみなさんのあいだで何かが動いたってことです。その証拠としてお金が動いたわけです。お金は便利ですけど、それを食べたり楽しんだりするわけにはいきません。あれは単に何かが動いたかどうかを教えてくれるにすぎません。肝心なのは、みなさんの気持ちが、楽しさが、豊かさが動くってことです。社会が動くってことです」

「［おまえの周囲の人間――おまえの大切な人間に危害が及ぶことになる。そして、妻に逃げられ、両親や兄弟とは没交渉。おまえが気にかけている人間は、この世にたった一人しかいない……いや、それさえも最近は放ったらかし気味かな？　選挙運動で忙しくて、娘の相手もしてやれない。それどころか情勢が厳しくなったとたんに応援運動にひっぱり出して、動画まで見せびらかして、奥様票を狙い始める。たいした政治家様だよ、まったく。――これは我々からの最終警告だ。今すぐに、この街頭演説のあいだに、立候補を取り下げろ。おまえの大切な］」

［ふざけ］
［［これが冗談だと思うかね？　我々はおまえの情報をすべて握っているんだ。こうやっておまえの SecondSight に侵襲できているのが良い証拠だ。なんなら、今おまえの足の下、車の中で退屈そうにしている娘さんにむけて強力なレーザーを照射してみようか？　眼球が焼ける臭いというのは、なかなかに乙《おつ》なものらしいな。それとも、おまえのキャッシュカードの暗証番号を全世界に公開するほうが、むしろ効果的かな？　一桁目は９］］
［よせ！！！！］
「あたしたちが生きて暮らしてる、心が動いて社会がポカポカ温かくなってゆく、その温かさを勘定したものがＧＤＰ、国内総生産というわけです。もちろん万能じゃありません。人間だってね、体温だけで健康かどうかなんて解りませんよ、あたしなんかいつもポカポカしてます、娘がこうやって抱きついていますと、パパあったかーい、ホッカイロみたーいってね、冬場はむこうから飛びついてきましてね。可愛いもんです。夏は、あっち行って！って蹴られますけど」
（聴衆の笑い）
「だから社会の体温以外にも、いろいろ見てなくっちゃいけません。体温だけじゃダメです」

《田楽さん!?》
［うるさい　無問題］
［［ふん、どうもスタッフの音声が邪魔だな——しかたない、そちらからの返答はこのアドレスへ入力しろ。我々にしか見えないようになる。下の連中には適当にごまかして、黙らせておけ。我々のことは一切伝えるな。少しでも伝えたら娘の命はないと思え］］
［［　だれだ　なにが目的　だ］］
「ダメですけれど、体温が下がり始めて止まらなくなってる時は、危険信号です。重大な危険信号ですよ。これはとっても解りやすい信号です。社会のどこかが悪くなってる、弱くなってる、そういうことがいち早く読み取れます、だから便利なんです。万能じゃないけど便利です。ですから使わせていただきます。
　デフレってのは、そういう暮らしの動きが少なくなっていく、どんどん少なくなりまして社会の体温が下がっていく、そういうことを言うんです。これはいけません。あんまり体温下がりすぎたら、いろんな病気になっちゃいます。悪いウイルスにやられちゃいます。ふだんは平気で蹴散らしてるウィルスでも、こういう時は厄介な敵になりかねません。ウイルスはこわいですよ。昨年もね、もうみなさん大変でした、おぼえてらっしゃるでしょ新型インフル。うちの娘も学級閉鎖、学年閉鎖です。しかもインフルですから、おもてに遊びにも行けない、もう一日中こうやってケータイでネットしてましてね、またあたしんとこ来て、パパ赤ちゃんってどうやって出来るの？　なんつって」
［「目的は、おまえが立候補をとりやめることだけだ。さっき伝えただろう？　そうすればおまえの娘にも、口座にも、危害は加えないさ。まあ、どちらがおまえにとって大切なのかはちょっと確認してみたいものだが。そうだろう？　離婚も、けっきょくは金でもめたのが原因だった。今回の立候補だって」］
《田楽さん！　返事してください！》
［無問題　ただのスパムだった　もうＯＫ］
《そ、そうなんですか？　なんでしたら眼鏡の予備を――》
［無問題　無問題］
［「借金の肩代わりが条件だった。違うかね？　〈ネットワーク〉は、世間に顔の知られた広告塔が欲しかった。おまえは政治の「せ」の字も知らず、だがやつらの誘いに乗った。なんの信念もなく。おまえはただの、耳触りの良い声を出すだけの、やつらのための」］
「まあそれはいいんです、はいありがとうございます、さっきやったネタです、すみません。じゃあどうするか、ウイルスを蹴散らすにはどうすればいいのか。
　体温をまずは回復させるんです。どうやって？　政府の無駄をへらす？　当然やらなくちゃいけません。緊縮財政？　でも、あんまり減らしすぎたら、かえって社会の体温も下がっちゃいます。政府だって社会の一部、というか元々はみなさんが頑張って働いて、そこから税金を集めまして、その税金がすなわち政府ですからね。みなさんのものなんです。じゃあ赤字国債？　そりゃ体温をあげたいからって酒かっくらったら、一晩くらいはポカポカします、けれど翌朝は二日酔いだ。これはつらいですよ。あたしも経験あります。みなさんもね、どうですか。どっちも無理がある」

[「うるさい」]

[「やつらのための拡声器だ。誇りもない。魂もない。信じているのは口座残高だけの」]

[「　うるさい!!!」]

[「図星を言われると、さすがのおまえも動揺するか？　数値が乱れてるぞ」]

《田楽さん、バイオメトリクス乱れてます、どうかしましたか？　聴衆の平均とズレ始めてますよ！　田楽さん！》

[わかった　リカバーする」

[「どうやってリカバーするつもりだ？　深呼吸でもするかね？」]

「じゃあどうしますか。やっぱり成長です、成長。

でもですね、成長ってそもそも何なんでしょうね？　緑を削って、河をせき止めて、みんな青白い顔して通勤列車でギュウギュウ詰めになるのが『成長』ですか？　苦しくなるのが『成長』ですか？

違うでしょ。違うはずですよ、ねえ。

一人ひとりが、もっと幸せに暮らすことですよ。明日が今日よりも良くなるかも、豊かになるかも、面白いことあるかも、という希望がもてること。そうです。成長ってのは希望のことです。なにかが変わるかも、っていう可能性のことです。チェンジする可能性のことです。

そしてそのためにこそ、お金は使われるべきなんです。あなたにとって何が楽しいことなのか、何が面白いことなのか。あたしにとって何が幸せなのか。あたしの可愛い娘にとって何が豊かさなのか。人それぞれです。誰か他の人に決めてもらいたくはありません、決められるものでもありません。さきほどもね、あたしのギャグに大ウケしてくださった方、はいありがとうございます、ウケてくださった方おられました、そのいっぽうでぜんぜんウケてなかった方もおられた、人それぞれってのはそういうことです。みなさん一人ひとり違うんです」

「図星なんだろう。認めたらどうだ。おまえみたいな人間が、人間のクズが、政治家などという地位についてもいいのかね？　結婚相手を幸せにできなかったおまえが」

［「だま　れ　」］

「だから、そのために、お金が便利に使えます。お金は大事なんじゃなくて、便利なんです。政府がお金の使い道をいちいち細かく決めるよりも、あなたがた一人ひとりが、自分に合った使い道を選んだほうが、けっきょくは手っ取り早いんです。で、みんなの意見が一致したところは、大きなお金がどーんと必要なところは、政府がどーんと集めてどーんとやりゃあいい。

でも、そのためにはキッカケが必要です。みなさんが希望をもち、その希望が成長になり、成長が社会の体温を上げてこの国の経済が発展する。そのためには、どこから始めたらいいんでしょ」

［「それどころか、ひとり娘すら幸せにできていないおまえが。どうなんだ？　おまえにそんな資格があるのか？　おまえのような男が」］

「一人ひとりの希望と成長、これを難しい言葉で『一人あたりＧＤＰ』って言うんですけど、これを大きくするには、どんな方法があるんでしょうか。

世間じゃ、いろいろ言われてます。いろいろ言っている方おられます。外国から移民を受け入れるとか。お年寄りの皆さんにも働いてもらうとか。人の数が減るのは仕方がないから、みんなでちょっとずつ我慢しあって仕事を分け合うとか」

［「あるいは田舎にひっこんで、畑でも耕すというのはどうだ？　おまえには、それがお似合いだと思わないかね？」］

［「ちがう　！　おれは」］

「違いますよ。どれも違います。そんなことじゃ楽しくなれませんよ、あたしたちゃあ。すくなくとも、あたしは楽しくないです。あたしの可愛い一人娘が可哀想です」

《田楽さん！　イエローゾーンです！　ツイッターの実時間集計も、まずいことになってます！　リカバーお願いします、いつもの声で！》

「はい、がんばっております、ありがとうございます。〈ネットワーク〉の共通マニフェストでは、ベーシック・インカムの導入を提唱しております。最近話題のベーシック・インカム、最低限所得保障でございます。最近は小難しい横文字がぽんぽん出てきちゃいまして、あたしゃもうよくわかりません。ねえほんとに、リストラだー、アイ・ティーだーってね。そしたらもうなんかツイッターとか、スケールフリーとか、クラウド・コンピューティングとか、なにがなんだかほんとにもう」

〝出た　ベーシック・インカム〟

〝賛成〟

〝反対　労働倫理が崩壊する〟

〃記念エアタグ〃

〃なぜ田楽の娘はあんなに可愛いのかと小一時間〃

〃サキコたんの動画があると聞いて(ｶﾞﾀｯ〃

「ベーシック・インカム、ようするに、お金あげちゃおうってことです。全国民に。決まった額を、毎月です。そんなに多くありませんけど、それだけあれば憲法で保障された最低限の文化的生活を営むことができる、そういうシステムです。今でもやっております、似たようなことは。生活保護だ年金だと、今でも何だかんだ言って、国からみなさんに現金お渡しするのは、すでにやっております。福祉関係予算はもう大変な額です。しかもいろんな方法で、いろんな役所でバラバラにやっております。おかげでいろいろ問題おきちゃって、はいご声援ありがとうございます、おまけに地域振興券だー定額給付金だー、と最近はどんどんベーシックでも定期的でもないインカムを、国が、みなさんにお支払いするようになってきてます。もうほとんど、やってるようなもんですよベーシック・インカムを。

だったら、そういういろんなあれやこれやを一元化しまして、しかも審査とか面倒な手続きをなくして、それで国のお仕事を減らして、一律ぽーんと払っちゃいましょうと。いや、私は要りませんて方は返してくだされば良いんですけどね。あるいは、どっかにそのまま寄付しちゃうとか」

「「おまえはどうするんだね？」」

「「鵜　る　さい」」

「「変換を間違えてるぞ。どうした、いよいよ焦ってきたか？　もう降参するかね？　立候補なんかやめて、田舎に帰るほうが気楽じゃないかね？」」

「でも、全員に最低限の生活費を渡すってのは、どうなんでしょう。そんなことしたら、みんな働かなくなるんじゃないの？って心配する方おられます。あたしだって最初に聞いた時、そう思いました。そうですよねえ、そうでしょ？　なにもしなくたって国からお金もらえるんですから、すくなくとも食べていくだけのお金もらえてね、それでまあ寝るところくらいは自分で用意しなきゃダメですけど、でも食べてけるんだから、こりゃあ楽チンだ、もう働くのやめようってね、そう思っちゃいましたよ、あたしも。

でも、よく聞きましたら、べつに働いてもいいってんですよ。

働いちゃダメ！ってんじゃなくて、ベーシックを頂戴して、そのうえで働いてもかまわない、働きたい人は働いても全然オッケー。

あ、なるほどね、とあたしゃ膝を打ちました。そこが今の生活保護とは違うんだな、と。

てことはですよ。今、この生活保護を受けてらっしゃる方々、この、全国で一五〇万世帯くらいですけど、働きながら保護もらってる方々は毎月収入申告する手間がなくなる、そしてプラス・アルファでがんばりたい方、やる気のある方、手に職もって、技術や知識のある方は働く、好きなだけ働く、それでもって世の中のためになるものを作ったり、いろんなことをしたり。そういうことになる。なります、ええ。人間というのはそういうもんです」

「「そんなに有名になりたいのか？　そんなに金が欲しいのか？」」

「「ちが　う」」

「もっと言いますとね、やる気と下らないプライドいっぱいの、でも実は無駄な仕事を無理矢理作り出して働かせようとしてるだけの人たち、そういうちょっと残念な人たちにスローダウンしてもらう。無駄な道路とか、ダムとか、そういうのを作ろう！とシャカリキになってる方々に、ちょっと頭を冷やしてもらう。そういう効果だって、あるかもしれませんベーシック・インカムには。どうですか？　面白いでしょ？

だいたいですね、ベーシック・インカムがダメだってんなら、じゃあ現在すでに世の中にちゃんとあるベーシック・セキュリティはどうなんですか。

警察署とか消防署とか、あれってベーシック・インカムと同じでしょ。ねえ、そうです。同じです。お金のかたちでもらってないだけで。この国に住んでるみなさん全員に、わけへだてなく、依怙贔屓《えこひいき》もなく、みーんなが恩恵にあずかれるというやり方。ずっと昔はこういうふうじゃなくって、みんな自力で村を盗賊から守ったりね、侍を雇ったり——ほら黒澤明の『七人の侍』、御存じですか、ご覧になってますか、日本が世界に誇るクロサワ、はいありがとうございます、えーですからああいうのですよ、ベーシック・セキュリティがない社会っていうのは。あっちのほうがいいんですか？

　ベーシック・インカム、これを受け取る口座を全国民につくります。銀行につくりたい方は銀行でおつくりいただいてもいいですが、〈無所属統合ネットワーク〉では、情報口座というものを考えております。

　またまた難しい言葉、出てきちゃいました。情報口座。なんでしょうこれは。

　これも昨年でしたか、ちょっと話題になりましたグーグルブック検索。いろいろ揉めましたが、根っこは同じです、あれと。

　今、雑誌が売れなくなっている、雑誌が広告をとれなくなって大変厳しい、そういう話がございます。書籍も大変です。本屋さんも大変です。グーグル問題、そういうところへやってきまして、さらにはｅブックリーダー、ネットから本や雑誌や新聞をダウンロードしてくる端末が出まして、他にもいろいろ出まして、もうどんどん話がややこしくなりました。

しかし、本当は単純な話です」

[「ちがう」]

[「おまえは　何がしたいんだ？　大事な一人娘とやらを、公衆に晒してまで」]

[「ちがう　おれは」]

「グーグルのやっていることというのは、要するに、みなさんにアカウントをつくってもらいたいんですね。アカウント。聞いたことあります？　日本語にすりゃ簡単ですよ、みなさん御存じだ。ほとんどの人はもう持ってます。

口座ですよ、口座。

銀行にお金預けますでしょ？　奥さんも、けっこうたっぷり預けてるんじゃない？　どうです？　いや、あたしゃ全然からっきしですけどね。

で、銀行にお金預けて、口座を作ります。カードも作ります。

銀行のカード、最近便利になりましてね。指紋認証とかね、ええ、新しい機能がつきましたんで窓口で交換してください、新しいのを発行します、とか言われちゃいましてね。

あのカードを取り替えるとき、『いや、わしは古いカードが好きなんじゃ！　これは一生手放さんぞ！』なんて言う方、いらっしゃいます？――いないでしょ？

あれと同じです。

情報を読む機械が、肝心じゃないんです。口座が肝心なんですよ。口座。わたしの、あなたの、奥さんの、おじいちゃんの、若いみなさん一人ひとりの口座。本人確認してくれて、自分のものが引き出せる仕組み。

これさえありゃあ、カードを新しくしようが通帳のデザインが変わろうが、ぜんぜん問題ない。

前にもね、そう、銀行がどんどん合併したことありました。そのたんびにわたし窓口行きましてね、通帳を新しいのに替えましたけどね。でもわたしの口座は一つになって便利になりました。そういうことです、そう、そこのうなずいてるおねえさん」

《先生、それ、おばちゃんですけど――》

［いいんだよ！］

「わかってらっしゃる。すばらしい。〈ネットワーク〉が提案しておりますのは、お金の口座じゃなくて、情報の口座です。お金は数字がずら〜っと並んでるだけですけど、情報口座はいろんな本の内容や写真や映像がいろんな順序に並んだり繋がったりしてます。

そういう情報口座、ネットのデータ収集口座と、ベーシック・インカムの受取口座を、ひとつにまとめます。

公認を、えー、あたしが公認頂戴しております〈無所属統合ネットワーク〉の、えー、マニフェストではそういうことになってます。

でも、えー、あたしなりのプラスアルファを付け足してもいい、ってのがこの〈ネットワーク〉の決まりでして、はいありがとうございます、がんばっております、それで自分なりのマニフェスト、マイフェストを出してもいいということになっておりますので、はい、今からあたしのマイフェスト出します。

〈ネットワーク〉が公認しておる候補の中には、年金の改革によって、えーリバース・モーゲージならぬリバース年金という方法を考えておられる候補もおります。みなさんが国から年金を受け取る権利を、いったん企業に買い取ってもらいまして、今すぐに何割かを現金として受け取ってしまう。残り半分はゆっくりと受け取る。ただし、そのうちさらに何割かは、そこの企業の商品を買うというかたちで受け取ります。なかなか過激なアイデアでございます。〈ネットワーク〉の中でもそれはさすがにどうなの？って声もあります。でもね、こうしたいろんなアイデアをですね、知恵を、持ち寄りまして、ご意見うかがってですね、オープンに議論していただいて、それを政治の場で活かす。これが民主政治ってもんじゃないでしょうか。オープンに議論しよう、でもふだんからダラダラやってるんじゃ国会と同じで面白くない、それなら、いっそのこと」

「〔おまえは、本当は、どうしたいんだ？……〕」

「選挙運動期間に集中してワイワイやってみよう。この方法、いろいろとですね、議論の余地はございましょうが、はいありがとうございます、〈ネットワーク〉にも共通マニフェスト、ございますけれども、そこに各自がちょっとずつ加えたり改善したり、いろんなかたちになって成長してまいります。

日本は広い国ですよ。いろんな文化や伝統がございまして、地域ごとの伝統、歴史、いろいろございます、もっとこうバリエーションもたせなくちゃいけません、それで誰かがいいアイデア出したらそれがぱーっと広まる、そうやってみんなが豊かになる。豊かになるっていうのは、そういうことです。選択肢がたくさんあって、あっちで失敗してもこっちの成功から学べる、誰かが手助けしてくれる。〈ネットワーク〉は、そうやってこの選挙戦自体をひとつの議会にしよう、と。選挙のあいだに、みなさんの意見を集めまして、議論を進めて、どんどん進化していきましょうと、こういうやりかたです。

ですからあたしも、あたしなりにちょっと改良したアイデア出しますんで。今、出ます。はい、それではエアタグのほうをごらんください」

《え、今すぐ出すんですか⁉　来週じゃなくて⁉　まだ動画の準備とかBGMとか全然——ちょちょっちょっと先生⁉》

［こっちでやる　無問題　あと先生言うな］

「はい、はい今こうやってこの小さなケータイに親指で、こんなふうにして打ち込んでます、はい速いです、あたし生で、ライブで公約を入力してますからね史上初ですよきっとこれ――はい――はい上手く出ましたら御喝采――はい出ました、はい」

〝お〟

〝これってコピーできるの？〟

〝記念〟

「国民全員にロボットを貸し出します。リースします。ずーっと。ロボット、えー最近はなんですか、架空人とか言うんですか、あたしが子供の頃はロボットとかモビルスーツでしたけどね」

《……なんか動画、出しますか？》

［たのむ］

「お、出ました。見えますか、はい、えー懐かしいですね、これファーストの、しかもTV版ですね。いや懐かしい。昨年の夏でしたか、東京のお台場で、ずーんと立ってました。あたしも娘連れて観に行きましたけどね、もう大仏様みたいで、ついついこう手を合わせて拝んじゃいまして、そしたら娘も手を合わせて、さむい時代になったとは思わんかね〜、と」

（聴衆のごく一部のみ、大きな笑い）
「ま、それはともかく、えーこういうのが昔のロボット、モビルスーツとかね、そういうのでした。でも今はずいぶん変わりまして、もっと小さいのとか。アイボとかアシモなんかですね、かわいいタイプありますね。うちの娘も」
《アイボとお嬢さんの動画、出しまーす》
「昔、アイボとよく遊んでまして、ええ、そりゃもう可愛くて。ほらこれこれ、ねー可愛いでしょ。うちの娘が」
（聴衆の笑い声）
「でも最近はですね、こういう硬い金属で出来てなくても、いろんなタイプの架空人、あちこち出回ってます。で、考えました」
［「ごまかしだ」］
［「ちがう」］
「さきほどコメントの中にも、労働倫理が崩壊してしまうのでベーシック・インカムに反対、という声ございました。その点、ご心配のほどは重々わかります。〈ネットワーク〉の中でもその点いろいろ議論ありました、新しいアイデアも出てまいりました。そのうちの一つがベーシック・インカムならぬ、ベーシック・アセット――最低限資産保障という

方法です。これならばその問題はおきません。資産をどのように運営するか、それは個々人の才覚次第、知恵を絞って資産を使いこなすか、資産を元手に手広く商売を始めるか、あるいは資産を売り払って額に汗して働くか、そこはみなさん一人ひとりが選んでいいんです。

ＧＤＰを増やすために、移民をたくさん入れようと言う方おられます。移民には反対だ、日本の文化が崩れてしまう！とおっしゃる方もおられます。ですが、そもそも移民を増やしただけでは、ＧＤＰ全体は大きくなるかもしれませんが、一人あたりＧＤＰが増えるかどうか保障のかぎりではありません。ベーシック・アセットでしたら、そうした問題もおきません。国が全国民に渡す資産というのは、ロボットというかたちをとります。あるいはネットの中を走り回る人工知能というかたちをとります。それを使って、みなさんが働いたり、商売をしたりする。一言で言いますと、日本人の能力を……技と力をパワーアップするんです。

さっき申し上げました、はいこれです、こちらのエアタグ、ＧＤＰの定義でございます。よーっく御覧ください。ね？」

［「おまえは何も信じていない。預金口座の他には」］

［「ちがう」］

「違わないさ！」

「ちがう　おれは　しんじてる　しんじたい　んだ！　むすめのために　おれがちょっとでもむすめのために　むすめのじんせいのためになる　ためになることを　いいことを」

「Per person……一人あたり……でも、人の定義、どこにも書いてないです。ていうことは、あたしたちがヒトの定義を新しくしてもいい、ってことなんです」

「いいことを　なにかを　してあげられればと　しんじたくて　おれにも　なにかできるんじゃないかって　だから　りっこうほの話　が来た時におれ　は」

「このですね、経済っていうゲームのルールは、これはですね、あたしたちが、みなさんが、書き変えてもいいんです。チェンジしていいんです。イエス・ウィー・キャンです。とんでもハップン歩けばジュップンです。

ベーシック・アセットとして貸し出されたロボットや人工知能たち、つまり架空人ですね、これとペアになって働いたり買物をしたり電気を使ったりするあたしたち自然人、このペア自体をひとりの日本人として定義し直します」

「俺は　信じたいんだ」

「嘘をつけ！　おまえは娘のことなんか、ちっとも大事になんか」

『「信じたいんだ!!」』

「生産性も、どーんと上がりますし、でもちゃんとそのぶん消費力も上がります。ということは一人あたりGDPも増えます。ロボットだってエネルギーが必要ですからね。これまでの倍くらい一人あたりの消費力、購買力があってもおかしくない。

しかも、この架空人たち——政府から貸し出すんでもいいし、自治体とか広域連合ごとに出すんでもいいですよ、これの消費性向は、こちらでコントロールできるんです。

不況になりかけたら、架空人の消費の割合をちょっとだけ増やしてみる。

景気が過熱し始めた時は、架空人の消費を抑え気味にする。

そこんところは、各自治体なり広域連合の議会が決めればいい。なんなら議会もすっとばして、みなさんが毎日投票すればいいんです——どうやって？ 簡単です。だってみなさんの隣には、一人に一台、電子ネットワークにつながってる架空人がいるんですから。これにむかって、意見をつぶやけばいい。べつにボタン押してもいいですけど。

いや、つぶやきもボタンも要らないかもしれませんよ！ ふだんのなにげない一言、なにげない買物、なにげない散歩、そういったおこない全てこれ情報であります。みなさんの暮らしを、情報として隣の架空人が便利に吸い上げて、通信して、集計して、統計処理して……」

「「嘘をつけ！　嘘をつけ！」」

「「　ほんとう　だ！　おれは　さっきまではちがった　そうださっきまでは　きのうまではおまえのいうとおりだった　みとめる　だから　むすめにはてをださないでくれ　でも今は　いまは」」

「……そこからあたしたち自身も気づいてない『あたしたちの真意』をあぶり出せばいい！

若いみなさんのあいだで最近流行《はや》ってる言葉、一般意志2.0ってやつです、あたしたちの毎日のデータを一般意志2.0に送りつけまして、混ぜ合わせまして、醗酵させまして、いろいろ便利な、まったくあたらしい何かを、そこから引っぱり出してもらいます。一般意志2.0、あたしも最近耳にしたんですけどね、ええ、うちの娘のお友達の美人のおねえさんから。もちろん、うちの娘のほうが美人ですけど。

日本はこれからです。いろいろ変わります。いろいろ」

「「今は　信じてる　！　！」」

「変えます。可愛い娘のために、みなさんの娘さん、息子さんのために、田楽政樹、なんでもやります。はいありがとうございます、ご声援ありがとうございます。――」

＊＊＊

――街頭演説が無事に終了してから十五秒後、選挙カーの中。

「咲子！」

「パパ？　どうしたのそんなに慌てて……暑いってば、だからぁ。夏はハグしないでって言ってるじゃん！」愛らしい少女は、右手で父親を押し返した。彼女の体型は確かにすらりとして、どこにも肥満の兆候は見られなかった。「ねえ、どうしたの急に。何かあったの？……泣いてるの、パパ？」

「ああ無事だった、よかった咲子、咲子！　いや何でもないよ、何でもない。おまえさえ無事ならいいんだ、ああそうだとも！　それだけでいいんだ！　そのために頑張るんだ！」

「だから暑いってばあ」

「田楽さん、何があったんですか？　田楽さん⁉」

「何でもないさ――何でもないんだ！……」

少女の、背中にまわした左手の中の携帯端末を高速ブラインド入力する技は、間違いなく父親譲りだった。つけ加えるならば、悪戯《いたずら》好きで早熟な天才ぶりは彼女が母親から受け継いだものだった。

ギルガメッシュ叙事詩を読みすぎた男——H氏に捧ぐ

遠い昔。神様はひさしぶりに地上を見おろし、あまりのひどさに驚いた。

「なんということ。犯罪と戦争と環境汚染ばかりではないか。もう怒ったぞ、洪水でぜんぶ流してやる。しかし、獣や鳥を一から作りなおすのは面倒だ。出来のよいものだけ残すとしよう」

さっそく、地上でいちばん真面目で手先も器用な人間を探し出した。

「ノアよ、よろこぶがいい。おまえの命は助けてやる」

「わっ、なんですいきなり人の家《テント》の中にあらわれて。プライバシーの侵害だ」

「なんという言いぐさ。まさに神をもおそれぬ所業。こいつも流してしまおうかな」

「なんだ神様ですか、これは失礼。ちょっと酔っぱらっていたようです。先日発明した、このワインという代物《しろもの》、じつに美味《おい》しくて」

「器用だが暴走しがちな性格もあいかわらずだな。まあよい。ノアよ、わしは洪水ですべてを滅ぼすことにした。おまえたち一家は助けてやる。そのかわり世界じゅうから生き物を集めて保護するのだ。わかったか、ノアよ」

「いきなり仕事の依頼とは、そっちこそあいかわらずですな。どうも気にくわない。それに、なぜわたしの名前を連呼するんです。しかも呼び捨て。個人情報の漏洩だ。人権無視だ。せめて仮名にしてください。エヌ氏とか」

「わかったわかった。ではエヌ氏よ、造るのは長さ三百キュビット、幅は五十キュビットで、中身は三層構造の……」


しばらくして神様がまたやって来た。

「エヌ氏よ、方舟《はこぶね》はどこまで完成した」

「はあ、あまり進んでいません。じつは叙事詩というやつにハマってしまって。材木を買いに町まで行ったら、これが大流行中。ギルガメッシュ王の一大ドラマ、恋と友情、冒険と裏切り、面白くって読みやすい。おまけに挿絵もついてます」

「なんと。仕事をさぼって嘘話を読みふけっていたとは。これだから人間は。滅ぼしてやる……いや、それはもう準備中だった。とにかく方舟をさっさと造るのだ」

「お言葉ですが、粘土板も大事です。人は方舟のみにて生くるにあらず。そういえばギルガメッシュ叙事詩にも洪水シーンがありましたな。もしかして神様、パクってませんか。パクリはいけません、パクリは。まずはオリジナリティ。そしてキャラ立ち」

「これだから読者という人種は。すぐに批評家ぶる。エヌ氏よ、今後は粘土板を読むのは禁止だ。仕事をせい、仕事を」

「はいはい」

　ノア（というかエヌ氏）は仕事にとりかかったが、真面目な性格のため、細かいところが気になりだした。

「まずは、積み込む生き物の一覧と輸送計画か。輸送中に死なせては元も子もない。家族だけでできるだろうか。予算をしっかりたてて無駄を省かないと。船内配置も難題だ。ライオンの隣にシマウマは寝かせられない。それに洪水中の航行ルート。辺境の山頂にでも漂着したら荷下ろしが大変だ。そういえば神様は舵や帆のことを言ってなかったぞ。こんな大きな船、どうやって操舵しろというんだ」

　頭をかかえつつ、ともかくエヌ氏は計画を練る。三人息子も手伝うが、なにしろ初めてのことばかり。

「父さん、蛇も方舟に乗せるんですか。そもそも、あいつらのせいで我々は楽園を追放されたはず」

「文句は神様に言ってくれ、セムよ」

「父さん、クジラは積み込まなくても問題ないのでは。船内にも余裕ができます」

「そこをなんとか頼む、ハムよ」

「父さん、どうしてぼくらは仮名じゃないんです。人権無視だ、プライバシー侵害だ」

「ええいヤペテめ、この忙しい時に。呪われてしまえ。だめだ、とても全部の計画を憶えておけない。待てよ。読むのは禁じられたが、書くのはかまわないだろう」

かくしてエヌ氏の膨大な計画を記した粘土板が、方舟建築現場に積み上げられる。大きくて重たい板は作業の邪魔、しかもすぐに置き場所不足。エヌ氏は羊の皮にインキで書きとめることにした。

「やあ、これは便利。小さく、軽く、持ち運べる。これからは携帯の時代だな。値段は高いが、文明復活のためだ」

「おおエヌ氏よ、はかどっているようだな」

「これは神様。もちろんです。建造も積み込みも航海も、文明復活まで完璧です」

エヌ氏は計画のことを言っていたが、神様はそうは受け取らない。

「はて、まだ洪水はおこしておらんのだが。もう成功した気になっている。すごい自信だな。楽しみにしているぞ」

「万事まかせてください」

神様が去ると、真面目なエヌ氏はさすがに不安になった。

「ちょっと言いすぎたかな。文明復活プランだけはまだ手つかずなんだ。こんど神様が見回りに来るまでに仕上げなくては。しかし、文字どおり史上初の事業。どう計画したものやら」

幾日も悩んだあげく、ふと、叙事詩のことが頭に浮かんだ。

「そうか。肝心なのはキャラ立ち。どんな子孫が生まれ、どう活躍するか。それを決めよう。恋と友情、冒険と裏切り。王国や帝国も設定する。これは楽しそうだ」

叙事詩を読ませてもらえない不満もあったのか、エヌ氏はすぐに数百年ぶんの未来の歴史を書き記した。

いっぽう天使たちの準備は滞《とどこお》りなく進み、暇になった神様は毎日エヌ氏に催促する。

「どうだエヌ氏。まだか。もうできたか。そうか。それ急げ。まだか、まだか。ではまた来るぞ」

「いちいちうるさいなあ、神様は。だいたい性格が悪い。もしくは人間を愛してないとか。待てよ、このアイデアはいけるぞ。愛する神。そして自分の息子を地上につかわす。名前はイエスにしよう。どんな敵にもノーと言わないキャラ。これは新しい。そして地上に楽園が成立。でも、そう簡単にいくかな。やはりドラマが必要だ。友情と裏切り、悲劇的な死。息子の女房たちにも受けるぞ。そろそろ女性層も意識しないとな」

イエスの物語が書かれ、さらにその後二千年の文明盛衰が付け足された。

「イエスの教えは、皮肉にも世界じゅうで戦争をひきおこす。帝国の分裂、民の苦しみ。蒸気機関と植民地。新型爆弾。テロと戦争。大国はとうとう中東に派兵。大混乱。すべての希望が失われたと思われた、その瞬間――」

その瞬間、洪水がやってきた。ノアと家族は未完成の方舟ごと押し流され、全人類はもちろん獣も鳥も魚も草木も微生物も滅び去り、だからその後のあらゆる文明も、王国も、恋も冒険も、友情と裏切りも、物語も、もちろんこのショートショートも、なにひとつ実現することなく消え去り、だから今までこの文章を読んでいたあなたも本当は存在せず、作者である僕も存在せず、あなたも僕もノアの書き遺した羊皮紙の表面の文字に他ならず、仕事が終わって暇になった天使たちが波間に浮かぶ羊皮紙を拾いあげて読みふけっている瞬間だけ実在している（つもりになっている）にすぎないのだ。

アンジー・クレーマーにさよならを

Primus

ホルヘ・ルイス・ボルヘスは掌篇『もうひとつの死』（一九四八年）において「並行して存在する複数の過去」という題材をあつかっている。

同じ題材——いや、むしろ観念というべきだろう——を、いささか意外なことだが、リー・ハリスの"Civilization and Its Enemies"（Free Press社、二〇〇二年）の文中に僕は最近発見した。

ハリスの書物は9・11テロ以後の合衆国が採った外交政策に関する哲学的擁護であり、幻想文学ではない。彼の議論を要約するならば、おおよそ以下のようになるだろう。

——野蛮と文明とを分かつのは容赦無さ《ruthlessness》の有無ではなく、それをどこまで馴致《じゅんち》し得るかにある。文明社会は自らの裡《うち》に「容赦無き《ruthless》小集団」を常に保ちつつ、しかもその暴力原理に社会全体を乗っ取られぬよう制御し続けなくてはならない。血族原理に依拠する社会は、たとえ地下資源のせいで偶然に莫大な富を得ようが、突如として暴力の制御に長《た》けるわけでもない。血族主義から離翔し、個人主義を基本としながらも個々人の協同《チームワーク》を可能にした社会にのみ、それは可能なのだ。歴史上初めて協同《チームワーク》への離翔を成功させたのが古代スパルタであり、その遺産を受け継いでローマが、また近代西洋社会が生まれ、その最新の進化型が他ならぬ現在の合衆国なのだ。——

スパルタを共和制の祖とする議論は古い。プラトンが愚痴のように言い出し、ポリュビオスが記し、キケローに影響を与え、モンテスキューを経由して現在に至るものだ。その論自体に不思議はない。ただひとつ、ハリスのスパルタ観が歴史的事実に即していない、という点を除けば。

実際のところスパルタの二重王権《diarchy》は世襲制だったし、長老会《ephores》もまた家柄によって選ばれた。虚弱な者が幼児のうちに殺され、若者も親元から離れて鍛錬されてはいたが、それは個人を尊重したのではなく軍事的側面を優先させただけである（そしてスパルタ人には軍事を極端に優先する事情があった……ドーリア系の支配層一人に対して先住民奴隷《helotai》が二十人もいるという人口比の問題が）。

この不可思議な錯誤が、ハリス氏の単純な知識不足に起因すると考えることもできる

（とはいえ彼は齢《よわい》十四で大学に進学した秀才で、「哲学者の中の哲学者」と呼ばれる人物だ）。もしくは、哲学的議論は歴史的事実と無関係に成立するという古い経験則を持ち出すことも可能だろう。

僕が『もうひとつの死』を思い出したのは、その時だった。

ボルヘスは、神の全能性によって「二つの過去が併存する可能性」を説明している（そのため二つの過去はほぼ並行しつつ、やがて一方が他方を呑み込んでゆく）。ハリス氏が神の代わりに何をもって「もうひとつのスパルタ」を想像し得たのか、ここでは詮索しない。ともあれ、この不思議な並行は僕の想像力を刺激した。彼らの（スパルタ人のではなく、ボルヘスとハリスの）ひそみにならって僕は古代スパルタの過去を、あり得たかもしれない——しかし事実ではない——歴史を、想像することにした。

もちろん、舞台をスパルタに限る必要はなかった。同じモチーフによるまったく別の歴史、古代地中海とは縁もゆかりもない場所と時代、戦士階級でない人々を主人公とした物語も、また可能だろう。例えばこんなふうに。

2

「……リー・ハリスが教科書だなんて、やる気が失せると思わない？　嫌になっちゃうほど愚劣だもの」

そう言って輦奈《れんな》は、テキストを削除《け》そうとしました。春の香りで、あたりいちめん霞《かす》もうかというほどに、並木がうつくしい坂道です。のぼってゆく輦奈と四人の級友たちを、花びらは優しくつつみます。ソメイヨシノは、国じゅうのひとたちの努力のおかげで、先ごろようやく復元《もとどおり》になったのです。

あんのじょう、輦奈の掌の中で、画面の文字列はびくともしません。彼女は制服の裾をゆらし、唇をきゅっと尖らせました。

「そんなことができたら大変でしょうに」

級友たちが笑いますが、輦奈は納得しません。

「そうかしら？　昔は自由に消せたというじゃないの。そりゃあ、たしかに、もっと不便で、遅くて、電気も記憶媒体も高価な時代ではあったけれど。あたしの手の中の情報を、あたしがどれだけ書き換えようと、それはあたしの自由でしょ。そうじゃない？」

「じゃあジーンを荷卸《ダウンロード》してくれば？」

「教科書のことなの。あたしが言ってるのは」

「昔は昔、今は今よ」

「でも！」

と。……

「あぁ、ウィルスだわ！」

だれかが言ったとたん、

「あら」彼女たちのかわいらしい唇が、きれいにO《オー》のかたちに揃います。「ほんとうだ、こちらにも来たわ」

「こちらにも」

「こちらにも――」

「沙羅、お願いね！」

沙羅と呼ばれた娘が頷きます。この一見目立たない女学生は、なにかとすぐに検索したがる子で、それがまた（彼女は最近流行《はや》りの合《ごう》でしたので）とても速いものですから、輩奈たちもついつい任せ勝ちになっていました。

沙羅の制服が、きらきらと反応《いろめ》きます。ウィルスを解読し、いそいでワクチンを喚《よ》び出しているのです。

白い腕がのびて、級友たちに触れてゆくと、肌から肌へ、微弱《かすか》な電気信号が産毛《うぶげ》をくすぐります。少女たちの制服は次々と綺羅《きら》めきます。外からはわかりませんが、彼女たちの肌着も同じく七色に点滅しているはずでした。それはまるで、坂道の選ばれた一角を、虹色の嵐が吹き抜けるかのようでした。

輦奈の制服は、しかし、ほとんど彩りを変えません。

同じ女学院の生徒とはいえ、多少の裁量はゆるされているのです。近頃の輦奈は、制服の演算能力を四倍増にする代わり、外見《みため》は抑えてありました。そこまで速度が速ければ、演算時間を電網《フラー》で切り売りしても良さそうなものですが、彼女はこのひと月ほど――とある友人に影響されて――それも止めていたのです。

「ミュラー型?」

「いいえ、ベイツ型だわ。まったくもう――」

最近《ちかごろ》は質《たち》が悪くなったものだわ、と級友たちはいっせいに憤慨しました。ウイルスは、いつものごとく家族主義者だったからです。女学生が連れ添うのを見かけただけで、あれはきっといかがわしい関係に違いあるまい、これだから人口減少が止まらないのだ、とばかりにウイルスを送りつけてくる輩《やから》が近頃とみに増えているのです。

電動車《くるま》の列が、車メロを奏でながら、かたわらを走りぬけてゆきました。サティのジムノペディばかりが、三台も続きます。危険防止のための対人指向ですから、音楽はすぐに聞こえなくなりましたが、葦奈は胸が高鳴るのを抑えられません——三台が続いた偶然よりも、その選曲じたいに、ひどく運命的なものを感じてしまったのです。

突然の動悸《ときめ》きを、友人たちに悟られぬようにと葦奈は、

「そろそろ充電したほうがいいかもね、みんな」

ぶっきらぼうに言いました。もともと彼女の口ぶりは、しおらしい乙女のそれというよりは、意志の強そうな少年に似るところがありました。学院のなかでも彼女は背が高く、髪も短く、そのうえさっぱりした性格でしたので、女子ばかりの小さな世界ではもっとも貴重な『王子様』に擬せられ、頼られる性《しょう》があったのです。

さっそく葦奈たちは坂道の途中にある電気柱へ駆け寄り、スカートの裾を触れさせるのでした。

それはまったく、ほんの少し前までは珍しかった光景、今ではすっかり定着し、けれど一部の大人たちは反感を捨てきれない光景、すなわち、世の中のすべてがつながっているという証でした……有線で、無線で、レーザーで、そして街じゅうにある、のっぽの電気柱で。

「みんな完了？」

ひとりがいうと、

「あたしは完了」輦奈がいちばん早く答えます。「じゃあ、送信開始ね」

　電気が安価に手に入るぶんだけ、こちらからも何かを返さねばなりません。次々と柱に触れる掌から、彼女たちの個人情報が、電子の凹凸となって柱に吸い込まれます。今週の流行色、好みの音楽、授業中の私語、悩み事、憧れの先輩の姿……少女たちがここまで譲り渡しても良いと各々決めたところまで、滔滔《とうとう》と電子の市場へと注ぎ込まれてゆくのです。

　近くの屋敷の庭先で掃除をしていた中年の女性が、彼女たちのほうを横目で睨んでいました。古い世代、個人情報のやりとりを好ましく思わない人権世代であるのは、間違いなさそうです。もしかしたら筋金入りの家族主義者かもしれません。

「おほん！　人権の拡大とは、すなわち売買可能な情報の増大であります」

　昨日の工哲学で老教授から学習《まな》んだばかりの定理を、輦奈はあてつけがましく暗唱しました。級友たちは、すぐに調子を合わせ、唱うように続けます。

「人権は、奴隷を消費者に変換するんであります。人権とは即ち所有権であり、自由とは即ち自己を所有するの権利です。なんとなれば、売るためには、人は先《ま》ず所有しておらねばならんからです」

「近代社会においては生産のための法人と機械人が、消費法人と消費機械人に先行して開発されたがために、自然人は消費を担当するの性向が強化されるに至りました」

「すなわち近代人権思想とは、経済成長促進技術に他ならんのであります。——」

少女たちは、いっせいに吹き出したかと思うと。

こちらで手をつなぎ、あちらで腕をからめ、新任の女教師についての噂や明日の予定などを肌越しに送信しつつ、朗《ほが》らかな笑い声だけをのこして坂道をかけのぼるのでした。

と。——空が曇ると同時に、坂道のてっぺんに一人の痩せた娘があらわれました。

日を翳らせたのは彼女のせいではなく、成層圏中継所でした。気流に負けじとエンジンを働かせ、超高高度で静止する大型の熱気球型プラットフォームです。どうしたことでしょうか、今日はこの街の上にまで流されて来てしまったようでした。

蔭の下で、葦奈たちの軽やかな靴音は、ぴたりと止みました。

「エルミだわ」

沙羅の一言に、級友たちは、触れあう掌越しに電子の囁きを交わします。

「そうね。エルミだわね」

「ほんとだわ。どうしたのかしら」

「どうもしないわよ。あの娘《こ》はいつだって、おかしなところにあらわれるんだもの」

「そうよね。だってあの娘《こ》ったら——」

坂の上の娘の姿は、遠目には輦奈たちと少しも変わるところがありません。けれど、古風な眼鏡と頬の雀斑《そばかす》、それに長い三つ編みは、素のままでもなければ複でも合でもない、まぎれもなく重《じゅう》の徴《しるし》なのでした。

下りてくるエルミは、三つ編みをゆらしつつ分厚い本を、それもわざわざ顔を覆い隠すようにして、耽読《よみふけ》っている様子です。『フランケンシュタイン——あるいは現代のプロメテウス』という題名であることは、すぐに見てとれました。

「わざわざ紙媒体で読まなくても、いいと思わない？」

「あてつけっぽいわよねえ」

「まったくだわ！」

級友たちの反感は、故無きものではありません。——この眼鏡の娘は、特別学級に属していたのですから。

特別学級は、山の上に建つ女学院のなかでも、いっとう奥まった森の片隅にあり、全寮制と決まっていました。暮らしているのは重ばかりで、相同遺伝少女《メアリ・シェリィ》も少なくありません。

この国の大半の場所と異なって、その一角は情報電力網《フラー・ネット》にも参加せず、すべて自前の電《でん》樹《き》でまかなっていました。電樹というのは空にむかって細長く伸びるチューブの集まりで、太陽の熱を鏡の葉で根元に集めて風を生み出し、幹を通って枝先から吹き出すその熱風で電気をおこしながら自らの重みも支えるという、人工樹木なのです。それらが幾十と並んで立派な森を成し、大きなものは百メートルを優に超えます。いっとう太い幹の真上には、修繕用の気球がぽっかりと繋留《つなが》っていましたが、もちろんそんなものがなくても倒れたりしません。

エルミが、読書に没頭したまま、どんどんと近づいてきます。制服の色合いが、葦奈の級友たちに比べればだいぶ地味《シック》であることも、この距離ですとはっきり見分けられました。陽の光から電気をつくれるスティルドレスです。男性用のスティルスーツに比べたら表面積が小さいので、発電能力は少しばかり劣りますが、それでも街を歩くくらいならば問題ありません。

エルミはすれちがう時も、声もかけず、それどころか本から顔をあげようともしません。葦奈たちのグループも、ぷいとむこうをむいて、無視しています。

けれど、その一瞬。

小さな鞄をもったエルミの右手の先が、仄《ほの》かに、まるでそよ風を受けた蒲公英《たんぽぽ》のようにゆれたとたん、たまたま（あるいは、まさに折よく）一団の端を歩いていた葦奈の、制服の袖に接近《ちかづ》き、触れ合って。

ふたりの間に、電子の言伝《ことづて》が走りぬけたのを、だれも気づく者はおりませんでした。

「……ねえ輦奈？　話、聞いてる？」

級友のひとりが腕をつつきます。エルミはとうに坂を下り、見えなくなっていました。

「え、聞いてるよ、もちろん。なんだっけ？」

「ほら、やっぱり聞いてないじゃないの。あのね、私ね、こんど小説を書いてみることにしたのよ」

「へーえ。どんな？」

「歴史ファンタジーなのよ。古代のスパルタを舞台にして」

「わーお」輦奈は口をO《オー》の字にします。「そりゃあすごい。出だしは？」

「〈海の民〉の侵略からよ。前の学期にやったところ。それに単式簿記の弊害がくわわって、古代地中海の経済が一気にくずれてしまって、おっそろしい暗黒時代がやってきて、それから――」

Tertius

……〈海の民〉が双斧《ラビュロス》の帝国の栄華を根こそぎ喰らい尽くしてから、すでに十数世代がむなしく土と還り、表土をわずかながら豊かなものにしている。

聖都ウィルーサ（この由緒ある名称も、今後千年を経ずしてまずはイリオスに、さらにはトロイにとって替わられよう）もまた、今では灰燼《かいじん》にすぎない。

多くの村が避難者によって占められ、互いに争いつつ、まずは文字技術を、やがて平和を失ってゆく。いずこの民も王を欠いており、団結を習得しそこない、裏切りと不信のうちに四散する。万人が万人に対する不安を抱き、少々の生産と幾多の略奪がくりかえされる。

それが暗黒時代であることを、ペロポネソス半島の住人たちは意識していない。歴史という意識は知識人を必要とする。そして文字師たちは遥かナイルの懐に逃げ込んで、旧・双斧《ラビュロス》帝国圏のいずこにも——それこそ北の〈黒き畔《ほとり》〉から南の〈紅の海〉にいたるまで——生き残っていない。

活発に動き回るのは、傭兵団のみである。かれらはまた山賊であり、海賊でもある。ある夕暮れ——季節はおそらく秋だろう——森と丘陵の挟間で、そうした集団のひとつが、別の集団と不意の遭遇戦を始める。

短い槍と長い矢が飛び交い、やがて（実力も人数も拮抗していると双方が理解したころに）一時休戦となる。かれらは野蛮ではあるが、愚かではない。鏃《やじり》は奪われやすく、槍は折れやすい。戦闘力を消費すべき対象は豊かな漁村であり、こんなところで無駄足を踏んでいては、いつなんどき第三の傭兵団に奇襲をうけないともかぎらない。

森の端で、かれらはじっと睨み合う。いずれも二十人ほどの集団で、子供と呼んでよいほどに年若い戦士たち（それは文明が崩壊していく際の、これ以上ないくらい明確な兆《きざ》しだ）を多く含んでいる。裸の餓鬼《ギュムノパイディアィ》どもめ、とかれらは互いを罵《ののし》りあうことにする。そうして日没の寸前に、双方からひとりずつ、交渉者が歩み出る。

ふたりの名前は（当然のように）伝わっていない。しかし、ここでは仮にいっぽうをプロクレス、もういっぽうをエウリュステネスとしよう。

ラコ＝ダモス、と南から来た少年プロクレスは己の属する傭兵団を紹介する。その意味は『水面《みなも》の者ども』である。伝説的な〈海の民〉の獰猛さにあやかってはいるが、かれの装いに航海民族らしさはない。

エウリュステネスのほうは尊大で、あくまでも強気にふるまう。テュロスの緋《ひ》に染められた外衣《うわぎ》は長く、身の丈に合っていない。前の所有者が立派な大人であったことはまちがいない。腕に嵌《は》めた銀細工は南方の蛇を象《かたど》り、首飾りの琥珀は北方の光を宿す。それらがかえって、かれのくぐりぬけてきた激戦の数を物語っている。

交渉は挑発であり、武勇伝の交換でもある。野卑な言葉が交わされるうちに、どちらも拝火《はいか》の民であることが知れる。二人は驚き、顔を見合わせる。どうやらこいつらは、他の傭兵団とは異なるようだ。あるいはわれらと同じく、失われた〈黒き畔〉から逃れてきた者なのか?……

夜風が吹き寄せ、二人の少年は引き際を考える。そうして星の河が天に浮き出るよりも早く、負傷した互いの配下の補償がまとめられる。支払いには、鉄と銅が用いられる。黄金はいずこでも通用するが、少々柔らかすぎて、かれらの好みにあわない。

夜が深まる前に、焚火がおこされる。獲物となるべき漁村は遠く、負傷した仲間の世話もある。相談（おもにエウリュステネスの大声が議論のゆくえを決めるのだが）の結果、大小一つずつ、二組の篝火《かがりび》が少年たちの頬を照らすこととなる。

火の神への挨拶が終わるや否や、果実酒を詰めた革袋が、若い戦士らのあいだを行き来する。はじめはこれまでの略奪の手際の良さを、やがては適当にでっちあげた祖先の武勲を、かれらの酔った舌が自慢げに編み出す。

エウリュステネスは両腕をひろげ、大猫の毛皮を背負った狩人の物語を語る。狩人は天の鳥を捕らえ、最後には雷《いかずち》の息子であることが明かされる。プロクレスは抑えた語り口で、南の仲間たちと共に、遥か東なる〈葦の海〉で九本脚の大蛸と戦った男の運命を再現する。

月は動き、星は巡り、酒と篝火が少年たちの絆を堅きものとする。かれらの詠う物語もまた、喧噪と冗談にまみれながら、一つの命ある塊へと変わってゆく。三世代を経ずしてそれは完全に融合し、狂える勇者ヘラクレスの冒険譚となるのだが、もちろん少年たちはそのことを知らない。

最後まで酔いつぶれずにいたプロクレスは、東の空の白むころに、半ば目覚めたまま不思議な夢を見る。

朝焼けに身を起こしたエウリュステネスが、かれの肩をゆすって笑う。おまえは隙がありすぎる、と。

プロクレスは夢の一部始終を語って聞かせる。防壁も井戸もない奇妙な都市について。その内を巡る無数の車輪と、冷たい炎について。空には船が舞い、肉と清水は尽きることなく、美しい乙女たちが煌《きら》めく衣をまとって微笑む。かれは問いかける、これはいかなる兆しだろうか？　われわれ二組がここで交わったのは、いかなる神の仕業か、あるいは死霊の差し金なのか？

エウリュステネスはさらに大声で笑い、こう言ってのける。——夢占《ゆめうら》なぞ、今は亡き聖ウィルーサの亡霊に任せておくがいい！　神々がわれらにどのような宴を用意していようと、かまうものか。われらは村を襲う。鉄を奪い、黄金を溶かす。壁無き都市とやらに乙女らが居るならば、それもよし、この手で奪ってみせようではないか。

思慮深いプロクレスは、新たな盟友の剛胆さに感心する。しかしそれでも、かれは内心で問うことを止めない。

われらの出逢いと、この夢とには、関わりがあるにちがいない。われらは、いかなる運命を背負い込んだのだろう。それは偉大な何かを生み出す道か。それとも、これまでに見聞きした数多の傭兵団と同じく、些細な戦《いくさ》にやぶれ、夜の深淵へと消えゆく道か？

4

葦奈とエルミが親しくなったのは、ひと月ほど前の日曜日、とあるウイルスがきっかけでした。

その日、葦奈は駅前の公園で級友たちといっしょに売春をしていました。もちろん、目の前に買い手がいるわけではありません。彼女の実時間身体感覚《リアルタイム・データ》が電網《フラー》へ売りに出される、というだけのことです。そうしたデータがどのような目的に供されているのかは、葦奈たちの関知するところではありません（いちど売った感覚は、跳ね返《フィードバック》ってこないのですから、当然です）。

　春休みの公園には彼女たちの他にも、売り買いをしている人が大勢いました。その大半《ほとんど》は若者です。

　一見したところ、楽器を奏でていたり、ようやくほころびはじめた花を眺めたりしているようですが、服が瞬いているのは網《ネット》につながっている証拠です。なかには、身ぶりも受け答えもすべて自動操縦《オート》にしておいて、ほんとうの意識は網《ネット》の中に居続ける人さえいるかもしれません。通信設備がととのっている公園は、そうした若人《わこうど》の憩《いこ》いの場でした。市のお偉方も、危ない都会の繁華街で夜中にこそこそ売り買いされるよりはと、この一帯を渋々整備して、開放しているのです。

　愉しそうに散歩道を駆けていた輦奈は、

「あ、売れた！」

　会心の笑みをうかべ、休憩所の椅子にふわりと腰かけました。

「私はまだだわ」

「私もよ」

「いいなあ、輦奈はいつも早くって」

「運が良いだけだってば。さあて、さっそくお買い物、と!」

身体《データ》を売って得たお小遣いを、彼女たちが家まで持ち帰ることはありません。その場ですぐに費やして、有名タレントの遺伝情報《ジーン》を写しとってくるのです。

　葦奈たちは、おもてには現れないイントロンがもっぱらでしたが、裕福な学生たちのなかにはエキソンを写してきて、顔かたちさえ変えようという者もいました。そんな彼らの親御さんや教師たちはたいそう怒って、家族主義のパンフレットをふりかざしたりするのですが、それに抗して若い人たちも、最新の表現型主義はどうの、自他同一性《alidentity》の権利がどうのと、たいそう姦《かしま》しいことです。

　女学院は、もともとがジーンのデザイナとして財を成した篤志家が創立したものですから、学業に響きさえしなければ、という寛容な態度でした。けれど、お小遣いがいくらあっても足りない昨今、葦奈たちの感覚売春も回数が増えつつあることは否めません。

「ほんと、何でも高価《たか》くなっちゃってるんだから!」

　制服を瞬かせながら(春休みとはいえ制服着用は規則でしたし、感覚《データ》はいかにも女学生という装いのほうが高値で売れるのです)、葦奈は思案しました。瞳の奥には、網《フラー》の囁きが動画となって映し出されています。

「こういうインフレって、やっぱり機械人さんたちの陰謀としか思えないよ。さもなきゃ重たちがどこかで……」

そのとたん——葦奈の叫び声、そして意識を失った彼女の、椅子もろともに倒れる音が、級友たちを驚かせ、公園じゅうの監視カメラを惹きつけました！

「葦奈！」

「どうしたの葦奈……葦奈!?」

まちがいなく、それは悪質なウイルスでした。

ある映画俳優のジーンを買おうとしたとたん、彼女の服の中へそれは滑り込み、繊維の中の素子《そし》を組み替え——そこから強烈な電磁波をとばして、神経《こころ》の中まで入り込んできたのです。

「薬を！」

級友のひとりが懐から緊急用のカプセルを取り出し、液《リキッド》械《マシン》を葦奈の喉へ注ぎ込みます。

しかし、それでも彼女は反応しませんでした。

「だめだわ！　もう抗体が古くなってる！」

「そんな！……」

少女たちが呆然と立ち尽くすところへ——曲がりくねった散歩道から、スカートをひらめかせ、荷物も放り捨てて、ひとりの娘が駆けつけたのです。

それはエルミでした。

瞬く間もあらばこそ、三つ編みの娘はすばやく自分の上着と、それどころかその下の薄いブラウスまでも脱ぎすてて、周囲の級友たちを（そして彼女たちを経由している世界中の目撃者たち数万人を）気にしたようすなぞ微塵もないままに、輦奈の身体にかぶせたのです。

重の服装ならではの電磁防護作用……手際の良い、そして大胆極まりない措置が輦奈を救ったのだと、皆が気づくまでにしばらくかかりました。

輦奈が目を覚ますと、三つ編みの娘は何事もなかったかのように再び制服をまとい、こう言ったのでした。

「——それではごきげんよう」

Quintus

……傭兵団は成長を続け、有力な都市を手に入れる。世代が交替し、記憶は神話となって王権を支えてゆく。

都市国家スパルタの黎明期に、二人の少年戦士は兄弟として置かれる。多くの歴史が語るとおり、都市は〈弟〉の屍《しかばね》の上に築かれる（ギルガメシュとエンキドゥ、カインとアベル、ロムルスとレムス、あるいは桓武帝《かんむてい》と早良皇子《さわらのみこ》のように）——しかしスパルタの創始者たちは、殺し合う定めにはない。二つの王家を解釈する装置として、プロクレスとエウリュステネスは語られてゆく。

あの酒と篝火の夜は、かくして永遠に報われることになる。少なくとも、スパルタ自身が陥落するまでは。

同胞の絆が、すべてに優先される。スパルタの貴公子たちは血族の枷《かせ》から放たれ、同胞として戦地へと赴く。かれらは各地の諸都市と激しく衝突する。まずはアルゴスと、そしてやがてはアテナイと。

国境紛争をくりかえしたあげく、かれらは妥協点に到達する。四年毎に競技大会が催され、都市の主権者たちはそのたびに和平更新の儀式を執り行なう。スパルタびとの多くは、なんとも莫迦ばかしい所業だとこの試みを嘲笑する。こんな子供騙しが、いつまでも保つわけがない。

もちろんかれらの予想は外れ、大会は年を経るごとに大がかりになってゆく。

先住民対策と他の諸都市への外交的必要との板挟みとなり、スパルタびとは嫌々ながらいる。

も遠征軍を組織する。行く先には、古い島がひかえている。その地で数百年の昔に双斧《ラビュロス》の帝国は滅び、わずかな遺産を食い尽くしたミュケーナイ人の王国も、すでに忘れ去られている。

島の遺跡は、派遣軍にとって無気味な謎でしかない。隊長（おそらくはエウリュステネスの血をわずかに受け継いでもいるだろう）は、土に半ば埋もれた陶器の縁を軽く蹴り、故郷へ戻る日を夢見る。

やがて文字が東からやってくる……当時の便利な輸入品が凡《すべ》てそうであるように。テュロスとシドンの商人《ポエニキ》たちは、目新しい「母音文字」をあやつってみせる。貴公子たちは眉をひそめる。発音のすべてを書き残すというのは、いかにも労力の無駄としか思えない。言葉の本質は常に子音にあったし、これからもその事実は変わるはずがないのだ。

だがまたしても、かれらの批判は的外れに終わる。当初は野蛮な代替技術として、やがては必要不可欠な武器として、「新しい文字《アルファベット》」は定着してゆく。

派遣軍司令官の孫にあたる青年（かれは三人目の男子であり、戦闘訓練の成績はお世辞にも優秀とはいえない）が、戯《たわむ》れに、かれの先祖の伝説を「新しい文字」を用いて記してみる。三十年を経て、それはスパルタの詳細な歴史書へと成長する。――さらに百年のち、戦乱のなかで歴史書は尽《ことごと》く失われる。

どこからか、サティのジムノペディが耳に届きます。それはエルミの好みで、近くにいると合図代わりに送ってくるのです。

6

公園の一件から、葦奈とエルミは、級友たちには内緒で逢うことが多くなっていました。初めのころは、負い目と反発心で頬を染めた葦奈がエルミにむかって送信をくりかえし、着信拒否が設定されていると知れるや、直《じか》に森の中の寄宿舎まで押しかける、といった次第でした。

それがやがて、図書室での遭遇となり（そこで二人はお互いの読書歴の一致を発見したのです）、週末の公園でのすれちがいとなり、廊下で偶々《たまたま》近づいた時には肌越しの通信となって。……

初夏の風の心地よく髪を撫でる頃には、特別学級のある森の一隅《かたすみ》で、ふたりだけの会話を愉しむのが、すっかり日課のようになっていたのです。

エルミの家族のことや、どうして重になったのかも、すでに葦奈は聞かされていました。

エルミの父君は優秀なプラスチック分解師で、彼女の生まれる前から人工島で働いていたのです。微小機構《ナノマシン》に発癌性のあることはそのころすでに知られていましたが、事故の規模はあまりにも大きく、技師たちのみならず、島に住んでいた家族たちまでも巻き込みました。治療は後手にまわり、おおぜいの人が倒れました。エルミも身体の大部分に手を加えることで、ようやく命をとりとめたものです。

「でもあたし、重の人たちのほうが電網《フラー》にたくさん入ってるんだと思ってたよ」葦奈が何の屈託なくそうしたことを口にするのは、二人がどれだけ親しくなったかの証でもありました。「だって重の人って、辺縁系にまで手が加わってるんでしょ？　合はうわべを加工してるだけだし、複だってせいぜい器官や四肢《てあし》を直すくらいだし……やっぱりすっごく便利じゃないの！　ハッキングとか、音楽を聞いたりとか！」

「それはそうでしょうけどね……こちらに言わせれば、どうして皆がジーンのコピーをしたがるのか理解できた例《ため》しがないわ」

「そうなの？　ぜんぜん普通だけどな、あたしにしてみれば」

「でしょうねえ」

草むらに腰かけたまま、エルミはくすりと笑います。だからあんな目に遭ってしまうのよ――と瞳のきらめきが語っていました。

「そのことはもう言わないでってば。とにかくね、エルミ、あんたはちょっとばかり慎重すぎるってこと。沙羅なんか欠肢嗜好《BIID》だっていう証明書をお医者さんからもらうのに親と大喧嘩して、とりあえずは合で我慢してるらしいけど、そのうち複になりたいなあって言ってるくらいだよ」

「あまり好ましいこととは思えないわ」エルミは大真面目に首を振ります。それがかえって、戯《ふざ》けた仕草に見えてしまうのが不思議です。

「だって、体を変えてくってことは、自分が、ほんとうに自分のものになるってことだよ？　ピアスとか、タトゥーとか、ジーンとか。ぜんぶ同じことだよ」

「でも……」

「ほんとに一度も取ってきたことないの？　ジーンのコピー」

「ないわ」

重であるエルミが、かえって人一倍そうしたデータ取り込みには慎重であるのは、輦奈にも得心がいきましたが、いったん勢いのついた弾み車はなかなか止まりません。

「ちょっとだけでもやってみたら？　面白いよ」

「でも……」

「なによ。あたしの勧めじゃあ嫌だっての？」

「そ、そういうわけでは……でも、でも……」

「だいじょうぶだって！」

　輦奈は、意地悪さを愉しんでいる自分に気づきました。輦奈を救う時にはあれほど大胆だったエルミが、こんなに臆病なところがあるとは……それを知ってしまっては、よけいに勧めたくなるのが人の気持ちの面白いところです。

「じゃあさ、こうしよ。最初はあたしのと交換でいいから。これなら安全でしょ？」

「輦奈の？」

「そ。どっかから買ってきたものじゃないよ。正真正銘、あたしのジーン」

「それは――」三つ編みの娘はしばらく思案してから、答えました。「――とても興味深いわね」

「じゃ、話は決まりね！　どこから入力？」

　そう言われたエルミは襟をそっとゆるめ、細い肩のうしろから、タッチパネルを取り出しました。彼女の肌そっくりに、それは薄く、滑らかで、ノイズひとつない薄紫色の表面なのでした。仄《ほの》かに、一輪の薔薇が、立体透写《うきあが》っています。

「わーお」輦奈は思わず声を上げていました。「綺麗。とっても」

「恥ずかしいわ」

「そんなことないってば。ほんとに綺麗だよ」

「そうじゃなくて」エルミは声をふるわせます。「誰かに見せるの、初めてなのだもの」

輦奈は指をのばして、触れてみました。

三つ編みの娘が吐息を漏らします。画面の薔薇は、いつのまにかカーネイションへと変化していました。


「これを繰り返していったら――」

パネルを叩く輦奈に、ふとエルミが訊ねました。

「最終的には、どういうことになるのかしら」

「うーんと……あたしがあんたと同じになっちゃうのかな？　エルミのジーンがあたしをつくって、あたしのジーンでエルミが出来上がって……正確には、あたしの御先祖さまから受け継いできた代物なんだけど」

「それじゃあ、私があなたの御先祖さまになるってこと？　遺伝学的に？」

「というか、親になると言うべきなのかな。ううん、ややこしいなあ」

「どうせなら母親がいいわ」

「そう？　じゃあ、あたしも！」

「よけいにややこしいわね！……」

——そんなふうに、ふたりの乙女は、お互いの母親になってゆくとはどういうことなのか、目眩《めまい》を感じながらも懸命に想像してみるのでした。

けれども。

破局はある日、靴音も高らかに、乙女らのもとへと押し寄せてきました。

海の向こうの合衆国で、毎週恒例の世論調査があったのです。いつのまにか圧倒的な過半数を占めた家族主義者たちの言い分は、とても分かりやすいものでした。重はもちろん複も合も、まったく自然の摂理に反している。ましてや最近流行しているジーン書き換えなど、もってのほか。そのような者たちのいる処は、いずこであれ許しておくわけにはいかないのだ。我が国は、人類の健全性を保つために一刻も早く行動すべきである。……

調査結果が発表されたのが、その日の夕方でした。のんびりしてはいられません。さっそく（夜のニュース番組が始まるまでに）大統領は部隊の派遣を決定したというわけです。六十日までは自由に軍を動かせますが、まずはアジア諸国の若者たちを取り締まるだけですから、半月もかかるまいというのが大方の予想でした。

葦奈は一報をエルミから聞かされて、しばらくのあいだ何事か理解できませんでした。

「スケールフリー・パニックよ、きっと」

エルミが掌越しに記録を流し込んできます。

たしかに電網《フラー》のあちこちでクラスター係数が無気味な上昇を続けています。γ《ガンマ》指数も、平常値の倍にまで上がっているのです。

「どこかで心理の大雪崩が起きたの。もしかしたら家族主義者が起こしたのかもしれないけれど。それがとうとう、お国の偉い人を動かしてしまって……もうじきよ、もうじきこの学院は廃校にされるのだわ。たくさんの大人がやってきて、強い磁力ですべてをかき消していくのだわ。いいえ、それだけじゃなくて、たぶん私たちもみんな……」

エルミは言葉を濁しました。

しかし、葦奈には想像がつきました。素人のウイルスでさえ、人の神経に対してあれだけの干渉ができるのです。政府の機関が本腰を入れれば、葦奈はもちろんのこと、エルミのような重は、指先を動かすくらいの手軽さで何もかも書き換えられてしまうことでしょう。

彼女たちの友情も……せっかくこれまで交換してきたお互いのジーンも、愉しく語り合った記憶も、あの公園の一件も、なにもかもが。

なにもかもが！

「そんなの……嫌だ！」

「でも葦奈、もう手遅れだわ」

「手遅れなもんか。どうにかしなくちゃ……どうしよう？」

「どうしようもないのよ！」

「でも！」

初夏の陽射しの中を、二人はあてもなく駆け出します。学院のあちこちで女生徒たちが震えて座り込んでいます。廊下を走り、校門をぬけて、美しい並木の坂道へたどりついたとたん、葦奈たちの足が止まりました。

坂道の途中、屋敷の庭を掃除している女性が、ふたりをじろりと睨んでいるのです。彼女だけではありません。街の住人たちが一人残らず、二人を訝《いぶか》しんでいるではありませんか。ああ、その憎しみに満ちた瞳の色！　とっくに電網《フラー》の報道から影響を受けたにちがいありません。

「圏外へ！」

「圏外？……圏外!?」

葦奈は、親友の言わんとすることを理解しました。

そうです、その方法しかありません。電網《フラー》から、この街の何もかもから、とにかく遠くへ逃れなくてはいけません。けれど圏外などというものは、あろうはずもないのです。すくなくとも、この地上には！

「いいえ、あるわ」

エルミの声は震えていました。

「一箇所だけ、安全な処が！」

Septumus

……スパルタの二つの王朝は絶え、僭主たちが玉座に就く。リュクルゴス、マカニダス、そしてナビス。非効率的な圧政と略奪のあとに、ローマの軍隊がやってくる。

ポリュビオスという男が、その顚末を四十冊の歴史書に記すことになる（ただし、散逸を免れて後世に残るのは冒頭の五冊のみである）。小スキピオーの家庭教師として、かれは、ペロポネソス半島を併呑しカルタゴに勝利した偉大な男たちから、体験談を直接聞き出す栄誉を与えられる。

かれは初めからローマの一員であったのではなく、ラティウムの地に生まれついたわけでもない。人質としてギリシャから送られ、若き共和国にとどめられたのだ。有能な知識人として仕えること十七年、ついに解放され、移動の自由を得たとき、ポリュビオスは（ほんのひととき故郷に戻ってから）アフリカ北岸へと渡る。カルタゴと呼ばれた文明の炎が消え去る、まさに最期の一瞬に、追いつこうとするかのように。

そしてかれは追いつく。かれの目の前で、小スキピオーはカルタゴを殲滅し、あとかたもなく破壊する。女子供を殺し、高き城壁は欠片《かけら》も残されない。土地には念入りに塩が撒かれる。なにものも二度と芽吹かぬよう念入りに『死』が塗り込められる。

もちろん、塩の逸話は後世の創作でしかない……しかしポリュビオスの眼前では確かに塩が撒かれるのだ。かれはついに歴史の真実を悟る。都市は滅びる、もしくは都市のみが。永遠は常に共同体そのものに味方する。そして今、共同体とはローマのことなのだ。はるか東洋の中原《ちゅうげん》に生まれていれば間違いなくかれはこう記したことだろう、すでに天命は革《あらた》まれりと。

再び故郷に舞い戻り、かれは仲間たちに説いて聞かせることになる。ヘラクレスの子孫、ペルセウスの子孫が築いた諸都市の連合は、今や共和制ローマの一地方でしかない。われわれは呑み込まれたのだ。ならば、そのうえで生き続ける途《みち》を探ろうではないか。

統治機構の改革を、かれはすすめる。都市の自治ではなく、共和国の運営が優先されてゆく。ローマの知己《ちき》とギリシャの幼なじみたちとのあいだで、若々しい半島と伝統ある群島のあいだで、かれは有能な仲介人としてふるまいつづける。

二つの世界が、ポリュビオスの裡に生まれ、しかしそれらは決して一つにならない。

そんなある夜（季節はおそらく秋だ）、かれの夢をふたりの少年が訪《おと》なう。思慮深げな眼差しのいっぽうが自己紹介をする。わが名はプロクレス、『水面の者ども《ラコ゠ダモス》』の団長、と。かれは語って聞かせる、あの焚火の一夜を。かれの夢見た不思議な都市と乙女の姿を。しかし翌朝目覚めた時、ポリュビオスはひとかけらも憶えていない。

そして老人（そう、われらがポリュビオスはもはや若くはないのだ）は歴史書を書き綴ることも怠《おこた》らない。いかにローマの統治が善きものであるか、かれは見事に論証する。アテナイの優美を、スパルタの剛毅を、あるいはエヂプトの悠然を、すべてローマは併せ持つ。都市民の民主制、元老院の貴族制、執政官の王制が、地中海の一点で混じり合う。偉大なれ、若きローマよ。また、やがてそれを継ぐものたちよ。永遠《とこしえ》なれ、混淆《こんこう》よ。

それがある種の秘められた復讐なのか、あるいは倒錯した自画自賛であるのかは、ポリュビオス当人にも判然としない。

8

どこをどう駆けのぼったものか。……

葦奈とエルミは、電樹の頂きに繫留《つなが》っていた気球に飛び乗っていました。幸いというべきか、中には誰もおらず、彼女たちを咎《とが》める機械人も見当たりません。いつのまにか繫留索も解け、二人を乗せたゴンドラは、ゆっくりと空へ舞い上がってゆくのです。

「電力が保《も》たないわ。これはバーナーじゃなくて電気式だから……」

葦奈は心配します。けれど三つ編みの娘は地表を指差しました。

「だいじょうぶよ。自動追尾モードだもの」

たしかに電樹の枝先という枝先から、気球にむかって淡い光が届いていました。レーザーの縁が、風の中の塵にふれるたびに、少しずつ零《こぼ》れ落ち、きらきらと七色に輝きます。

二人の少女は、どんどんと上昇してゆきました。——目には見えない風の大河、はるか二万メートルの天空に横たわるジェット気流へむかって。

やがて二人は気づきました。

地上のあちこちから、大小さまざまな飛行船が同じように昇ってくるのです。それらがすべて、襲撃をかろうじて逃れた娘たちであることを、二人ははっきりと感じ取ることができました。

それは世にも奇妙な、そして喩《たと》えようもないほどに可憐な、家出娘たちの船団なのです。

「これだけいれば、あれの一つや二つくらい、乗っ取れるかもね」

輦奈は冗談めかして、空の一角を見つめました。遥かに遠く、成層圏に留まる中継プラットフォームの、小さな姿があったのです。

「なんなら、南の軌道タワーも奪取しちゃってさ」

「そうね」とエルミも頬をほころばせます。「国が創れるわ」

「それどころか。文明よ！　空中の一大文明！」

「いいわね。そのうちに月や火星まで？」

「木星圏もね！」輦奈は大声で唱えます。「おお、さらば地上よ、遺伝子を選ばぬ民よ！　今こそわれらは旅立ち、古き世界を汝《なんじ》らに委ねよう、大いなる天上の事どもは任せ給え……なあんてね！」

それでも。……

次から次へと、不安と疑問は湧いてくるのでした。

　これから何がおきるのだろう？　何が待っているのだろう？

　じぶんたちは、これから何者になってしまうのだろう？

　その時に肇奈が思い出していたのは、級友のひとりが書いていた、あの小説のことでした。偉大なるスパルタの歴史とその終焉を——そこに立ち現れる勝利者は、もっとも巨大な、もっとも家族主義的な、ローマであることを。

「だいじょうぶよ」三つ編みの娘が言いました。「きっと何とかなるわ。私たちだけで」

「エルミったら大胆なんだから、あいかわらず」

　そうするうちにも、上昇気流にのった気球の群れは、次第に近づいて、今や互いの服の色さえ見分けられそうです。

　ふと、肇奈はあることを思いつきました。

「——あたしたち、これからどうやって仲間を増やしていけばいいんだろう」

「え？」

「だってそうでしょ。みんな女の子ばっかりだもの。クローン？　人工妊娠？　人格を電子化してアップロード？　それとも子供をさらってくるのかな。大昔のアマゾネスみたいに」

「そんなことする必要ないと思うわ」

「なんで？　だって、そうしないと、続いてかないよ」

「でも……」

「なによ？」

「続かなくてもいいんじゃないのかしら」

エルミの言葉が、無限の青空に反響しました。

その瞬間。……

輩奈は、はじめて戦慄《おそろ》しさを感じました。

彼女は気づいたのです……じぶんたちが、本当のところ、何から飛翔したのかということを……。

目の前で、親友の三つ編み娘が微笑んでいます。

輩奈の肩が大きく震えました。

いいえ、肩だけではありません。身体中が、とどめようもなく震えるのです。

けれども同時に、どうしたわけか彼女は、とても嬉しくもあったのでした。

風はしだいに冷たく、厳しくなってゆきます。

隣の娘が、古い韻文を暗唱していることに、輩奈は気づきました。ラルフ・エマソンの詩――エレンという名の女性に捧げられた、それはたいそう美しい言葉の綾織《あやおり》でした。そうして、その、ほんの末尾《おわり》の一節だけが……

愛《いっく》しむ心をのこして　凡てが死に絶え
永遠《とわ》なる理性のほか　凡てが失せるときに

と、気球の群れがどこまでも高空圏《たかみ》めざしてのぼってゆくあいだ、彼女の耳許でくりかえし、くりかえし、響き続けて、けっして終わることもなかったのです。――

Post Scriptum

物語は（多少の唐突さを意図しつつ）ここで終わるが、いくつかの点については注釈が必要とされるだろう。

・ボルヘス『もうひとつの死』について……日本語では牛島信明氏訳（ちくま文庫『ボルヘスとわたし』）、土岐恒二氏訳（白水Uブックス『不死の人』）の他、篠田一士氏訳もあるというがこれは未見。僕が参照したのはたまたま牛島訳だったが、いずれを採るかは（この世の大半の物事と同じく）好みの問題にすぎない。
・成層圏の通信中継所について……通信・放送基地として以外にも、発電（太陽光または風力）、地表／地下資源／気象／天体観測、軍事的監視など、成層圏プラットフォームにはさまざまな用途が考えられる。日本では現在、宇宙航空研究開発機構（JAXA）と情報通信研究機構（NICT）が実験を進めている。
・電樹について……太陽熱の蓄積によって空洞の塔内に人工の上昇気流をおこすという（一見迂遠《うえん》な、しかし確実な）風力発電「ソーラー・タワー」は、現在オーストラリア等で実用化にむけて試験が進行中である。無数の小さな鏡をコンピュータ制御することで太陽光発電の効率を上げる技術はすでにあり、あるいはこちらのほうが（その小ささ故に）先行して実現するかもしれない。
・ファッションとしての遺伝子書き換えについて……本文中にもあるとおり、耳飾りと刺青を容認（すくなくとも黙認）し続けるならば、流行としての遺伝情報書き換えは価格の問題でしかない。
・極小機械の発ガン性について……ナノ単位の人工物が健康な細胞に悪影響を及ぼす危険は、けっして無視できない（二〇〇四年四月七日付 *Wired News* の'Big Concern for Very

Small Things' 等を参照)。

・米国大統領の六十日以内の戦争について……軍事技術の革新が、合衆国憲法に定められた議会の開戦権限を(ひいては三権分立の精神を)無効化する可能性については、すでに二〇〇三年九月の時点で Lukasz Kamienski の小論'The RMA and War Powers'において指摘されている。

・この掌篇(が短篇小説なのか省察なのかそれ以外の何かなのか、そこはさておき)の題名について……題名は『Virgines』24号(二〇〇二年、私立聖凜《せいりん》女学院文芸部発行)に掲載された短篇小説から、その他幾つかのモチーフや登場人物名と併せて、作者のA・K嬢の許諾を得て借用した。元の作品は書簡体小説であり、近未来における二人の少女の「『家族』という観念からの脱出」をあつかっている。ちなみにアンジー・クレーマーの人名は『はみだしっ子』シリーズ(三原順、白泉社コミックス)に由来する。A・K嬢についての詳細は拙作『サマー/タイム/トラベラー』(早川書房、近刊)を参照されたい。

・十六年後の追記……上述の「拙作」は無事に予定通り刊行された。この世界の多くの予定が今や世界的疫病によって延期されてゆくことを思えば、あれは大した快挙であったと言えよう。

世界終末ピクニック

〈セカイの終わり〉があと二時間に迫ったので、ロジャとぼくは海辺の街のまんなかにある噴水広場で落ち合った。思ったとおり、街にはほとんど人がいなかった。

「いつもこんなに空いてるといいんだけどねえ」ロジャが言う。

「でも、それじゃ銀行が儲からないよ。ていうか、そのせいでこのセカイが終わっちゃうんだから」

「そりゃそうだけどさ」

ロジャは口元を尖らせる。前回会った時よりバージョンアップしてるらしく、唇がチューインガムみたいに伸びたので面白かった。

ぼくもロジャも、見た目は現実の物理圏と同じ十二歳の設定で、このセカイに存在《さんか》してる。そのほうが実在料金《さんか》が安くなるからだ。ぼくが生まれてすぐのころに法律が変わって、物理圏とあんまり大きく違う格好になって情報圏で生活することには高い税金がかかることになった。例の、小学校にあがって最初の夏休みに誰でも教わるＵＰＦ……非反駁性物理事実指数《Undisputable Physical Factuality》からズレたぶんだけが、そのまんま料金に上乗せされる仕組みだ。だから、ぼくの口は残念なことに彼みたいには伸びない。

ロジャのやつ、貯金をおろしたんだろうか。まさか。なにしろ今日は最終日なんだから。きっと、来週くらいにどこか別の銀行が実在《かいし》させる次のセカイからβ版をもらってきて、それの宣伝をしてるにちがいない。

しばらくすると、他のみんなも集まってきた。帽子屋くん、ジュラ、そして手風琴《てふうきん》さん。

「いよいよ最期か」と帽子屋くん。

「みんな、ちゃんとカメラは持った？　ここで撮り忘れたら一生の恥よ！」とジュラ。こいつはいつでもリーダー気取りでちょっと生意気だ。でも、新しいイベントを見つけるのが得意なので、みんな一目置いているのも間違いない。

「お別れするのは少々寂しいですけどね」と手風琴さんがほほえむ。

ぼくら五人はあちこちのセカイで出会って、趣味が同じだったので仲間になった。物理圏《げんじつ》で会ったことがあるのは、たまたま同じ国に住んでるロジャと帽子屋くんだけ。でもたぶん、あっち側の誰よりも、ぼくのことを解ってるのはこっちの仲間たちだ。

でも手風琴さんだけは、今日でお別れになる——厳密にいえば。

なぜかというと、このセカイを運営してる銀行が破産しちゃったからだ。たしかアフリカのどこかの国の中央銀行のはずだ。その国は内戦でインフレがひどいことになってて、しょうがないので国の現実権を担保に最新のサーバをレンタルし、このセカイの運営を始めた。存在《さんか》する人からの手数料が、その国のお金の価値の担保になる。だから運営側もいろいろ必死で、毎週どこかで面白い事件が起きた。ぼくとロジャはそういう新規の（そしてサービスの良い）セカイを見て回るのが共通の趣味で、ここでもやっぱりはち合わせた。

中央銀行がどうして破産したのかは、よく知らない。セカイの辻褄《つじつま》が合わなくなっちゃったせいだという人もいる。ぼくたちが楽しみすぎるとそれは必ず起きてセカイを台無しにする、という例の学説だ。実際、最近は運営側がイベントを面白くしようとがんばりすぎて、基本運動法則やエネルギー保存則にまでグリッチが出るほどだった。いくら面白くても、間違いをおかすセカイにお金を払う人はいない。セカイは何よりもまず公正じゃないといけない。

物理圏《げんじつ》のほうにある先進国たちの陰謀なんだ、という説も聞いた。先進国っていうのは最近は四つか五つあるらしくって、物理的なものを物理的に奪い合うのが使命という設定らしい。その国の一つがアフリカの資源に目をつけて、中央銀行を罠にかけて破産に追い込んだ、という話だ。どっちの説が正しいのかで、ついこのあいだまでセカイ系の人たちとシャカイ系の人たちが街のあちこちで口げんかしてた。因果の発生源はセカイ系なのか世界なのか、って。でも、どっちにしてもセカイの終末は情報圏の中の話なんだし、その下のどこかにやっぱり物理圏があるってこともやっぱり正しい。とはいえ、ぼくとロジャは子供なのでセカイと物理圏《せかい》の違いはまだあんまりよく解ってない。どっちもお金がかかることは同じなんだし。

ひとつだけ確実なのは、儲かってるあいだ続くのがセカイで、いつまでも終わらないのが世界だってことだ。

「ほら、来たわよ！」ジュラのやつが、カメラをかまえる。

北のほうにある真っ白な〈六月のしずく〉山が噴火し、水平線の色があざやかに点滅した。

「やっぱり最期の日には、なんでもありになるんだねぇ」帽子屋くんが手回し撮影機を左右に振った。「噂じゃあ、終末五分前には巨大彗星がサマルカンド湖に落ちるらしいよ」

「そりゃすごい」ぼくとロジャはそろって大声を出した。もちろん、カメラであちこちのイベントを撮影しながら。

　ぼくたちの他にも、終末の様子を記録しに来たチームは何組か歩いていた。終末ピクニックはそれほど盛んな趣味じゃない。そもそも、ぼくたちだって共通の趣味はあくまでも新規セカイ巡りなのだから。でも今回は特別だ。手風琴さんのために。

　手風琴さんは、誰もいなくなった街のあちこちを、ていねいにスナップ写真におさめていた。ぼくらはできるだけ陽気にはしゃぎながら、彼女には声をかけないようにしていた。生まれ育ったセカイがあと数十分で停止する時に、いったい何を言ってあげられるっていうんだろう？

　それでも彼女は、架空人《NPC》たちの中ではまだ幸運なほうだ。債権者たちが彼女のデータを引き取って、転売するめどがたっているんだから。もちろん多少の同一性《アイデンティティ》書き換えはされるだろうし、記憶も連続性がなくなる。次にぼくらが再会した時、手風琴さんはぼくのことをぼんやり憶えてるくらいになるだろう。でも、キャラによっては流用のあてがなくって著作権コモンズに払い下げられたり、設定のおいしいところだけバラバラにして売り飛ばされる人だっているんだ。

　そんなわけで、銀行の破産と手風琴さんの今後の運命を知った時、ぼくらは誰からともなく言い出していた。——

「最期まで、一緒にいてあげようよ」

＊

ぼくらはサマルカンド湖の大イベントを録画し終えてから、もういちど街に戻って、海岸まで歩いた。

「また会おうね」ぼくはロジャにむかって言うふりをして、手風琴さんに別れを告げた。

「またすぐに会えるさ」ロジャはぼくの意図を察して、口を尖らせた。

「ああ、また会おう」と帽子屋くん。

「決まってるわよ。また会えるわよ」とジュラ。

「そうですね、またいずれ」と手風琴さん。

夕陽が、海のむこうに沈みながら、ピクニック参加者たちにむかって会釈《えしゃく》をした。ぼくたちは夕陽に会釈を返し、みんなで記念写真を撮り、握手をし、無言で抱き合った。手風琴さんはちょっとだけ泣いていた。涙のきらめきは、とっても高価なレンダリングだった。

「うーん。三分くらいかな？」

「あと、どのくらい？」

彼女は、残りの貯金をそれにぜんぶ注ぎ込んだんだろう。

ふと、ぼくはあることを思いつき、ロジャにだけ送信した。

「ねえ……ぼくたち手風琴さんのことを考えてたけど、消えてしまう情報圏《セカイ》の気持ちっていうのは、どうなんだろうね？」

ぼくの思いつきがロジャに届いたかどうかは、わからなかった。

送信と同時にセカイは終わってしまったからだ。

原稿は来週水曜までに

「奴ら（編集者）は、『出来の良いのを』ではなく『水曜日までに』と言うんだ」

――ロバート・ハインライン（1907〜88）

水曜日――作者

「来週までに」と彼は頭をかきむしる、「来週の今日までに書き上げなくちゃいけないんだ。わかるだろ？」

「わかってるわ」彼女は答える、「先週も、先月も、去年の桜が散るころも同じセリフをあなたから聞いたもの。締め切りがあるんだ、今度こそ書き上げなくちゃ、大勢の読者を待たせるんだからね、それに担当編集も。なんべんも、なんべんも、なんべんも」

「だったら――」

「あのね」彼女は人差し指を、ぴん、と天井にむけて立てる。あたかも古い古い神殿の聖なる柱を建立するかのように。「さっきの『わかってるわ』ってのは、『記憶してるわ』ってことであって『同意してるわ』って意味じゃないのよ。わかる、ユウスケ？」

「わかったよ」ユウスケは（実はまったくわかっていないにもかかわらず）うなずく。

「エリナ、悪いのは僕だ。原稿を遅らせているのは僕だ。今夜のディナーは半月も前からスケジュール表に入れていたのに当日になって身動きできないよと無茶を言ってるのは僕だ。一階の応接間をせわしなく往復しながら僕の脱走に警戒している担当編集の不気味な足音におびえているのも、印刷所の輪転機を止めているのも、あちこちのネットニュースであることないこと……いや、ないことないこと書かれているのも、もしかしたら今この瞬間に国際空港に到着した暗殺部隊に命を狙われているのも僕だ」

「誰が狙ってるのよ」

「海外のファンが」

そう言いながらユウスケ氏は目の前のノートパソコンを回転させて、エリナ嬢が画面を見やすいようにしてやる。

……信頼できる筋の情報によれば、世界的有名作家であるヒガシイチガヤ・ユウスケ氏の新作刊行の度重なる遅延に怒り心頭に発した某国の熱心すぎる読者の一団が、大枚二〇万ポンドを支払って同国の殺人請負業者に、云々。

「偽ニュースじゃないの」とエリナ。

「でもありえる話だろ」とユウスケ氏。

もちろん、ありえる話だ。この世ではどんなことでもありえる。とくにこの現代社会、二十一世紀というやつの中では。

デビュー作が大評判となり、そのまま書き下ろし続刊シリーズとなり、あれよという間に大型書店はもちろんのことネット通販サイトで売り上げナンバーワン、続刊はまだか、次巻で完結という噂は本当なのか、と散歩に出るたびにご近所の見知らぬ人から問いただされるようになった若き小説家みずからが言うのだから、まちがいない。

ちなみに次巻が完結篇というのも本当だ。

さらに付け加えれば、これを書き上げたその夜、正式にエリナ嬢の前に片膝をつき、半年前に買っておいた指輪を差し出して、彼女に「ええ、もちろんよユウスケ！」と言ってもらう予定がひそかに組まれているのも、これまた事実だ。

だからこそ彼はこの半年、一分でも一秒でも早く目の前の作品を完結させようと悪戦苦闘しているのだから。

「あら？　ユウスケ？」

「ん？」

ユウスケは、彼の恋人が指差すあたり……パソコン画面の右隅を見る。広告だ。

そこにはこんな文字がある。

……ヒガシイチガヤ・ユウスケの最新作（来週水曜発売）、予約受付中。

「来週？」と彼。

「来週ね」と彼女。

「来週!?」

「来週だってさ」

「でも——いやそのつまり——僕はまだ書き上げてないよ！」

「でも来週だそうよ」

「偽ニュースだ！」

もちろん偽ニュースではなかった。

この世ではどんなことでもありえるのだ。

水曜日の夕方——作者の恋人

というわけでユウスケの小説は来週水曜いよいよ発売決定！　……というニュースは全国を席巻し、狂喜乱舞する読者の群れを各地で発生させ、ユウスケの人気シリーズを出版している某社は歓呼の声をあげ、その株は半日で二倍に値上がりし、印刷所は舌なめずりをしながら超過勤務の人員を確保し、一階の応接間に有無を言わさず泊まり込んでいた担当編集は隣のルンバと一緒に情熱的なポルカを踊った（エリナがダンスの相手になることを丁重にお断りしたため、他に部屋の中を自在に動き回れる相手がいなかったのだ）。

「どういうことなの」彼女は問い詰めた。

「いや僕にはなんとも」彼は正直に答えた。

「ちょっとググるから、どいて」

エリナは強引にユウスケのパソコンの前に座った。目にも止まらぬ指の動き――実のところエリナは半年前まで某大手ＩＴ企業の有能な社員だったのだ――そして十秒後に真相は判明していた。

「ネット通販サイトで予約できるようになってるわ」

「まさかそんな」

「画面を見て」

「そんなまさ……ありゃほんとだ」

「出版社から誤情報が流れ込んだのかも……」ふたたび高速の指の動き。検索、検索、検索。「……ちがうわね、そういう仕様みたい。先週そういう発表があったのね。人工知能の予測精度があがって、どの作家がいつごろ原稿を仕上げるのかを通販サイトのほうが予測して、どんどん予約注文を取りはじめてる」

「知らなかった」

「ご愁傷様」

「人工知能だって？」

「すごいわね、最近の科学技術の発達は」

「人工知能だって？」

「あなたも使ってみる？」

彼女はパソコンの向きをくるりと変えて、ユウスケが検索画面を見やすいようにしてやる。

……人工知能、チェスの世界王者に認定。

……人工知能が交通事故を予測して阻止、幼女を救う。

……人工知能絵画展。

……小説を書く人工知能、いよいよ今週末にサービス開始。

二人は顔を見合わせる。

彼の瞳は無言の叫びをあげている――いやそうじゃないんだエリナ、僕は僕の手で、生身の僕の意志と能力でもってこいつを完成させたいんだ！　それでこそ、その時こそ、僕は君にプロポーズする資格を得られると自分で決めたんだ！

もちろん彼女は先刻承知だ。

仕事を辞めて半年、一つ屋根の下（二階建て、ルンバ三台あり、地下書庫あり）で共に暮らして半年、ユウスケが書斎と居間と寝室とをぐるぐる回遊するのを眺めて半年……彼がこっそり指輪を購入して準備をととのえ、小説完成のその夜に彼女をレストランに連れてゆき、そこで片膝を折り曲げようとしているのは先刻承知なのだ。元・大手IT企業の有能な社員という肩書きは、愚か者の手に届くものではない。

とはいえ、若い女性の半年は、若い男性の半年とは重みが違う。

「人工知能、サービス開始、無料」エリナは呪文のように言う。「じんこうちのう。さーびすかいし。む――りょ――う」

「いや、だから僕が言いたいのは」

あなたが何を言いたいのか、ぜんぶわかってるわよ、と彼女は思うが何も言わずに、まっすぐ彼を見つめている。美しい瞳、長い睫毛。

「だから小説ってのはね」

無言の瞳。

「人間ならではの温かみってものが」

長い睫毛。

「そもそも人工知能が書いたら印税が」

エリナの長く美しい指が……若く、素敵な、今ならどんな指輪でも似合いそうな指が……高速でキーボードを叩く。

検索結果……人工知能と共同で小説執筆をおこなう場合、印税はすべて人間（自然人）に帰属する。サービス提供側は執筆過程におけるさまざまなデータを取得し、これを今後の研究や商業利用に転用することで長期的な利益を。

「どう？　ユウスケ」

「嫌だ」

「なんですって？」

「……嫌だ！」

翌週の月曜日――作者

もちろん事態は悪化した。

さまざまな意味で。

まず、一階の担当編集は万能携帯テントと野外宿泊器具一式を（ネット通販サイトで）購入し、本格的なビバークを開始した。彼の体力はその後次第に削られてゆくのだが、それはこの一連の悲劇のほんの小さな逸話にすぎない。

続いて、ヒガシイチガヤ・ユウスケ氏が新作執筆に人工知能を活用しているという噂がネットを駆け巡り、二十七分後に出版社がそれを否定した。もちろん噂の出処は怪しげな匿名書き込みサイト（に匿名で書き込んだエリナ嬢）だ。この噂を信じた人間は国内でおよそ二五〇〇万人、海外では三〇万人だった。

ただし、翌週の月曜の朝（日本時間）までに、海外でこの噂を信じた人間の数はおおよそ三億人にふくれあがっていた。

そのうちの三分の二は肯定的な反応――「とにかく一刻も早く！　翻訳にも時間がかか

るんだから！」――であって、残り三分の一がさまざまなかたちで嫌悪感をあらわにした。

もっとも強い拒絶はもちろん某国の熱狂的すぎる読者の一団であり、彼らは日本時間で月曜の夜までに五〇〇〇万ポンドの寄付金を集め、市会議員五人と下院議員ひとりを含めて集団示威行動に出た。おかげでヒースロー空港とロンドン市内の地下鉄は完全にストップしてしまった。

……人工知能、反対！

……人工知能は出て行け！

……人工知能は俺の職を奪った！

……出てけ、出てけ、出てけ！

ロイター電によって「BrexAIt」と名付けられたこの運動は、またたくまに他国に飛び火した。某国（その二）では百万人がワシントン広場に集合した。某国（その三）は変電所が焼かれてATMの支払いが全面停止し、また某国（その四〜七）ではサッカー場で反対派と賛成派が激突した。そのあいだにも、ネット上では膨大な論争がくりひろげられ、例の新サービスの人工知能を活用した「きっと続編はこんな感じ」式の二次創作が数百篇あらわれて多くの愛読者の感涙を絞り、そのうちの七つは某サイトで電子書籍として出版されて作者たちは一夜にして（いや、正確には約三時間なのだが）巨万の富を得た。ユウスケ氏の出版社がこれに気づいて法的対抗策を採るのは三日後の午後になるが、そんなことは関係なく事態はさらに先へ進んでゆく。

すでに月曜の昼前までに、証券市場は敏感に反応していた。ユウスケ氏の出版社だけでなく、国内のあらゆる出版業・印刷業・輸送業にすこしでも関係のある銘柄は乱高下をくりかえした。

なにしろ数分おきに、海外から「最新の動静」がとびこんでくるのだ。おまけに月曜日といえば、週の初めにまず東京市場が開き、欧米どころかアジアの主要な取引所もまだ寝ぼけまなこで夢を見ている時刻だ。

そういえば紙はパルプだし、書籍の輸送はガソリン自動車を使うなあ、と市場関係者が気づいたころにはもはや事は引き返せないところまで来ていた。原油の値段がもぞもぞと動き出した。某国（たぶん三なのだろうがすでに誰も気にしていない）の政府高官が憂慮を表明したが、しかし実は彼の末娘もユウスケ氏のシリーズの愛読者なので、どこか歯切れが悪かった。

ネット通販サイトでは、ユウスケ氏の新作——人気シリーズの完結篇！——の価格が高騰していた。すでに印刷が開始された、というデマが飛び交っていた。さらに、そのうちの一部分がこっそり（印刷所に勤める不心得者のおかげで）世間に出回っているらしい、という不穏な情報が光の速さで太平洋を往復しつつあった。ユウスケ氏の出版社に押し込み強盗が五人侵入し、うち四人は無事に逮捕された。残る一人は（偽ニュースサイトの速報を信頼するならば）なんとか無事に国境を越え、某国（その三だか四だか）と対立する別の某国のエージェントとの接触に成功し、命よりも大事なデータファイルを手渡した。すなわち、「ヒガシイチガヤ・ユウスケの最新作の著者校済み最終稿」である。

もちろんそれは真っ赤な偽物なのだが、そんなことはどうでもよろしい。

「評論が出たわよ」エリナが言った。

「評論？　誰の？　何の？」

「あなたの。新作の」

「バカな！」

ユウスケは、あわてて検索を始める。

……ヒガシイチガヤ・ユウスケの最新作におけるメタフィジカル感覚とＬＧＢＴ的ポストコロニアル切断。

「せつだん？」

「切断されてるわね」

「なんだこれは？」

「切って絶たれたんじゃない？　あなたの最新作が」

　未だ完成していない小説をいかにしてポストコロニアル的に切断したのか、その魔術の詳細はユウスケには見当もつかなかったが、ともかく当面の問題はエリナを引き止めることなのだった。

「お願いだ、エリナ」

「そうなの？」

「そうだ。僕が悪かった。もう少しだけ……今週の水曜まで我慢してくれ。今度こそ確実に、ぜったいに、必ず、命をかけて、この作品を完成させる。見事に完結させてみせる。いや、見事じゃないかもしれない。無様な結果になるかもしれない。そうとも、ひどい出来になるだろう。だけど、某作家さんがおっしゃるとおり、完成させることが何よりも大事なんだ。未完の傑作なんて糞食らえだ。木箱に詰めて、段々畑のいちばん上から転がり落としてしまえばいい」

「あなた、それ未完とミカンの洒落？」

「だからエリナ」彼はふるえながら懇願を続ける。「出て行かないでくれ。僕を見捨てないでくれ。この家に残ってくれ、これまでどおりに」

「水曜日まで？」

「水曜日まで」

「そしてあなたは原稿を完成させる」

「確実に！」

「ひとりでやるより、例のサービスに協力してもらえば、もっと確実なんじゃない？　つまり、確率的にってことだけど」

「だからそうじゃなくて、人の温もりが」

「人工知能は協力するだけでしょ」

「だけど」

「ユウスケのこれまでの文章を解析するんだから、おおよそユウスケ本人みたいなもので」

「でも」

「じゃあパソコンは人の温もりを奪うの？」

「僕が言いたいのは」

「電気は？　ペンは？　辞書は？」

「完成したら君の前に膝を」

「あたしが昨日『人工知能を生活のあらゆる面に活用しよう!!国際運動』に参加して日本支部長になったって話、したっけ？」

「お願いだ！」

「あっそ」エリナはキャリーバッグの取っ手をつかむ。「それじゃタクシー待たせてるんで」

「エリナ！」

次の瞬間、非常に重大な出来事が二つ、ほぼ同時におこった。

ひとつめ——一階の応接間でようやく万能携帯テントを完成させて満足げな声をあげた担当編集の足元にルンバが突っ込み、彼の靴下と万能テントの生地を飲み込みながら壁にむかって驀進していった。担当編集もまた歓声を悲鳴に途中で切り替えながら、愛するテント（このころまでに彼の孤独な魂は、家に残してきた妻のことを次第に忘れ、眼の前の素晴らしき宿泊用具に向かいつつあったのだ）と共に引きずられていった。

そしてふたつめ——ユウスケは二階の書斎で、膝をついていた。左右の膝を、同時に、がっくりと。

同じ週の金曜日——恋人のいない作者

ここまでが月曜日（日本時間）の出来事。

金曜日ともなると、炎はあらゆるところで燃えさかっていた。

ネットの中は、驚くべき真実で満ちあふれていた。ユウスケの新作は……というか、総計四十二種類にもおよぶ「さまざまな新作たち」が……世界中で読まれていた。通販サイトには数万の感想が並んでいたが、誰ひとりとして他の書き手の書き込んだ内容に同意していなかった。

ユウスケの最新作は、おそらく三番めのバージョンと思われるが、出版社も知らぬうちにハリウッドでの映画化が決定していた。投資家は拍手をしながら殺到した。おかげで原油価格が急降下し、某国（その百三十二）のダムが決壊し数十万人が被害にあった。ダムの決壊はこの件とは無関係である、と三名の識者が冷静に指摘したが、あいにく冷静なのは彼ら三人だけだった。

映画化決定と同時に、予告篇の映像がリークされた。作成したのは西モルダヴィア共和国の少女三人と、すでに先々週の木曜日にサービスを開始した人工知能（動画加工専門）

だった。

　これを皮切りに、動画投稿サイトは「ほんものの予告篇」「真実の本篇」「真実の本篇の続篇（十八禁）」だらけとなった。ロケ地と特定された某国（その九と十七のあいだ）には観光客が殺到しつつあった。おかげでこの某国の政情はいっそう不安定になった——不幸なことに、風光明媚なこの国は数年前から排外主義・全体主義・反移民運動・男性優越的傾向が顕著になりつつあり、おまけにトイレがたびたび詰まる傾向にあった。

　狭いトイレには親も兄弟もない、と某監督はかつて喝破したが、詰まるトイレには同胞愛もへったくれもないのであった。

　たちまち首都の空港は放火され、哀れな観光客たちと詰まり気味のトイレを国内各地に含んだまま、排外主義者たちの暴力は突き進むところまで突き進んだ。

　ちなみにこの某国は先ほど言及された西モルダヴィア共和国と積年の領土問題を抱えており、両国は深夜（現地時間）を合図に戦闘状態に突入した。どちらがどちらに攻め込んだのか、無料サービス実施中の人工知能たちの推定によれば一：三で「憎むべき西モルダヴィアの腐敗政権」のほうである——と偽ニュースサイトは報道した。

　ただし某国のほうはひそかに「大量破壊兵器」を入手している……というのは事実だったのだが。

「西モルダヴィア？」

ユウスケはネットニュースの動画をながめながら叫んだ。

西モルダヴィア。

ああ麗しの西モルダヴィア。風光明媚、浪漫横溢、名所旧跡、森と泉と白鳥の国、未だかつて戦禍に見舞われたことのないという伝説の王都（二十年前の無血革命以後は共和国首都）。

いつだったろう、エリナが夢見るようにこの国のことを語ったのは？

いつだったろう、それを耳にしたユウスケが、見知らぬその国をモデルにして物語を編み、幸運にもそのデビュー作が大評判を取ったのは？

西モルダヴィア！

「……エリナはまさかあの国に――いやまさか……でも、もしかして……」

ユウスケは（ひさしぶりに）書斎の扉を開け、階段を降り、一階の応接間にたどりついた。膝はかすかに震えていた。ルンバは何かをくわえたまま唸っていた。担当編集が悲鳴らしきものをあげてユウスケにSOSのサインを送っていたが、そんなことはどうでもよかった（すくなくともユウスケとルンバにとっては）。

ユウスケは壁一面に仕立てられた本棚にたどりつく。

大判の図鑑、画集、写真集。これまでユウスケが出版した単行本、文庫、短編を書いた雑誌、インタビューの載った雑誌。細い隙間が、一カ所だけ、空いていた。

「エリナ……」

彼の恋人の愛読書、便利な旅行案内書——『世界の歩き方　西モルダヴィア共和国』。の、あるべき場所に。

「エリナ!!」

「ちょっとヒガシイチガヤ先生、どこに行くんですかっ！　困りますよ、原稿を一刻もむぎゅう！」

最後の「むぎゅう！」は、ユウスケが一目散に玄関にむかって駆け出した際に彼の右足が担当編集のヘソの横を踏みつけた結果である。

その次の週の火曜日——作者

戦線は拡大し、国内は分裂し、反政府派と某国の将軍が結託したかと思うと空爆が始まり罪なき市民が次々と命を奪われていった。国境紛争と内戦と政治的陰謀がまったく同時並行的に進行していた。それが火曜日までの情勢で——いっぽう「ヒガシイチガヤ氏の新作」については出版社が正式に刊行遅延を発表したためにまたまた株価が乱高下し、金は高騰し、爆弾テロが相次ぎ、念のため全世界で国際便の運航が休止した。

ただ一便……ひとりの日本人が金にあかせて強引にチャーターした小型ジェット機をのぞいては。

「ユウスケ？　どうしてここに？」

「エリナ！」

若き小説家は、ほんの数日前まで美しかった古都の中心にある由緒ある広場で、恋人を抱きしめた。

どこかで瓦礫が崩れ落ちる音がした——迎撃機が急上昇する際に耳ざわりな爆音が空気をゆるがした——幼い子供たちが声も立てずに涙を流していた——そして爆風と水不足によって泥だらけ煤だらけとなっていたエリナの顔は、ユウスケの人気シリーズに登場するヒロインより百倍も美しかった。

「そりゃそうだ、なにしろモデルになった本人だからね」

「何の話よ?」エリナは眉をひそめる。「ていうか、どうしてここにいるのよ? どうしてここがわかったのよ!」

そりゃもちろん、君のことなら何だってわかるさ……という精一杯のキザな台詞は、爆音よりも耳ざわりな空襲警報にかき消された。

「逃げなきゃ」

「もちろん。でもその前に」

ユウスケは片膝を地面につけた。

「なに、どうしたの? 怪我したの? だいじょうぶ?」

ユウスケはにっこり笑って、なにかを大声で叫んだ。

それをまたしてもかき消した空襲警報が、なんの前触れもなく止んだ。

驚いて見開かれたエリナの両目が、ふっと細まった。

「本気なの?」

「もちろん。最初に言ったろ? すべて僕が悪いんだって」

「人工知能を活用するのね?」

「人工知能に書かせるさ!」

「まさか！」

「ダメかな？」ため息。「さすがにぜんぶ書かせて印税をもらうのは法律的に……」

「そういう意味じゃなくて！」

そこで彼女も大きな吐息一つ、地面に膝をつき、愛する若き小説家と同じ高さに顔をもってゆき、そのまま彼女の美しい（煤だらけの）唇は、ゆっくりと彼のほうに近づき、もちろん彼の唇も彼女に近づいてゆき、二人はゆっくりと目を閉じ、そのままあと少し——

その瞬間、西モルダヴィア共和国首都の南方に、巨大なキノコ雲が三つ、もっこりと立ち上がった。

半月後——担当編集

「えーそれでは不肖わたくしのほうから御説明させていただきます。
今次大戦は国の内外に巨大な爪痕を遺したまま復興の道は遠く険しいのでありますが、
えー、弊社といたしましては、ヒガシイチガヤ・ユウスケ氏の冥福をお祈りいたしますとともに、彼の遺稿を、産学一体で開発されました国産人工知能の助力を得ましてここに完成に至ったことはまずは慶賀するものであります。

なお、今作品は、このシリーズの最新刊ではありますが完結篇ではございませんで……すみません静粛に願います……ございませんので、弊社としましては引き続き、同シリーズの展開に邁進してゆきたいと考える所存であります。

ちなみにヒガシイチガヤ氏の――失礼、えー、故・ヒガシイチガヤ氏の御自宅のルンバから回収されました毛髪から、無事に同氏のDNAが復元されまして、これまた産学一体で開発されましたクローン技術を応用しまして、再来年の復興オリンピック開催までには同氏の複製を完成させる予定でございますので、それ以降は人工知能と複製氏のコラボレーションによりまして、より人間味の、人間の温もりのある作品を皆さまにお届けできるものと確信しております。なお、新作の価格につきましてはお手元の資料を――」

ここで話は終わりだ。

そうとも。終わりに決まってる。まさかヒガシイチガヤ・ユウスケとその恋人が瓦礫の下にもぐって奇跡的に生き延びた、なんてことは間違ってもありえない。核兵器の着弾が山脈の向こう側だったから助かった、というのも信じるに値しない。そいつはまったくの偽ニュースだ。

ましてや、二人は『人工知能を生活のあらゆる面に活用しよう!!国際運動』の決死隊によって発見され、保護され、こっそり某国（たぶん四十二番目くらい）に移送されて、今ではのんびり観光ガイドでもしながら三人の子供を育てるのにてんやわんや……なんてことは、確実に、ぜったいに、必ず、命をかけて、ありえるはずがない。

彼らのことは私がいちばんよく分かっている——とくにユウスケの思考は——なにしろ彼の人気シリーズを書き継いでいるのは私なんだからね。

マトリカレント

prologos=0(sg./pl.)

A voice, a choice——ひとつの声、ひとつの選択。声のほうは、私のもの。とはいえ、すぐに仔細《しさい》を語ることもない。まずは、選択について物語ることにしよう。なぜって、それはあなたがたに属するものだから。

3(sg.,f/m)

たまま。

彼は気づく。波濤《はとう》の白さの中に彼女が沈んでゆくのを。ゆっくりと、高価な絹をまとっ

アレクシオス、それが彼の名前。美しい名の響き。それにふさわしく美しい青年。長い腕、白い肌、澄んだ瞳。

彼は深淵《ふかみ》へとむかう途中だった。しかし彼女を〈黄金の角〉の波間に見つけるや、すぐさまとって返し、そのか細い軀《からだ》に腕をまわし、救い出す——彼女を、彼女の魂を、彼女の言葉を。彼は哀れな娘をかかえたまま、白い泡を後にして深く深く潜る——そしてリビアの岸辺に浮かんだ小舟の縁を掴《つか》む。

不思議そうに、貴女《あなた》は彼女を見つめる。リビアの海岸ですって？

そうよ。

不可能だわ、と貴女はつぶやく。〈黄金の角〉からどれだけ距離があると思っているの？

不可能なことなどない、彼女も彼もそれを知っていた、けれど、いかにして貴女に伝えたものだろう。貴女に芯《しん》から得心してもらえるだろう。言葉は無力で、声はすぐに飛び散ってしまう。彼は彼女にそう教えてくれた。遠い昔、そして今も猶《なお》。

アレクシオス、その美しい青年は彼女の頬《ほお》にふれる。

ああ。彼女はわたしだ。

名前はなに、と彼は尋ねる。彼女であるわたしの答が、弱々しい擦《かす》れ声が、彼の耳に達する。テオドラ。テオドラ。皇宮の女官、愚かにも最後まで〈永遠の都〉にとどまろうとした小娘。

貴方《あなた》はどなた。ここは何処《どこ》ですか。

すると彼はわたしに教える。名前はアレクシオス。ぼくは海をわたる者。あらゆる海を。この丸くつながった世界の、果てから果てまでを。

1(sg.f.)

そしてわたしは未知なる世界へと誘《いざ》なわれる。

夜の浜辺。わたしに入信儀式《バプティスマ》として与えられたのは、掌《てのひら》に載るほどに小さな壺《つぼ》だった。表面には、ポセイドンと海豚《いるか》たちの色褪《いろあ》せた姿。中身は白く濁った蜜《みつ》。あるいは油。あるいはわたしの知らない、わたしには解りようもない、この世の果てからもたらされた薄気味悪いもの。

そこにあるはずの不気味な悪臭を探して、おそるおそる、わたしは鼻先を近づけた。アレクシオスが小さく笑った。きみは怖れすぎだ。しかし、それにしては好奇心が旺盛《おうせい》すぎる。これからは、もうすこし己の心と体を慎重に操る術《すべ》を学んだほうが良い……これからきみとぼくが赴くことになるところでは。

それは何処のことなの、という問いには答えず、彼は壺をわたしに手渡す。

この〈油〉を見つけたのはぼくの師匠だ、と彼はつぶやく。

師匠？

ぼくに海を教えてくれたひとだ。あの人が、あの人こそが、はじめて海を見つけたと言えるかもしれない。

海は昔からあったわ。わたしたちはみんな海を見知っているわ。青いアドリアの海、旧《ふる》きイオニアの海、サラセンびとに奪われたレパントの海、穏やかなマルマラの海――すべてをつなぐわたしたちの地中海。そして東には豊穣《ほうじよう》を約束する黒海、南には灼熱《しやくねつ》の紅海、北には白い牙《きば》をむくという遥かな北海。それらの彼方にはシンドびとの海と、ヘラクレスの柱のむこうには絶海の外海。これが海のすべて、わたしたちの文明のすべててよ。

そう、きみたちは海を見知っている。アレクシオスは微笑《ほほえ》む。けれど解ってはいない。

テオドラ、テオドラ、いい子だから聞いておくれ。ぼくの師匠は海を見つけ、海の中の吐息を見つけ、そしてこの〈油〉を見つけたんだ。あのむし暑い冬と寒い夏のあいだに、アドリア海に魚の骸《むくろ》が浮かび、海月《くらげ》が子供らの足を傷つけた日々、海のおもてに毒の澱《おり》があらわれ、漁師たちはおそれて舟を捨てて山へ隠れた。そして来るはずの夏が冷たい雲に覆われ、麦と葡萄《ぶどう》があちこちの荘園で死んでいった。けれどぼくの師匠は気がついた。海の毒の中から薬を、災いの中から希望を見つけ出したんだ。我らが主の御年、五百と四十八年に。

なんですって？

主の御年《AnnoDomini》五四八年さ。

アレクシオス、今が何年だか知っているの？

何年だい？

決まっているわ。主の御年一千四百五十三年よ。呪《のろ》われた異教徒どもが永遠の都を亡《ほろ》ぼした、大いなる悲しみの年よ。

それは少しだけ正しくないね、テオドラ。きみの大事なコンスタンティノープルが陥落し……きみが〈黄金の角〉と呼び慣わされる半島の沖合で波間に落ち……ぼくがきみをこの岸辺へ連れてきて……そしてきみが目覚めるまでに、実は二年ほど経《た》っている。今は一四五五年だ。きみを蘇生《そせい》させるために、少々手間がかかったので。

わたしは彼を見つめ直した。彼は、まるで乙女《おとめ》が含羞《はにか》むように、ふと顔をそむけた。

なんですって？　なんですって？　なんですって？

両手をふりまわす愚かなわたしが、彼によって宥《なだ》められるまでにどれほどの無駄な時が過ぎたことだろう。それとも、もはや時の流れなど意味をなくしていたのだろうか。わたしには解らない。おそらく彼にも解らないことだったろう。

いずれにせよ、わたしはわめくのを止《や》めた。月は水平線にずいぶんと近づいていた。気持ちは落ち着いたかい、という彼のささやきに、わたしは頷《うなず》いた。すまなかったね、こんなふうに告げるつもりはなかったのだけど。

混乱。震え。やがてわたしという壺の中で、骨の髄まで染み付いたあの宮廷作法という液体が、水位を増してゆく。あの恐ろしい戦《いくさ》が始まるまで……いいえ、始まってからもずっと……わたしたちのあいだで崇《あが》められ売り買いされていた、古くて新しい金貨たち。言葉遣い、視線のむけ方、指先の上げ下げから奴隷たちへの叱咤《しった》に至るまで、あらゆることは定められ、繰り返され、緋色《ひいろ》と黄金色と海の青を支えにわたしたちを律していた。息苦しいものではなかったけれど、どこかもの悲しく感じられた決まり事。ほんの昨晩までわたしと共にあったもの。いいえ、彼の言葉を信じるならば、二年前まで。

わたしの唇が動く。あなたのお師匠さまとやらは、たいそう長生きなのね。あなたがたいそう騙《だま》されやすいお人好しなのと同じくらいに。わたしの精一杯の女官風皮肉も、彼には心地よい涼風にすぎなかった。

いいや、あの人は長く生きなかったよ。鮫《さめ》に両脚《りょうあし》と肝《きも》を奪われたんだ。主の御年八八一年のことだった。彼の瞳をわたしは覗《のぞ》き込んでいた。わたしは口答えした。わたしは抗《あらが》った。とても信じられない。でたらめだわ。そのたびに彼は優しく語り続けた。彼の見てきた多くのことを。今は亡き友のことを。過ぎ去った王国の王たちのまなざしを。わたしは信じようとしなかった。月はすっかり海に抱かれ、東の空を薄く青い光が染め出した。しかたないな。彼は笑い、わたしの手をとるや海へと飛び込んだ。否《いや》も応《おう》もなし。そこでわたしが何を見たか――ああ、それは貴女には言うまでもない。そうね。あたしも最初はびっくりしたものだけど。たしかにあれは、説明されるよりも体験したほうが手っ取り早いわ。そう、そしてわたしは体験した。わたしの全身で受け止めた。まだ暗い夜明けの海で、わたしは凍え、遥《はる》か沖へと引きずられてゆき、そして彼が沈んでゆくのをみた。深みへ。深みへ。わたしはただ見つめるしかなかった。息が苦しくなっても。震えが止まらなくても。

わたしは空気を求めてもがいた。もう彼はどこにも見えなかった。両の腕をふりまわし、わたしは上を探し求めた、けれどどちらが海面なのか、命なき深淵《しんえん》なのか、かいもく解らなかった。わたしの中の悲鳴が噴き出し、かえって水がなだれ込んだ。死。死だ。これが死だ。あの恐怖すべき攻城戦と掠奪《りゃくだつ》の最中にも感じなかったものを、わたしは感じた。軀じゅうで受け止めた。こんなふうにわたしは死ぬのだ。テオドラ、世界の中心にそびえる永遠の宮廷に仕えた、さえない無名の女官。緋色の衣、城壁の上をひとりお駆けになる皇帝コンスタンティノス陛下の御姿が、わたしの中で突然に蘇《よみがえ》る。あら、あの逸話は単なる伝説だと思ってたわ。本当だったの？　わたしにとっては本当なのよ。いいから黙ってお聴きなさい。わたしの中で陛下の面影《おもかげ》が蘇る。あらゆる王の中の王、神の代理人にして聖なる都の統治者、至上の主権者、その御方がひとり駆けてゆかれる。滅びの壁の上を。敵軍の砲弾と偃月刀《えんげつとう》の中を。忘れようにも忘れられないあの悲痛な情景が、わたしの視界いっぱいにひろがった。そして——

　そしてわたしはアレクシオスが暗黒から急浮上し、わたしを抱き上げ、なにごともなかったように波打ち際まで泳ぎ戻りつつあるのを知った。

　さて、テオドラ。すこしは納得してもらえたかな？

　わたしは今度こそ黙り、そこから先の彼の言葉を必死で、全身で、魂の奥底で受け止めた。

指示に従って、わたしの指先が壺に差し込まれる。そしてほどなく、〈油〉がわたしの体をくまなく包むことになる。

この〈油〉が一つ、と彼は告げる。そしてもう一つはぼくたちの中に。呼気と吸気、そのあいだに秘密の回廊がある。これまでとは異なる息、これまできみが知らなかった胸と腹の動かし方、筋肉の均衡、そしてなによりも怖れを肺の中に止《とど》めて飼い馴《な》らすこと。きみはそうした技《わざ》を見出だすことになる。努力によって。訓練によって。さもなければ――。

さもなければ？

さもなければ、きみは今度こそ海の藻くずと化すだろう。

わたしはまだ自分の運命に気づいていない。けれど一つだけ確信を抱く。わたしはアレクシオスの指図どおりに努力することだろう。わたしは学ぶだろう。わたしは変わるだろう。この美しき古代の青年によって。

あなたは何者なの。

ぼくはアレクシオスさ。彼の髪が月夜の潮風と混じり合う。アレクシオス・アレクサンドロス、遠い邦《くに》の漁師のせがれだよ。

アレクシオス。アレクサンドロス。

人類の庇護者《Alex-andros》。

日々と、そして夜が、潮のざわめきと共にわたしと彼を通り過ぎる。修練の日々。呼吸を腹にためて、塩水の中へと潜る日々。深さとは海の重さなのだと悟る日々。

そしてわたしは海の藻くずと化すことはなかった。


海の中へ。中へ。中へ。

大きく息を吸い込む。そして肺の右奥の、それまで地上の王侯も賢者もだれひとり知らなかった小さな袋に想いを集め、一気に波と波の間へ滑り込む。あとは目を瞑《つむ》り……さあ、どこへ行こう？　どの海流を乗りこなそう？……ああ！　ふたたび目を開ければ、そこはもう一千海里の彼方《かなた》。おとぎ話の魔法の絨毯《じゅうたん》のように、あるいは熊神の毛皮のように、眠りにも似た時間をほんの一息過ごせば、目の前には見知らぬ岸辺。無数の海流、無数の冷たさ、それらを彼は乗りこなす。わたしは乗りこなす。

わたしと彼は海洋を乗りこなす。

海洋《うみ》。

そこは、わたしが知らないことだらけ。知っていると思っていたこと、知りたいとも思わなかったこと、けっして知るはずもなかったことが、終わりのない雷《いかづち》のようにわたしを鞭《むち》打つ。わたしはまるで新米修道僧。新たなる青と深みの教会がわたしの前にある。わたしは悔い改める。針の目をくぐり抜ける駱駝《らくだ》となる。聖ソフィア様の聖堂よりも偉大な、旧《ふる》き聖ペテロの大聖堂よりも昔から聳《そび》える、潮流と嵐に鍛えられた、原初《はじめ》の時に在《あ》りて終末《おわり》の時にも在らん、無限にして永遠なる——わたしはあわてて十字を切る。これは瀆神《とくしん》の罪だろうか。それともこれこそが、この深い深いものこそが、われらが救世主の真に語りたもうた教会なのだろうか。

アレクシオスは眠ることがなかった。

正しくは、昼と夜の周期に従って眠ることがなかった。彼は、そしてやがてわたしも、自在に眠りを乗りこなした。ちょうど海流を乗りこなしたように。そしてひとたび軀を休めれば、数年を……あるいは数十年を……静かに目を瞑ったまま過ごしたのだ。

はたして睡眠《ねむり》は人にとって必須なのだろうか。それとも、わたしや貴女の裡《うち》には未だ見出されずにいる不思議な器官があって、睡眠の代わりをこなしてくれるものなのか。そんなこと訊《き》かれても。そうね、わたしの言葉が過ぎたようだわ。まだわたしにも、わたしたちの誰にも、解き明かしていない秘密は数多くある。あの〈油〉でさえも、貴女たちの新たな仲間が持ち込んだ顕微鏡とやらの力をもってしても、まだ何も解っていない。話をもとへ戻しましょう。そうしてちょうだい。いずれにせよ、わたしは泳ぎ、また休息した。夏を追って赤道を越え、冷えた浅瀬で百年を眠った。

そしてわたしは見た、多くのものを。

あるときは、鯨《くじら》のふりをする巨大な蛸《たこ》を見た。長い足を巧みに、そして柔らかく曲げて、その不気味な生き物は必死に己にあらざる形を保とうとしていた。アレクシオスに笑顔が灯《とも》る。彼は蛸がお気に入りだった。連中は実に興味深いんだよ。どこが？　すべてがさ。連中は容姿《すがた》を変える術《すべ》を知っている。ある時は鰈《かれい》に、またある時はああして鯨のふりをする。鮫《さめ》の真似《まね》をしているやつも、ぼくは見かけたことがあるよ。なぜなのかしら。そうすれば敵に襲われずに済むから、だろうね。わたしは首を振り、暖かい流れをつかんで海面を目指す。あんな海の悪魔を眺めて楽しむ趣味は、わたしにはない。すくなくとも、その頃のわたしにはなかった。

ベイツ型擬態《ミミクリイ》ね？　ええ、貴女たちの言葉ではそうなるわね。あの頃のわたしは、まだそんな観念を知らない。ただ、模倣《ミメーシス》という言葉は確かにわたしの脳裏をよぎったわ。だいじょうぶだよテオドラ、彼はゆったりとわたしを追ってくる。連中は悪魔でもなければ猛獣でもないんだから。こちらから脅さなければね。連中は魚になり、蛇《へび》になり、また漂木のふりさえする。だけどね、テオドラ、もっとも驚くべきは、連中が首の長い……胴の太い……四つの大きな鰭《ひれ》をゆらめかせる邪龍の仕草を真似る時だよ。そんな龍《ばけもの》までうろついているなら、余計に連中の近くに長居したくないわ。いやいや、ご心配なく。彼は首を振る。龍はいないよ。とうの昔にどこかへ消えてしまったらしい。そうなの？　そうさ。師匠はそう言っていたよ。幾百年、幾千年も昔……それこそノア以前には生きていたに違いない。そして大洪水と共に亡び去った。師匠はよく言っていたよ。アレクシオス、あの蛸どもをよく観察するがいい。あれが無知、あれが智慧《ちえ》の実を食らわなかった幸福だ。あれらは邪龍の様子《さま》を今に伝える。龍は滅び去り、今ようやくその巨《おお》きさを、動きを、色合いを、われわれは命の危険無しにじっくりと観ることができる。滅び去らねば正体が判らない、そうしたものがこの地上の王国には確かにある。だが、あの哀れな蛸たちはそんなことを知らない。だから今でも時折旧《ふる》き龍のふりをして身を護《まも》ろうとするのだ——とね。どうだい、そう思えばちょっと可愛《かわい》らしく映るだろう？

またあるとき、わたしは鯨たちの骨が悠々とゆくさまを見た。あれはこの海の墓守《はかもり》、死せる鯨の残り香だよ。アレクシオスの声は厳粛だった。最後まで残った骨のおもてには、びっしりと、小さな虫たちがはりついている。いや、それを虫と呼ぶべきか、それともむしろ草花に属するのか、実は定かではないのだけれど。いずれにせよ、それらは骨を嘗《な》めながら生きている。ゆっくりと、ゆっくりと。それらにとって、あの巨大で無言の骨格は、千年の憩《いこ》いを約束する豊穣の地なんだ。この恵みは一方にだけ働くのではないよ。それらの僅《わず》かな浮力が積み重なって、骨の群れもまた死後の生を享受することになる……骨はたしかに沈んでゆくが、しかしそれ以上に暗い水の流れがあり、さらに暗い流れとの密度差から来る界面があり、また様々な噴火の波紋や、気泡や、色も目も欠いた小さなものたちの群れが時折寄せては返す、そのたびに骨は少しだけ沈むことをやめ、かつての古き良き浅い海を想い出して、上を向く。その上向きの勢いを虫たちは見逃さない。それらは一斉に繁殖を始める。浮力は増し、骨の結合力が増し、より暗い〈底〉の界面を避ける海流へと近づくことがある。運が良ければ、骨の艦隊は小指一本の半ばほど浮き上がるだろう。そしてまた翌年の僅かな変動を待つことだろう。

　またあるときは、嵐の中で戦船《いくさぶね》の群れが腹を割《さ》かれつつ、帆柱を自ら振り捨てて落ちのびてゆくさまを見た。アルマダ。アレクシオスがつぶやいた。武装したるもの《armada》、ですって？　わたしは波を避けつつ振り向く。では、あれはフランク人の船なの？　少しばかり違うね。鯨の背に辿《たど》り着いてから、彼はゆっくりと舌を動かす。Ar-ma-da。ヒスパーニアの言葉さ。

　ヒスパーニア。遠い昔、わたしたち文明圏《ていこく》が失った黄金と梢《こずえ》の土地。ゴート族の武人たちが奪い去り、ジブラルタルの柱と共にムーア人に持ち去られた、この世の果て。どうするの？　どうするって？　救わないの、あの水夫たちを？　この嵐では無理だよ。近づけば、ぼくたちも危ない。テオドラ、この〈油〉と呼吸はぼくたちを千里の果てへ連れてゆけるけど、けっして不死というわけではないんだよ。

ああ。わたしは嘆息する。そしてわたしの思い上がりを、どこか深いところから見上げているもうひとりのわたしに気づく。ああ。なんと遠くまで、わたしはやって来たことか。

いいや。アレクシオスはつぶやく。まだほんの散歩さ、これくらい。

そうなの？

そうとも。きみは、きっと遥かに遠くへ往《ゆ》くことになる。このぼくよりも。誰よりも。

目を瞑り、流れに身を任す時はわたしたちの軀に力を及ぼさない。それは善き知らせであり、同時になんとも不思議な兆しだ。

わたしはほとんど歳《とし》をとらず、アレクシオスの容貌《かんばせ》もまた変わることはなかった。彼が独りではないことを、わたしは七度目に潮流を乗りこなす中で学んだ。これまで多くのものたちを掬《すく》い上げてきたよ、と彼はわたしに告げた。月明かりの下で。荒れる波の挟間《はざま》で。海深十二尋《ひろ》の水圧の中で。

かれらは全員、あなたが救ったの？　全員ではないよ。あのあたりの古顔は（と、青年は海面に浮上した鯨たちの大家族につかまりながら、周囲の面々を指差しつつ教えてくれた）ほとんどがそうだけど……そのあとは連中がそれぞれ勝手に助けたり、誘い込んだりした仲間だ。ぼくにも正確な人数は判らない。判りたいとも思わない。ぼくはかれらの長《おさ》でもないし、ましてや王でもない。

では誰が王なの？　誰も。誰も？　そう。ここは王国ではない。ぼくたちは民ではない。なぜ？　なぜだと思う？　わたしは暫《しば》し考える。答……海洋《うみ》には足りないものがないから。でしょう？　違うかしら、アレクシオス？

なぜって、わたしたちはここで好きなだけ潜り、好きなだけ渡り、貝と蟹《かに》と魚をとってはお腹《なか》を満たすことができるから。好きなだけ眠り、ほとんど老いることもなく、流行《はや》り病《やまい》や蛮族の軍勢が迫れば、沖に出て潮流を探り、次の浜辺を目指せば良いだけだから。〈油〉はあちこちの磯で醸《かも》すことができる。呼吸の技は学びさえすれば奪われることもない。わたしたちは、一処《ひとところ》に止《とど》まる謂《いわ》れがない。陸に戻りたければ、戻ればいい。浜辺で出《で》逢《あ》った娘と契りを交わし、船と網をしつらえて一生を終えるもよし。畑を購《あがな》い、せわしなく耕すもよし。もっとも、そうした道を採る者は少ないようだけど。疫病《えやみ》も重税もない海洋を捨てて、だれが戻りたいと思うものだろう？

そうだ。わたしたちは戻らない。ただ青い潮流の中を、すすんでゆくだけ。どこまでも。

どこまでも。永遠の回遊だ、とわたしよりも後に加わった老人がつぶやく。それはいっぽうの末端を欠いた曲線であり、消失点にむかって分岐《えだわかれ》をくりかえす無限大の円でもある。

老人は、遥かキタイの地に生まれ（とはいえ、そのころのわたしにとってキタイは二呼吸半の距離でしかなかった）、大海賊のワン大将のもとで悪行のかぎりを尽くしていたが、隠居すると決めた矢先に港町が日本《ジパング》の王トヨトミに襲われ、奴隷にするには年寄り過ぎるということで哀れ海へと放り出された……そんな真実《ほんとう》とも法螺話《ほらばなし》ともつかない身の上を、わたしは幾たび聞かされたことだろう。けれど、老人は確かに賢かったし、あちこちの海を泳ぎ渡るうちにそこかしこの湊《みなと》で友人を増やし、書物を読み、新しい知識と古い智慧を集めては並べ直し、つまりはかつて彼が願ったとおりの隠居生活を満喫していたのだった。

ああ。知識はかならず最後には、海に辿《たど》り着く。いつのまにか、わたしはそのように信じている。だからわたしは老人の言葉にうなずく。

海洋《うなばら》、この大地の研《と》ぎ汁《じる》。そして数多《あまた》の王国と帝国の。

アレクシオスの民《たみ》、とそれでもわたしは名付けた。

あなたの民だわ。わたしは言った。あなたが率い、あなたが統《す》べる。そしてあなたはこの大海原《おおうなばら》の王に違いない。だって、あなたには責任があるもの。責任？　命を救った責任よ。わたしたちの。わたしの。

彼は（名も無き南の島の椰子《やし》の樹の下で）困ったように眉《まゆ》を寄せる。もしかして、救って欲しくなかったのかい、テオドラ？　そういうわけではないけれど。でも、わたしはもうわたしの親兄弟や友人たちとは永遠に逢えなくなってしまったわ。それはぼくのせいだろうか、青年は真面目に首をかしげる。永遠の都を陥落させたのはオスマンの将兵たちだった。たしかにきみを蘇らせるのに少々手間取ったことは認めるけど。でも、きみはいつでも好きな時に陸へ戻ってもかまわない。誰もきみを引き止めはしないよ。

陸へ戻って、そしてどうすればいいのだろう。わたしは戻らなかった。陸へ戻り、どこその貴族を騙《だま》して奥方の座を手に入れる？　長寿の秘薬と称して〈油〉を売ってまわる？　それとも海を渡る不思議な人々の話を糧《かて》に、北国の皇帝に取り入るか。いいえ。誰が信じてくれるだろう。その前に、そんな夢物語を語ろうとするわたしのことを、誰が敬虔《けいけん》なキリスト教徒だと認めてくれるだろう？（実際、それからしばらくして、欧州人《フランク》たちのあいだでは魔女を火炙《ひあぶ》りにする祭りが百年近く流行ることになったのだし。）

そう。わたしは陸へ戻らなかった。代わりに、大きな溜息《ためいき》をついた。そしてアレクシオスと彼の民の幸福そうな笑顔を眺めまわした。半ば以上は粗野なフランク人。幾人かはエチオピアびと、あるいはサラセンびと。ほんの一握りのキタイびと、アユタヤの幼い姫君が一人、ユダヤの商人《あきんど》が二人、ルースの騎馬王子が一人、それから新世界の高貴な赤い肌の女たち。典雅なギリシャ語を解さない、適当に崩れたラテン語とアラビア語の混ぜこぜになった言葉を話す人々。

ええ、やっぱりあなたの民よ、アレクシオス。

わたしは多くのものを見、また聴くことになった。

わたしは聴いた。見ることのできないもの。深淵《ふかみ》の鼓動を。わたしを誘い、アレクシオスは深く潜った。わたしは必死についていった。深淵とは即ち重さに等しい。水圧そのものが、ゆっくりと、ゆらめいている。わたしは幾度も潜り、そしてそのたびに〈油〉と呼吸がわたしの軀を護ってくれることに驚いていた。彼が手を振る。わたしは瞼《まぶた》を閉じ、瞼を開き、するとその時にはもうわたしと彼は深海にいる——上下逆さまになったまま、光のない領国の底にむかってのぼってゆく。落ちてゆく。のぼってゆく。そこでわたしは最も深く、最も古い秘密を耳にする。

アレクシオス、あれはなに？　あれはなに？　あれが〈唸《うな》り〉だ。細やかな手の動きが、音のない世界で答を示す。音のない世界。ないはずの世界。けれど、それはあった。それは音だった。それは響きだった。それはわたしの軀を芯から揺さぶり、突き抜け、染めていった。この星のあちらこちらに、と彼はわたしに教えてくれた、こうした〈唸り〉が誰にも知られることなく彷徨《さまよ》っている。〈唸り〉は年を経た潮流が育ったものだと説く者もいる。あるいは、外洋の底の底から自ずと湧き上がってくるものだと考える者たちもいる。ぼくには解らない。誰にも解らない。

それがどこから来たものか、どこへ往こうとしているのか、解き明かした者は一人もいない。

エヂプトの金三角《ピラミッド》や、キタイの長城のように、かたちをとどめて旅人を驚かせる類《たぐ》いではない……けれど、それらは確かに在り続ける。〈唸り〉たちは消えることなく、時をやり過ごす。海のもっとも深い峡谷にひそみ、黒い流れの中を漂い、あらゆる底の底にあるという山脈《やまなみ》を乗り越え、七つの界面のさらに下に蠢《うごめ》く大河をくぐり、大いなる外海のさらに外を巡りながら。あれは、そんな〈唸り〉の一つだ。

わたしは深淵を見下ろす。〈唸り〉の縁が、大魚の鰭のように、きらきらと行き来するのがわかる。わたしはようやく腑《ふ》に落ちる。海は唸っている。大気は唸っている。世界は唸り続ける。ひたぶるに。

るううん。

るぶぶぶるうううううんん。

うううううんむ。

2(sg.,f.)

そう、いずれ貴女もまた耳にするはず。あの響きを。

3(pl.)

だから彼らが〈唸り〉を発見し、それを〈ハミング〉と命名したのは、偶然にすぎない。

彼ら？

つまり地上の文明人たちのことよ。帝国と王国、そして共和国。

つまり現代人のことね、と貴女は腕を組む。あんまり文明的とは言い兼ねるけど。わたしは半ば頷《うなず》き、半ば首をかしげる。そして何とかして話を続けようとする。すべては偶然だった。もともと彼らはこの海の奥へ、たまたまやってきたに過ぎない。しかも、無骨で扱いにくい人工の殼の中で押しくら饅頭《まんじゆう》をしながら。水測員が眉をしかめ、報告書が作られ、提督が頭をかきながら首をひねり、今は亡きソビエト連邦という王国は度々それらに近づき、しかし真実は語られることなく報告書だけが秘《ひそ》かに積み上げられていった。

やがて事が漏《も》れ始めてからも、国々の執政官たちは頑《かたく》なに口をつぐんでいた。


やがて数多《あまた》の海の底を、無数の回線《ケーブル》が取り巻き始めた。初めはこっそりと、慎重に……やがて大胆に荒々しく、幾重にも海底を巡り、縛りつけ、征服と所有権を主張しつつ。ケーブルの中では、電《エレクトラム》気の粒が波打っていた。かくして波の底にもうひとつの波が……青い圧力の下にもうひとつの海原が生まれた。

彼らのうちのひとりが、あるとき小言を口にした。やあ、この回線はどうにも安定しないね。時々、数百ミリボルトのスパイクが出る。原因は？と別の誰かが問いかける。おそらく地磁気の影響だろう。また別の誰かが調べ、誰かが短い論文を発表する。海底地震、津波、その他諸々《もろもろ》が海水を攪拌《かくはん》するのであります。海水は塩分たっぷり、当然ながら素晴らしい電導体でありますが、これが短期的且《か》つ急速に運動するということは、ようするにナトリウムおよび塩素イオンが地球の磁場に対して動くわけですからして、そこには電気が。

なるほど。面倒だな。

しかし、こりゃどうしようもない。

ちょっと待てよ、と一人の紳士が考えた。ということは……現在、この惑星の海底を縦横無尽に這《は》い回っている海底ケーブル群は、そのまま一個の巨大な地磁気変動観測装置として使えるんじゃないのか？　うまくしたら、津波の早期警報装置としても……！

それを追いかける、恒例のつぶやき――どこから予算を獲《と》ってくる？

小さくて安価な観測器が七つの大陸のあらゆるケーブルの両端に備え付けられたその日も、その前の日も、それどころかその十年前にも、百年前にも……深い、深いところで海水は酸化してゆき、つまり彼らは長いあいだそれに気づかぬまま過ごしていたのだった。

なぜ？　ええ、なぜでしょうね。答は無数にあるけれど、貴女はそれでは満足しないでしょう。だからこのように答えましょう。幾つかの言葉が彼らの耳を、目を、指先を捉《とら》えて離さなかったから。時間は常にそれら三つの挟間に、泡のように浮かび、けっして止まるところがない。耳から目へ、目から指へ、そしてまた耳へ。細かく砕かれ、あらゆる一瞬は流れ去る。機会、印象、悔恨、そして偶然。

彼らは機会を取り逃がし続けた。温度のことだけを気に病んでいた。その他の様々な相《アスペクトウス》を──酸化はもちろんのこと、深海潮流の速度も、おだやかに沈降し急上昇する希少元素群の分布率も、あるいは生物圏との奇妙気儘《きまま》なやりとりさえも──彼らは彼らの外に置いていた。鯨たちの楽の音が年を追う毎《ごと》に低くなってゆくことにも、彼らは注意を払わずにいた。

もちろん、肝心の温度にしてから、彼らのあいだでは合意に至ることがなかったけれど。それは上昇しているのか？　むしろ冷え始めているのか？　その原因は？　影響範囲は？　今後の予測は？　打開策は？　文明の発した炭酸ガスが、それほど大きな力だったというのか？　なに一つ確かにはならず、むしろその不確かさの中で跳ね回るのが愉《たの》しいとでも言いたげに、彼らは語り続け、騒ぎ続け、並び続け、そして時間の泡だけが岸辺に砕けては散り、また次の波が砕けて消えた。

そして鯨の響きは低くなり、〈唸り《ムルムール》〉は暗い圧力の中で育ち続けた。

観測器は順調に動き、膨大な数字を生み落としていった。ふむ。なんだこりゃ。ひとりの若い学生が画面を覗《のぞ》き込む。あるいは研究室の助手が書類の束をめくり直す。この〈ハミング〉は何なんだ？　生物起原？　新種の鯨の鳴き声？　バカな。ヘルツが大きすぎる。

全長が百マイルはないと、こんな音は出せんだろう。じゃあ米軍の秘密兵器実験とか。やめてくれ。

あたしも最初はそう思ったわ。湾岸戦争の後だったし。貴女もあの論文を読んだの？

ええ。まだ学生でしたけどね。噂《うわさ》はいっぱい飛び交《か》っていた。でも確かにおっしゃるとおり、あたしたちは手遅れになるまで気づかなかったわ。海水の酸化が進行して、それが温度と比重を経由して深層海流の蛇行を急激に変動させる……大気の温暖化じゃなくて、いちばんの気候激変の引き金はそっちだった。けれど見落としていた。まったく、なんてことだろう。

まあいいわ。今さら悔やんでも仕方がない。それで、何がきっかけだったわけ？　なぜ地上の連中と関わるつもりになったの、テオドラ？　答を探して貴女はわたしの瞳を覗き込む。わたしも誰かに対して同じことをしたい気分だ。なぜって答はわたしの中には無かったのだから。すべては偶然だった。もしくは運命だった。いずれにしてもわたしの与《あずか》り知らぬところで事はおきた。というと？　簡単なことよ。〈唸り〉が大きく迂回《うかい》を始めたから。そして〈アレクシオスの民〉が、岸辺に打ち上げられてしまったから。

そうだ、それよ。アレクシオスは？　彼はどこへ行ったの？　あたしは彼に逢っていないわ。そうね、とわたしは応《こた》える。彼は消えてしまった。あの〈唸り〉が乱れた朝に。

深淵を目指していたのだ、彼は。

初めから、そして最後の日まで。彼は真《まこと》の深淵を常に探していた。彼は学者ではなかった、けれどもあらゆる学者以上に探求を好んだ。そこにすべての秘密がある、と彼は微笑《ほほえ》んだ。この大海原の秘密、この星の秘密、天なる神と救い主たる嬰児《みどりご》と原初の生命の秘密が。それは彼の祈り、彼の聖堂だった。わたしは信じていなかった。あら、過去形？そうね。今はどうだろう。わたしには分からない……じぶんが何を信じているのか。あるいはいないのか。いずれにしても、起きたことは起きたこと。アレクシオス、わたしのアレクシオスはあの朝、〈唸り〉の渦に巻き込まれ、そのまま深淵へと消えていった。貴女たちが日本海溝と名付けた、あの最も深き峡谷へ。そして今もなお帰って来ない。いっぽう、彼の民の幾人かが岸辺に打ち上げられていた。カリフォールニアと呼ばれる國《くに》の、ヴェネツィアの浜辺に。

違うわ、ベニス・ビーチよ。カリフォルニア州《ステート》の。


わたしが例の機械を初めて観たのは、貴女がやって来る少し前のこと。ラジオの時ほどの驚きはなかったけれど、そのコンピュータという代物《しろもの》は確かに愉しい仕掛けだった。膝《ラッ》

《プ》の上に載せる《トップ》という、小さなからくり。魔法の壺のようだ、とわたしは思った。記憶が泉のように噴き出してくる。掌《てのひら》の上の、あの小さな油壺。

機械の壺の中では、身なりの良い紳士たちが話し合っている。お互いの声を聞かず、自分の言葉で無限に広いという壺の中をすべて満たそうとして。

不可能です、不可能です！　こんなことが科学的に起こりうるはずがない。海の中に棲《す》む人間？　五〇年代のB級映画じゃないんですから。即座に溺《おぼ》れて死んでしまいますよ、まともな人間なら。ましてや深海の水圧に耐える方法があるとは。一人が喚《わめ》き、もう一人が遮る。しかし実際に人類の身体能力の全てが解明されているわけでは。例えばメキシコ先住民のタラヒュマラ、いやタマヒュラマだったかな、とにかく彼らは数百マイルを休むことなく走破して一向に健康上の問題がない。むしろ都会人よりも健康です。アフリカのカラハリ族も同じような技法でアンテロープを狩ります……獲物が疲労のために倒れてしまうまで、ひたすら後を追い続けるんです。野生の草食獣が疲労困憊《こんぱい》するまで、ですよ！　そういった超人的な能力は現実に開発可能です。そして地上でそれが可能なら、もしかしたら海中の移動についても。

さらに三人目。科学的とかじゃなくて、とにかくまずは現実の健康被害の問題として捉えるべきです。この馬鹿げた噂のせいで……例のツイッターが原因ですよ、あれのせいであっという間に全米どころか世界中に広がってしまった。おかげで若い連中は、ろくな準備もせずに次々と海に飛び込んで、行方不明や溺死《できし》や海岸周辺の交通渋滞が。最新のデータでは、ええと何件でしたっけ？　三千です、少なくとも、と中央の女性が色付きのひどく薄い紙を読み上げる。国内の確認された溺死だけで。未遂や入院中については、ええと。だから科学教育予算を削るなと私ゃ言ったんだ！と最初の紳士の声。それもこれもあのしょうもない前政権の。

取っ組み合いが始まる寸前に、二人目の紳士が譲歩案を出す。これ以上ないくらい、おずおずと。では遺伝的特性として……つまり一部の人口にだけ可能な技法だという可能性はいかがでしょう？　人種差別だ、と右隅の若い紳士が叫ぶ。そんじゃ何か、あんたはメキシコ人だけが太平洋を自由に横断できて、我々まっとうな白人は置いてけぼりですと言いたいのか？　あんたのその物言いのほうがよっぽど差別的じゃないか！　なんだと！　なにを！……あれよという間に壺の中は一気に沸騰する。きっとどこかで誰かが油を注ぎ込んだのだろう。

懐かしき〈ギリシャの火〉にも似て、新鮮で絶えることのない油を。

3(sg.,m.)

科学、科学者、科学的。それらの単語があっというまに五つの大陸と諸帝国を塗りつぶす。

また別の時、別の場所では（いずれにしても魔法の壺の中だけれど）別の紳士淑女たちが語り合っている。先ほどよりも多少は文明的に。疑問点は海中での超遠泳行為そのものよりも、そこでどのように代謝を維持しているか、その機能です。新たな仮説が飛び交い、その中でひとりの女性の声が次第に反響を増してゆく。神経系と内分泌系の相互微調整による一時的もしくは選択的な糖尿病、というのが私の仮説です、と彼女は誇らしげに語り始める――（ざわめき、短い反論、賛同と毀《き》誉《よ》褒《ほう》貶《へん》）――ご承知のとおり、文明病として知られる糖尿病の根幹にはインスリンの機能、というよりも機能の不全があります。このホルモンが体内のグルコースを分解するかしないか、きちんと分解すれば健康体、しなければ血糖値が上がり、体のあちこちに副作用が発生し、我々は病人と診断されます。ただし（再びざわめき）状況によっては、体内に大量のグルコースを貯えていたほうが生存に有利な場合があります。実際、野生動物の中にはそうやって生き抜いている種が幾つもあるのです。厳冬、極地、そして冷たい深海。もしもヒトの体が、一時的にインスリンの活動を停止させられたなら……副作用が起こらぬようにその活動時間と規模を精密に調節できたなら……あるいは種々の副作用をも何らかの有利な特性として再利用できるならば。そしてその調整を、内分泌系のみでおこなうのではなく、神経系、特に大脳新皮質からの信号によっておこなえたならば。

そこから後は、貴女もよく知っている顚末《てんまつ》が彼女を襲うことになる。なぜって彼女は貴女なのだし。

ええそうね。まったくもう。

では続けましょう。

科学者たちは全員椅子《いす》から立ち上がり、あるいは回線に繋がれた機械にむかって猛然とアルファベットを打ち込み、議論の中で発熱と爆発を繰り返す。

馬鹿げている！　証拠は？　実験結果は？　捏造《ねつぞう》だ！　政治的陰謀だ！　断じて！　休会を宣言します、誰の権限だそれは、静粛に、静粛に！　公聴会はいったん休憩を宣言します！　それではコマーシャルをどうぞ！

違うわ、最後のは放送局が決めることよ。委員長がやったのは休会するところまで。

わたしは小首をかしげつつ、実は未だに最近の地上世界の仕組みがよく解っていないのだと謝罪する。

まぁそのへんはどうでもいいわよ。問題はそのあと。

ええそうね、とわたしは同意して〈そのあと〉を思い起こす。思い起こそうとする。

2(pl.,f.)

貴女たちは語り続ける。これまでよりは、少しだけ大胆に。少しだけ政治的に。

人体には未知の可能性がある。間違いなく！　これは科学的事実だ。間違いなく！

我々合衆国人民はすべての事実を、事実のみを、知る権利がある！　まったく間違いなく！　貴女たちは立ち上がる。女性科学者たち。より自由な女たち。多くの名称が、そしてそれ以上に多くの蔑称《べっしょう》が、貴女たちにむけて投げつけられる。

それでも貴女たちは合唱を止《や》めない。事実を！　科学的思考を！　そしてなによりも移動の自由を！

しかし、それでは国家が成り立たなくなりますぞ。

ああ憶《おも》い出した。そんなこと言ってた爺《じい》さんがいたわね。貴女は肩をすくめる。つられて貴女たちもまた。

成り立たない？　なぜ？　画面の中で貴女は切り返す。なぜって、それはだからつまり。えへん。おほん。わかりました、そこの論点はとりあえず措《お》いておきましょう。あとでまた話しますわ。しかしですね、仮に成り立たないとして、だから何だと言うんです？

　なんですと？

　国家が成り立たないからといって、これほどまでにポテンシャルのある移動方式を制限して良いという理屈にはならないでしょう。移動の権利、と言いますか、この場合はもっとシンプルに、身体移動技術ということですが、それはもはや万人の知るところとなりつつあります。一時《いっとき》噂されていたような、特定の人種・民族・家系に限られた技法ではないことが、私たちの研究によって証明されています。つまりこれは生得的《イネイト》な……と言いますか人類にとって自然《ナチュラル》な……運動形態の一つに過ぎないのです。地上での二足歩行や水面での遊泳がそうであるようにね。第三の移動法と呼んでもいいかもしれない。地上、水面、水中。数万年ぶり、もしかしたら百万年ぶりの大革新です。国家がどうのこうのなんて、それに較《くら》べたら小さい話ですよ。考えてもみてください！　どれほどの新たな知識が、産業が、娯楽が、ここから生まれ得るか！　海底探査はどれだけ躍進すると思います？　大陸間の旅行が容易になることで、どれだけ国際交流や民族間の相互理解が進むと思います？　民族差別は？　戦争は？　物流は？　文明のかたちそのものが変わるでしょう。いいえ、それどころか生物種としてのヒトの生態学的地位、心理構造、世界観、宇宙観、あらゆることが刷新されるかもしれない。と言うか、されるに決まってますわ。それらすべてを……ありとあらゆる可能性を……一体どういう法理に基づいて制限するっておっしゃるの？

なんですと？　いやつまり、さきほどの話題に戻りたいわけですが、ミス・ヘルナンデス、今あなたは非常に重大な発言をなさいましたな。

ミズです。ミスじゃなくて。

では、ミズ・ヘルナンデス。

はい。で、私の指摘の重要性を理解していただけて大変光栄ですわ。当然の論理的帰結を口にしただけですけど。

いや、そういうことではなくてですな……あなたは今、この合衆国を含むあらゆる国家の重要性を否定したんですぞ。

重要性じゃなくて必要性です。私が否定しているのは。

よけいに悪い！

どうしてですの？　そもそも、なんのために国家があるんです？　なんのために国境と警察と裁判所と内国歳入庁《IRS》があるんです？　ていうか、ＩＲＳはそもそも不要だってことは以前から皆さんが。

決まっとる！（テーブルを叩《たた》く拳《こぶし》の音）人間の自由《リバティー》を保障するためだ！　自由世界を維持するためだ！　あのアウシュヴィッツやダッハウの悪夢を二度と繰り返さんためだ！　基本的人権、この貴重な、崇高な、いつ如何《いか》なる時にも侵すべからざる、神の御護《おまも》り給う、不可分にして単一なる共和国の……

あのね。身体の自由が拡大したのであれば、そしてそれが我々の身体に生来備わっていた能力であると判明した以上は、変わるべきはむしろ法律であり社会のほうです。そうは思われませんか？　生来的能力を抑え込んで秩序を維持しようというのは……そうですね、なんと言ったらよいのか……ひどく迂遠《うえん》なやりくちではないでしょうか？

迂遠！　迂遠ですと⁉　合衆国憲法が⁉

そうです。べつに憲法だけじゃなくて、その他諸々《もろもろ》もですけど。新しく発見された自由は、新しい何かによって保障されたほうが効率的です。まぁ、旧来の主権国家がこの海中遊泳人口の身体の自由やら所有権やらを護りきれるというなら、ぜひやってみてほしいもんですけど。でも、実際のところ無理でしょう？　だからこそ私たちはこの二年間、ひたすら無駄な議論を繰り返しているわけで。今こうしているあいだにも、メキシコとプエルトリコから膨大な数の人間が、この国の海岸に到着しつつあります。沿岸警備隊も、州兵も、海軍も、結局あの人たちを押しとどめることはできなかった。テキサス州だけは例のバカみたいな〈ハドリアヌスの壁《ヘイドリアンズ・ウォール》〉と軍用ヘリでなんとか凌《しの》いでるらしいですが、それだっていつまで保《も》つやら。それに問題はもうアメリカだけじゃありません。EUも、日本も、中国も、インドも……あらゆるところで事態は進行しています。ちょっとググってみれば子供でも判ることです。戒厳令なんか布告しても、効果はない。あのイランでさえ諦めたんですよ？　先日のユニセフの推計をご覧になりました？　五年以内にスイスとモンゴル以外は完全にアウト。あらゆる国の国民が動いているんです。自由に。勝手気儘に。例の〈ハミング変動〉急増と深海潮流紊乱《フラクチュエーション》のせいで、異常気象だらけになっている陸地を後にして。面積では二倍以上、容積で考えれば数十倍にもなろうかという新世界・海洋へと！　——それとも、そんな趨勢《すうせい》は無視して、既存の主権制度に固執しますか？　徴税権と警察制度を守るために、わたしたち一人ひとりの身体がどこにあるのか、どこへむかっているのか、常に監視し、マーキングし、集計し、警報を鳴らしますか？　すべての海岸に高圧電流入りの鉄条網を設けますか？　それこそが、ドクタ・シュピーゲル、あなたがもっとも憎んでらっしゃるアウシュヴィッツでありダッハウそのものではないんですか⁉……

　論争はその後も続く。けれどわたしはその行き着く先を知らない。なぜなら、わたしの軀はもはやコンピュータの前にはなかったから。ええ、そうね。テオドラ。貴女はやがてつぶやくだろう。独り、魔法の壺を前にして。

テオドラ、あなたの望みは何だったの？　新参者のあたしに〈アレクシオスの民〉を任せ、崩壊する文明諸国からこぼれ落ちてくる無数の子供たちを、女たちを、途方に暮れた男たちを、受け入れると全世界にむかって高らかに宣言しながら……それでもあなたの本当の望みは何だったの？

1(pl.,f/m)

あたしたちは夜な夜な語り合う。テオドラ、本当は何が望みだったの？

わたしは答えない。答えようがない。わたしは地上の王国にむけて民の受け入れを宣言し、執政官たちの攻撃がその翌日にやってきた。前触れもなく、雷のごとき火矢《ロケット》が群れなしてわたしの休む浜辺へと舞い降りた。今やわたしの軀は深海にあって静かに分解しつつあり、魂のほうはもはや地上に属していない。だから貴女の問いかけは、むなしく月明かりの磯《いそ》を濡《ぬ》らすばかり。それでもおそらく、貴女はわたしの声を聞くだろう。この海洋の四隅に反響し続けるわたしの想いを知るだろう。そうね、と貴女はつぶやく。きっとそうね。あたしたちは、これからも潮流の彼方《かなた》へ渡り続けるだろう。テオドラの宣言を糧《かて》にして。その思い出を胸に秘めて。

テオドラ。テオドラ。あたしを、あたしたちすべてを、民に迎え入れてくれたひと。海をわたる民の長《おさ》、深き海へ潜りては還《かえ》る一族の女王。

epigraphe=0(sg./pl.)

もちろん地上の王国は、帝国は、そして共和国たちは滅び去るだろう。それらは、もはや民を護ることができなくなってしまったのだから……〈唸り〉の乱れから。洪水と大雨から。深海の酸から。再び目覚めた旧き龍どもから。

あらゆる国境が意味を失い、泉は小川へ、小川は大河へ、大河は河口の青い海へと流れ込むだろう。短くも華やかだった〈主権〉の時代は、まもなく終わりを告げるだろう。その代わりに貴女たちが民を護ってゆくことだろう。

そしてわたしたちは、そのときこそ再びめぐり逢うだろう。

わたしとアレクシオスは。わたしとコンスタンティノスは。あるいはけっして名付け得ない、わたしのかたわれは。

わたしたちは、そのときはじめてわたしを識《し》ることだろう。

あらゆる儚《はかな》い王国、帝国、そして共和国が地上から消え去ったその朝に、わたしたちはあの〈黄金の角〉の岸辺に立つだろう。それが空《むな》しく滅び去るまでその正体を明らかにすることはできない。そうしたものがこの地上にはあるのだと、彼は教えてくれた。ああアレクシオス。ああコンスタンティノス。わたしの淡い初恋。

あらゆる主権は滅び、その時こそわたしは真に皇帝陛下を識るだろう。

そしてその朝、天使たちは喇叭《らっぱ》を吹き鳴らし、わたしたちはようやく初めてお互いの顔《かんばせ》を見つめるだろう。原初《はじめ》の時に在《あ》りしアダムとエヴァのように。終末《おわり》の時に降り立つはずの、救い主と聖母のように。

ジェラルド・L・エアーズ、最後《さいご》の犯行《はんこう》

親愛なるミスタ・ラッセル、

ハロー、わたしの名前はサマンサ・モーリーンといいます。わたしはいま七年生で、この手紙はミセス・ムーアの英語の授業と、ミス・マクタガートの〈権利と責任《ライツ&リスポンシビリティ》〉の授業との、合同課題として書くことになりました。わたしたちの町のジュニア・ハイには、そういう科目があるのです。わたしたちはいつもR&Rと呼んでいます。

ミス・マクタガートはとてもいい先生です。彼女はフランス系とスコットランド系の血をひいていて、とても背が高くてきれいなプラチナブロンドです（ちなみにわたしは赤毛で、あまりそのことを自分では気に入っていません、なぜならクラスの男子たちがばかにするからです――外見で人を判断するのはあまり良いことだとは思えません：ミスタ・ラッセルはどう思いますか?)。

ミス・マクタガートは、カナダにある死刑に反対する団体に参加していて、とても活発に活動しています。わたしたちがこうして手紙を書くという課題も、その団体の活動を参考にしていると教えてくれました。PTAでは反対する人たちもいたそうですが、ミス・マクタガートは負けませんでした。

わたしは、死刑囚の人に手紙を書くというのは生まれて初めてなので、どうしていいのか初めはわかりませんでしたが、ミス・マクタガートが「心に思ったことを素直に書けばいいのよ、ふだん友達に話しかけるように、あなたの考えていることや悩みごとを書いてしまえばいいの」と教えてくれたので、ちょっとだけ気持ちが楽になりました。

いまのわたしがいちばん悩んでいるのは、勉強のことです。ミセス・ムーアは飛び級をすすめてくれますが、わたしはあまり飛び級したくありません。なぜかといえば、上級生たちは体も大きいし、とても勉強ができるので、いくらわたしがいまの学年でよい成績だとしても、上の生徒たちといっしょになった時にかなうとは思えないからです。でもミセス・ムーアはとても熱心にすすめてくれます。わたしがいまの学年のままでいいですと言うと、もしかしたら彼女を傷つけてしまうかもしれないので、とても悩んでしまいます。勘違いしないでほしいのですが、わたしは冒険がきらいなのではありません(むしろ大好きです）。ただ、そうしたくないことをしなければいけないというのが、あまり好きではないのです。

これでわたしの手紙は終りです。もしも失礼なことを書いていたら、もうしわけありません。お返事をいただければ、とてもうれしく思います（お返事がいただけないと、授業の課題が完了したことにならないのです）。

かしこ
サマンサ・モーリーン

親愛なるミス・モーリーン、

貴女のお手紙が、どのような官僚的錯誤によってラッセル氏ではなく私の手元に舞い降りたのか、そこはまったく私には探索しかねる難問なのですが（「官僚的」という言葉は理解できるでしょうか？　もしも難しければ辞書を引いてください）、いずれにしてもこの偶然を私は喜ばねばなりません。

獄中の暮らしはけっして快適ではありませんが、時にはこうして外部の人間——それも顔なじみの弁護士たちや、時折思い出したように押しかけては去ってゆくメディアの連中ではなく――と言葉を交わすことは、人間の精神の健全さにとって非常に有益なことなのでしょう。

明日をも知れぬ我が身、というのが私たち死刑囚の共通点ではありますが、おそらくは貴女がたがそうであるように、私たちにも一人ひとり個別の考えや悩みがあり（ミスタ・ラッセルに関しては、その悩みがたいそう大きなようで、ここしばらくは床に臥せっていると私は聞いています：それゆえ、彼の代わりに私が貴女の手紙に返信していることは、もしかしたら私のみならず貴女にとっても実はかなり幸運であったのかもしれません……つまり、貴女は合同授業の課題を遅らせずに済むわけですから！）、その点では私たちはどこかしら似た存在であるのかもしれません：私としては、子供の頃に教わった詩の一節をここで繰り返すのみです……すなわち、世はことも無し、神は天にいませり。

追伸：

もうひとつ、子供の頃に教わった言葉を思い出しました。私たちが幸福に生きるにあたって大切なのは、「人生というごたごたの中から重要な点々《ドッツ》を見つけ、それらを繋いで一本の線《ライン》にすること」なのだと。

貴女の心からの友人、

ジェラルド・L・エアーズ

ジェラルド・L・エアーズ様、

あなたの「あんごう」を解読したので、この新しい住所宛に手紙を送ってみます。もしもこれが何かの悪質な犯罪の一部だとしたら、わたしはすぐにミス・マクタガートと警察に連絡するつもりです。

それから、もしもこれがクラスの男子の（ふだんの馬鹿っぽさからはかけ離れた、ひどく手の込んだ）イタズラだとしたら、やっぱりわたしは同じように警察に飛び込むつもりよ。わかってるわね、フランク・ホワイトヘッド？

S・M

P.S.

「あんごう」にあったとおり、こちらの私書箱の宛先は、二枚目の紙に別の暗号で書いておきます。あなたに解けるかしら？

親愛なるサマンサ、

なによりも、まずは君に心からの賞讃の言葉を贈らせてもらおう。

あの手紙に暗号が仕込まれていると気づき……文頭および文末の一文字を順に繋ぎ合わせ……そして便箋に打たれた小さな穴の群れから、正しく答を導き出したことに対して。

(そう、確かに連邦刑務所を含む米国の法執行システムは多くの問題を抱えている——死刑囚と弁護士との面会は厳重に監視されているはずなのだが実際には様々な抜け道があるし、差し入れの検査も年々厳しくなっているはずが、私の手元には逮捕前になくしてしまった大切な十字架の完璧なレプリカがある——簡単に説明するならば、この施設の警備を担当している某職員は私に大きな借りがあり、まもなく平穏無事な年金生活に入るお年頃であるわけだ。そして、借りというものは、愛情以上に人を縛ることができる。)

君の手紙を初めて目にした時に、私が直感したことは、間違っていなかった。君は非常に聡明だし、その頭脳をうまく隠す方法も心得ている。おそらく君の文章を読んだミス・マクタガートは、すでにミセス・ムーアに対して「サマンサ・モーリーンはまだ飛び級したくないらしいので、あまり強く勧めることは控えていただけますか」云々と、職員室だかカフェテリアだかで伝えてくれたに違いない——ご自慢の髪にむけられた賛辞に気を良くしつつ。どうだろう、私の推測は当たっているだろうか？

それから、私のことはGLと呼んでくれてかまわない：ほら、あのスーパーヒーローのグ《G》リーン・ラ《L》ンタンみたいで格好いいだろ？

私の友人は、みんなそう呼んでくれるんだよ。

君の心からの友人、

GL

GLへ

いったいあなたがどうやってこの手紙を、全米でも有数の警備厳重な施設の中から、正規の郵便ルートをつかって例の私書箱まで届けさせているのか、わたしにはさっぱり分からないし、分かりたいとも思わないわ。

でもこれが犯罪じゃなくて、あなたに悪意が無いと誓ってくれるなら、もうちょっとだけこの冒険を続けてもいいわよ。

Sより

P.S.
スパイダーマンなら、父さんが離婚してコネチカットに行ってしまう前に、ちょっとだけ読ませてもらったことあるけど、グリーン・ランタンは読んだことないの。だからよく分からないわ。

P.P.S.
御推察のとおり、ミス・マクタガートはわたしの希望をミセス・ムーアに伝えてくれたみたい。

P.P.P.S.
今度、グリーン・ランタンも読んでみるわ。

親愛なるサマンサ、

素晴らしい。君は私が予想した以上に賢い女の子のようだね。これからしばらくは、私の過ごす時間は退屈ではなくなりそうだ。もちろん、再審請求活動にエキサイティングな側面が皆無とは言えないがね。

暗号についてもっと知りたければ、幾つか好著を紹介しよう。近所の図書館で探してみるといい。おっと、冒険好きの君のために、少しだけ課題を増やしておこうか――二枚目の便箋の暗号を見事解いたら、書名と著者名が解るよ。さあ、腕試しだ。

GL

GLへ

本はまだ読んでません。

暗号は解けたのよ。難しかったけど。でも問題は、わたしの住んでいる町の図書館のほうなの。ジュニア・ハイのみすぼらしい図書室は言うに及ばず、だけど。どこもかしこも不況だ、不況だって大人たちは言うわ。おかげで文教予算（っていう言葉で合ってるんだっけ？）は削られっぱなし。図書館に置いてあるのは、おっそろしく古い小説や、どこかから寄付された大量の三流ペーパーバックばかり。専門書なんか、ほとんど置いてないの。最低だわ。まぁ、そもそもが、こんなイリノイの田舎町で図書館まで通って本を読みますって住人は、さほど多くないんだけど。

ねえGL、もしかしたらあなたの刑務所の中の図書室のほうが、わたしの町にある本を全部合わせたよりも、蔵書が多いんじゃないかしら？

閑話休題（この言葉、いちど使ってみたかったのよ）。

わたしはこの町が嫌い。この町が小さくって、南北戦争時代の古い建物があって、みんな顔見知りで、老人たちがニコニコしてて、たくさんの樹があって、ちょっと自転車を漕いだら、すぐに奇麗な川や森や丘があるのが嫌い。なぜって、そういうことはぜんぶ大人たちにとって楽しいことだから。明日になっても昨日と区別がつかないから。何も変わらないから。

そしてわたしのクラスメートたちも嫌い。男の子たちは、わたしの赤毛をひやかすから嫌い。でも女の子たちはもっと嫌い。なぜって彼女たちは、ケーブルテレビとファッション雑誌の話しかしないから。誰も彼もこの町を出て、大都会で大スターになるとか素敵なファッションモデルになるとか、さもなきゃもっと手っ取り早くユーチューブで自分たちの眠れる才能が認められてオプラの番組にゲスト出演するとか、そんなことばかり夢見ていて、そしてそれがとても合理的な人生設計で、わたしは彼女たちに反論できないから。そしてわたしも、彼女たちと同じような夢を見てるから。だから嫌い。つまり、わたしはわたしが嫌い。

——なんだかぜんぜん閑話休題になってないわね。ごめんなさい。こんどからは、もっと推敲してから手紙を書くことにするわ（この「推敲」って言葉も、いちど使ってみたかったのよ）。

わたしは冒険が好き。でも大半の冒険は禁じられているわ。それも、毎年毎年、禁止事項が増えてるみたい。そのうち、あなたの居る刑務所の外と内の区別もつかなくなっちまうわよ、きっと。わたしが小学生だった頃、あの頃はまだ父さんと母さんが離婚する前だったのだけど、あの頃は町の北にある森で、探検ごっこをしたわ。細長い湖があって、わたしとスージー＝メイはそこでいろんな秘密の儀式を考えたりしたのよ。可哀想なスージー＝メイ！　あの子が行方不明になってから、森での遊びは禁止になって、わたしたちは誰一人あの場所に近づけなくなってしまった。鉄条網が、ぐるりと森を囲んでしまった。

まったく、なんてことでしょう。

閑話休題（こんどは正しく使えてるでしょう?)。

わたしのことはどうでもいいの。たいして面白くもない人生なんだから。それよりあなたのことを教えて、GL。

七人の子供を殺すのって、どんな気分だった？　それとも、ほんとに無実の罪なの？

あなたの友人、

サム

P.S.

わたしのことは、「サム」でいいわ。そのほうが、なんだか男の子みたいで、おっそろしくカッコいいでしょ?

親愛なるサム、

君の人生が如何《いか》に豊かで美しいものであるのか、私はありったけの時間をかけて君を説得したい気持ちでいっぱいだ！　とはいえ、君のせっかくの希望でもあるので、私の話を綴ることにするよ。それも、とっておきの話を告白しよう。

そうだ。告白だ。

赤の他人同士が親しくなるには幾つかの方法があるが、『告白ごっこ』というやつが実に効果的であると私は古い友人から教わったことがある。人は誰でも、普段であれば決して語らないような恐るべき行為を、必ず一つは犯しているものだ。それが「とっておきの話」だよ、サム。誰にでもある──私にもあるし、私の素敵な弁護士たちにもあるし、この施設の警備主任氏にもある……そしてもちろん君にもあるはずだ。

心配御無用、君に無理矢理語って欲しいとは思わないよ。信頼を得るためには、まず自分から信頼を示さねばならない。

だから、まずは私から……そう、私は確かに七人の未成年を殺している。報道のとおり、私は一貫して無罪を主張し再審請求を度々行っているが、そのあたりの詳細は長くなるので別の機会にしよう。ともかく私は子供たちを殺した。間違いなく殺した。それは紛れもない事実だ。

そして私はその事実を覆そうと努力している。

過去を捩《ね》じ曲げ、警察の捜査手続きの不備を指弾し、陪審と判事の偏見を暴きたて、すべては濡れ衣だと叫び続けている（耳を傾ける者はなかなか増加しないが）。私は一人も殺していないのだ、と。私は罪なき人間なのだ、と。

素晴らしい茶番だ。

私は殺人犯だ。あるいはメディアの派手な表現を借りるならば、全米屈指の殺人鬼だ。人数では確かに大御所たちには見劣りするが、事件の華やかさや遺体のむごたらしい有様を勘定に入れれば、なかなかに頑張ったほうだと内心自負している。

私は殺人鬼だ。私の手の中で、あるいは私のハンマーの下で、幼い命がすうっと消灯し、無垢な魂がどこか素敵な処へ旅立つのを私は見た。

けれどね、サム……ここから先は君だけに教える「とっておき」だよ……最初の二人はまったくの事故だったんだ。とはいえ、貧しいサウスサイド出身の黒人少年の言い分など、いったい当時の誰が信じてくれるだろう？（しかも二年連続して、どんぴしゃり同じ感謝祭の夜ときたもんだ！）

当時……そうだ、あれは今とは異なる時代、異なる世界だった。もしも興味があるなら、図書館へ行って〈一九七〇年代の文化史〉や〈合衆国における黒人差別〉といった項目を調べてみるといい……いや失礼、君の町の図書館は「おっそろしく古い小説」しか置いていないのだったね。では、ここまで読んでくれた御礼として、無料同然で高価な専門書を手に入れる必殺技を伝授しよう。だいじょうぶ、ぎりぎり違法ではないからね。もちろんあんまり合法的手段でもないんだけど。詳しいことは最後の便箋に暗号で書いておくから、頑張って解読してごらん。……

さて、「とっておき」の続きだ。

三人目は、事故ではなかった。当時の私は苦学生だった。そして少年時代の「事故」の記憶に悩まされていた。三人目が私の前に現れ、さほど長くない会話の後に彼は私のもっとも大切なもの（残念にも今の私は、それをなくしてしまい、今はそのレプリカしか持っていないのだが）を侮辱し、そして長いすったもんだをできるだけ簡略に表現するならば、五分後に私は彼の魂を捉えそこね、代わりに小さな遺体を手に入れていた。あの懐かしい安アパートの地下ボイラー室で小さな骸《むくろ》の前に座り込んだ時、私の中でようやく一つの真理が落ち着きどころを得たのを憶えている。つまり、最初の二つの事故は事故ではなく、殺人だったに違いない、という自覚だ。

少々解りにくいかな、サム？　ここは重要なところだから、ぜひとも我慢してよく読んで欲しい。

最初の二人は、三人目の被害者を私が意識的に作り出すまでは、単なる事故の犠牲者だったのだ。少なくとも、私の意識の中では。そして三人目が生み落とされたとたん、私は一挙に三人の子供を殺した凶悪な殺人鬼という自覚を得たわけだ。そこから先は、かなり楽な作業だった。いや、私の人生そのものが気楽になったと言うべきかもしれない。学業もはかどって奨学金も勝ち取ったし、大学も無事に卒業できた。全ては良い方向へ転がり始めたんだ。それも当然だ。なにしろ私は自分が何者であるか気づいてしまったのだから。

そうした僥倖《ぎょうこう》に見舞われる者は決して多くないんだよ、サム。

親愛なるサム、私は君の興味をまだきちんと繋ぎ止めているだろうか？　私の話は退屈ではなかっただろうか？　そうでないことを私は切に祈る。

私は私に残された時間を、ひどく気楽に生きている。一連の再審請求もその気楽さの中の一部にすぎない。私が私の過去を捩じ曲げ得るのか、それとも合衆国の素晴らしい司法制度が正義を勝ち取るのか、いずれにしても私が失うものはさほど大きくない。彼らの手違いが十分に大きければ私は自由を勝ち取って再び「恐るべき凶行」を繰り返すだろうし、私の側の戦術に弱点があれば来年までに私は最後の晩餐を堪能することになるだろう。どちらにしても、私が何者であるかは変わらない。

もしかしたら君は、今こんなふうに思っているかもしれないね……私は、なぜそのような者なのだろう？　究極のところ、私はどうして彼らを殺したのだろう？　より正確には、私はいったい何人目から殺したのだろう？

どこまでが事故で、どこからが事件だったのだろう？　そもそも、私たちがそれらの問いへの答を手に入れることなど、可能なのだろうか？……

残念ながら、サム、正解を君に教えてあげることはできない。人生という暗号には、もとから答が無いんだよ。ただ、幾つかの教訓を無理矢理引っぱり出すことはできる。

一つは、本当に大切なもののためであれば――それが恋人への愛であれ、母親の形見である小さな銀の十字架であれ、大切なペットの犬であれ、一度も逢ったことのないペンフレンドからの手紙の束であれ――人はどのような行為でも、やってのけるということ。

そしてもう一つは、どの点々《ドッツ》を結びつけてどんな線《ライン》を描くべきかは自分で決めなければいけない、ということだ。

愛と友情をこめて、

GL

GLへ

こないだの手紙はすこし難しかったけど、でも何度も読み直してるわ。

わたしの「とっておき」は、二枚目の暗号に書いておきました。哀れなスージー＝メイの魂に安らぎあれ。

あなたの手紙を読むたびに、わたしもわたしなりの教訓を自分の人生からひっぱり出しているんだけど……どれもこれもろくでもない内容ばっかりで、とてもここには書けないくらい。

この町はとっても生きにくいし、もしかしたらこの町の外もぜんぶ同じなのかもしれない。このおっそろしい惨状から、一体どうしたら逃げ出せるんだろう。ただひとつの救いは、本を読むことだけ。

八年生になったら少しは変わるかと思ったけど、人生というやつはあなたの言うとおり、なかなかどうしようもない代物だわ。フランク・ホワイトヘッドとアラン・ゲイルズバーグのやつは、あいかわらずちょっかいを出してくるし。赤毛の女の子はわたしだけじゃないのに、いったい何だっていうのかしら？

P.S.
こんなにたくさんの素敵な書物が世の中にあったなんて、わたし知らなかったわ。ありがとう、GL。

あなたの親しい隣人、
S

親愛なるサム、
降参だ！　君の前回の暗号は解けなかったよ。どうやら君の能力は私の予想を超えて発達しつつあるようだね。少しでいいから、ヒントをくれないか？

君の友人、
GL

GLへ
返信が遅れてごめんなさい。いま、歴史の本を読んでいて熱中しちゃってるの。南北戦争の歴史と、あとは第二次大戦の東部戦線の話よ。

こないだの暗号は、わたしのミスだったみたい。鍵が不完全だったわ——こんどの手紙に完全版を同封します。

あなたの友人、
サム

P.S.
知ってる?
わたしのことを「聡明」って言ってくれたのは、人生であなたが初めてだったのよ。

S

親愛なるサム、
暗号は解けたけれど、私は君の「とっておき」にはもっと大切な第二幕があるんじゃないかと睨んでいるよ。これはもしかして、第二の暗号なのかな?

心からの友人、

GLへ

返事が遅くなってごめんなさい。最近、とても忙しいの。たぶん八年生という時間は、ルシファーその人が人類をいじめようとして造り上げた煉獄《れんごく》の一種に違いないんだわ！　宿題は増えるし、人間関係も複雑になるし（フランクの野郎はあいかわらずフランクの野郎だし……それからあのアラン・ゲイルズバーグがマギー・ホールのことを映画に誘ったっていう噂話、もうあなたに伝えたかしら？　よりにもよってマギー・ホールなんかを！）、面白い本はどんどんたまってゆくし。とにかく大変なの！

S

P.S.　アランが、うちのジュニア・ハイの〈歴史クラブ〉の副会長だっていう話、もう書いたかしら？　彼、おっそろしく分厚い本をたくさん持ってるのよ。毎日バイトして、古本を

GL

探して買ってるんですって。

素敵なサマンサ、

しばらく返信がなかったが、一体どうしたんだい？　相変わらずクラスメートたちが君につらくあたっているのかな（ちなみにホール嬢云々という話は初耳だったよ）。それとも勉強が難しくなったのだろうか。いや、そんなことはあるまい。君はとても聡明な女の子だ。いくらでも飛び級できるくらいにね。君の手紙を読めば解る。

私はとても心配だ。

君の永遠の友人、
GL

大切なサマンサ・モーリーン嬢へ

なぜ返事をくれないんだい、サマンサ？　きっと悩みごとがあるんだね。当ててみせよう。進路について？　クラスの男子について？　それとも町外れのイエローロック湖の片隅にひとり寂しく沈んでいる、可哀想なスージー＝メイ・チャーチ嬢についてだろうか？

そう、私は知っているんだよ、サマンサ。君の暗号は結局解けていないんだが（おそらくもともと解くことができない不完全なものだったのだろう……いやいや、君がわざと卑怯なふるまいに出たとは思っていないよ！　ほんの小さな手違い、ちょっとした事故だったに違いない……）連邦刑務所の中にもインターネット設備はあるのだし、様々な人間関係の機微というやつを心得てさえいれば、再審請求中の死刑囚であっても実に多彩な通信手段を使用することはできるものなんだ。ちなみに優秀な弁護士君たちと、私に借りのある例の老職員氏に、私は日々心から感謝している。

それにしても、なんと悼ましい事件だったんだろう……幼い少女が二人、大人の禁止命令を無視して漕ぎ出した小さなボート。町外れの森の中、深く冷たい初春の湖。とてもエキサイティングな冒険行だ。けれど、間違いというものは、いずれ起きる。船底の小さな穴。ささいな諍《いさか》い。あるいは、ほんの一瞬の殺意。

それは必ずどこかの誰かの身にふりかかる。それは避けようがない。予期することもできない。

　君が飛び級したくなかった理由も解ったよ。たしかに、君の身になってみれば、とても重大な問題だったろう。スージー＝メイのお姉さんと毎朝ホームルームで顔を突き合わせるなんていうのは、まったく気持ちの良い日常生活じゃないからね。けれどね、サマンサ、学業はとても大切だ。それしきのことで挫《くじ》けちゃいけない。今からでも飛び級したまえ。どうせ彼女と顔を合わせるのはホームルームと体育の授業だけなんだし（たしか君の通っている学校は、選択授業が大半だったはずだよね？）……長い人生、ジュニア・ハイなんてすぐに過ぎ去る。君たちが通うはずのハイスクールは四つの町の合同だから、確率的に言っても、きっと彼女とは別のクラスになるよ。だいじょうぶ。何もかもうまくいくさ。もしうまくいかなかったら、その時は私がうまくいく方法を教えてあげよう。

　ああ、私たちはきっと似たもの同士なんだろうね。そうだ。そうに違いない。神様が私たちを引き合わせてくれたんだ。そう思えば、さまざまなことが腑に落ちる。サム、ぜひいちど君に会ってみたいものだ。

GL

最も親愛なるサム、

最近の私は、どうやって君と逢おうか、それぱかり考えているよ。私は君のためだったら何でもするし、きっと何でも成し遂げられる。本当だよ。

君の心からの友人、

GL

愛しのサム、

もちろん君にテキサス州まで面会にやって来てくれ、なんてことを頼もうとは思っていないからね。その点は安心していい。私は決して君に負担をかけたりしないよ。

君の魂の友人、

GL

最も大切なサム、
計画は成功した！
そう、御推察どおり、私は君の近くにいるんだよ。近づいていると言ったほうがいいかな。消印を見てくれれば分かると思うけれど。数時間前から私は一時的に自由の身だ。残された時間は短いが、私はそれを最大限有効に使うつもりだ。
君が悩んでいるのはフランク・ホワイトヘッドの件だね？ 隠さなくてもいいんだよ、私には（前にも書いたとおり）調べる方法がいくつかあるんだ。
この十字架にかけて、私は君を傷つけるものを許しはしない。そんなことが起きるようであれば、その前に私自身が、君をこれ以上少しも傷つけられない処へ連れ去ってみせる。
君の最高の友人、
GL

追伸
私の最新の住所は、この紙の裏に書いてあるよ——今までよりも難しい暗号だけど、解けるかな？

ミスタ・エアーズ、

わたしは大急ぎであなたの暗号を解きました。

これが最後の手紙です。もうこれ以上、手紙を書きません。例の私書箱も、もう使えないようにします。

わたしはなんだかずいぶんと長い間、夢の中にいたような気がします。その夢の中でわたしは冒険に満ちあふれた時間を過ごしていました。わたしはとても聡明で、とても強くて、そしてとても絶望している女の子でした。そしてその夢の時間は、実はフランとアランが仕掛けた冗談に違いないと思いこむようにしていました。

それが冗談ではないかもしれない、と冷静に考えられるようになったのは、ほんの最近のことだったのです。

いいえ、もしかしたら最初から……約一年前、あの一通目が届いた時から……冗談ではなかったと、わたしは心のどこかで分かっていたような気がします。

でも、例の死刑囚脱獄のニュースを見て、あなたが本気でわたしのところへ向かっているに違いないと気づいて、わたしは初めてこわくなりました。

とても、とてもこわくなりました。
ミスタ・エアーズ、もしもあなたの手紙に綴られた私への言葉が少しでも真実を反映しているならば、わたしをこれ以上こわがらせないでください。どうか一刻も早く本来あなたがいるべき場所へ戻ってください。もしくは、この手紙の束がすべてフランクたちの冗談であったのだと、わたしに信じさせてください。

追伸
わたし、明日になったらアランにこのことを相談するつもりです。そして、可哀想なスージー＝メイがどこに眠っているのか、そしてどんな赤毛の女の子がやってしまった「事故」のせいで眠っているのか正直に告白することにします。

サマンサ・モーリーン殿、
まったくもうしわけない！
すべて冗談だったんだよ、君の御推察のとおり！　まさかこんなに長く続くとは思っていなかったんだが、まぁこれも浮き世の習いなので仕方がない。

そう、これはすべて君を脅かすよう、我が上司のドラ息子であるフランク・ホワイトヘッド君が、名も無き薄給の某社員に命じてイタズラを仕掛けていただけなんだ。本当だよ。これ以上本当のことはない。だからこの一連の不気味な手紙のことは一切忘れてしまってくれ。さっさと燃やして、何もかも無かった事にしてくれたまえ。誰かに相談したり、警察に駆け込んで無用な告白をしたりする必要もない。そもそもスージー＝メイの一件は単なる不幸な事故なんだからね。そうとも。だいじょうぶ、もう心配することはない。何もかもうまくいくんだ。君の人生には何一つ問題はない。

そのように手を打っておくから。

ちなみに君の御推察どおり、フランクはろくでもない糞野郎だが、アラン・ゲイルズバーグのほうはなかなか好いやつだ。彼と君が末永く幸せになることを私としては願ってやまない。

貴女の心からの友人、
GL

［フェニックス（テキサス）、一五日、ロイター］〈感謝祭の撲殺魔《サンクスギビング・スラッシャー》〉ことジェラルド・L・エアーズの死刑が一四日深夜、執行された。エアーズ死刑囚は九九年、未成年者七人の殺害及び死体損壊容疑で逮捕。以来一貫して無罪を主張し、死刑廃止団体等の支援を得て法廷闘争を続けていたが、昨年末、医療矯正施設へ移送中に「書類の不備によって七十二時間にわたり所在不明」となり全米メディアの注目を浴びた。「所在不明事件」直後、同死刑囚は突如これまでの七人に加え新たに八人目となるスーザン・メイ・チャーチ嬢殺害を供述していた。

［続報］ＦＢＩおよびイリノイ州警察は一五日午後、〈感謝祭の撲殺魔〉ジェラルド・L・エアーズ（一四日に死刑執行済）の供述のとおり同州イエローロック湖において「チャーチ嬢の遺体の一部と思われる人骨およびエアーズの名前が彫り込まれた「十字架のレプリカ」を発見した」と発表した。

月を買った御婦人

如何《どれ》ほど月を眺めても、月の心は計れまい
――メキシコのことわざ

1、

皇帝マクシミリアン一世陛下――彼《か》の御方の魂に主イエスと聖母マリアさまのお恵みあらんことを！――の御代《みよ》のことでございます。帝国首都《シウダード・デ・メヒコ》にその名も高き公爵エドゥアルド・アルフォンゾ・サンタ＝マリア・ドミンゴ・ゴンザレス・オトラント・イ・ロス・パニオス閣下の末娘で、アナ・イシドラ・クラーラ・パオリーナ・マルガリータとおおせになる、それはそれは見目麗しき御令嬢がおいでてございました。

とはいえ、十五歳の御誕生日に嬢《ドンナ》アナ・イシドラはまずアレハンドレス伯爵を婿にお迎えになったかとおもうと、その翌週には伯爵が〈サン・ミゲルの叛乱〉に巻き込まれてあっけなく亡くなられたがため、見目麗しき未亡人とおなりになってしまったのですが。

悲報をお聞きになったドンナ・アナ・イシドラは毅然たる御貌《おももち》のまま、ご自身の馬車…

…ご婚礼の夜に新築の城館へ御身を運んだその同じ馬車……を再びお召しになり、帝都北辺にございます御実家へとお戻りになりました。嫁入り道具と小間使い二十人を積んだ馬車が十台と、加えて故・アレハンドレス伯爵の約束しました持参金（あの方はいわゆる新貴族《ロス・レシエンテス》の一人でございましたから、この場合は支払う側だったのでございます）の残金を積んだ荷車の隊列が、その後を追ったことは言うまでもございません。

ドンナ・アナ・イシドラというお方は、幼い砌《みぎり》より誰もが認めていた聡明さと威厳でもって、お父上エドゥアルド・アルフォンゾ閣下のいちばんのお気に入りでございました（当時の帝都の臣民がひとしく聞き知っていた有名な逸話に、ナポレオン三世陛下の宮廷より招請した一流の調教師さえ扱いかねた希代の荒馬を、ただ一睨みしただけで懐かせておしまいになった、それどころかその場で見事にお乗りこなしになった、というものがございます……お嬢《ドンナ》さまはこの時ほんの七歳でございました）。

閣下におかれましては、あいにく男子に恵まれず、お年の離れた五人の姉君たちもすでにそれぞれ申し分ない家柄の紳士に嫁がれておりましたため、家の財産はもちろん、爵位と数々の称号、そして帝国政府における地位も、すべてアナに受け継がせるのだと閣下は日頃から公言しておられたのです。したがいまして、このうら若き寡婦を次に娶《めと》られる殿方が、われらがメキシコ帝国一の富豪にして権力者となることは、いよいよ疑いようのない事実でございました。

さっそく求婚者たちがロス・パニオス公爵邸に舞い戻り、派手な嘴《くちばし》のつつき合いを始めました。いっぽうエドゥアルド閣下はと申しますと、このたびの不幸はまごうことなく我が財産に目がくらんで可愛い末娘に結婚を無理強いさせた報いである、今度こそはアナ自身が好きな男を選んでよろしい……ただし相手はしかるべき地位を有し、賢明にして剛胆、容貌は古代の彫像が如く、その親族にはひとりの混血《メスティーソ》もおってはいかんぞ、その点重々抜かりあるな、と家令のトルヒーヨにご無体な厳命をなされた翌日、若い妾《めかけ》三人をお供にマディラ島の別荘へ楽隠居しておしまいになりました。

トルヒーヨ氏はひとしきり嘆息したのち、邸の召使七十名を総動員して候補者選別に七週間を費やしました（彼は忠実であると同時に慎重でもあったのでございます）。かくして五十日目の晩、五人の誉れ高き青年が、その他多くの候補者を蹴落としてロス・パニオス邸の大広間へ着地することに成功いたしました。

すなわち……まずは帝国に並ぶものなき忠臣ミラモン将軍の庶子にして、過ぐる〈西テキサス戦争〉の英雄、ロデリク・ド＝ラサール大佐。

つづいて南部連合《コンフェデラシオーン》の大富豪とも縁つづきという、博士《ドクトル》エンリコ・ホセ・カサーレス。

三人目はカリフォルニア大公の御次男、ゆくゆくはわれらがメキシコ帝国宰相の呼び声も高い公子《プリンシペ》プロスペロ殿下。

四番目には、救国の〈赤き騎兵〉として知られたケーベンヒュラー侯爵の、その御孫君にあたりますルーペルト・エスカルド＝ケーベンヒュラー様……この御方は帝都の市民のあいだでは多大な親しみと少々の苦笑をこめて〈左目のルーペルト殿《ロベルト・デル・イスキエルド》〉と呼ばれておりました。と申しますのも彼の瞳は、右は普通の黒、けれど左の瞳は若くして亡くなられた女詩人の母君そっくりの深い藍色で、詩才も半分ほど受け継いでおられたからでございます。

そしてさらに王太子ウィリアム殿下——かの初代ニカラグア王ウィリアム一世の御嫡孫にして後のギジェルモ三世陛下にあそばされますが——も、このひどく短い紳士録に名を連ねておいでででした。殿下の御国は前年より、海軍力を増強せんと旧〈北部連邦《ウニオン》〉系亡命者の受け入れを決めておりましたが、その交渉を兼ねた御遊学の途上われらが帝都に立ち寄ったが運の尽き、一目でドンナ・アナの虜《とりこ》となりあそばしたのでございます。

かくして花束と宝石箱が、華やかな披露宴の案が、結婚後の生活に関するあらゆる誓約《し》が、夜を徹して飛び交いました。持参金を保証する書類が差し出され、記された金額は四半時《はんとき》ごとに倍増してゆきました。あたかも、人質を購《あがな》うための身代金が拙劣な通訳のために果てしなく増えてゆき、とうとう帝国をまるごとひとつ売り払うに至ったという、かのアラビヤの古い御伽話《おとぎばなし》のように。

しかし星ぼしが音もなく巡り、東の地平が朱に目醒めかけても、御令嬢の麗しき首《こうべ》は縦に動こうとなさいません。ただバルコンに腰かけたまま、姫君は広く美しい庭園を眺めるばかりでございます。

均整のとれた樹々は、黙って若き女主人の視線を受け止めました。左右対称の噴水も、尊大な夜風も、気高く遠い星ぼしも、令嬢の一言を待ちかまえておりました。

「どうすればお気に召すのです？」

もはや夜明けも近い頃、とうとう音を上げた紳士のひとりが――しかし実のところはみなさまの意見を代表して――おっしゃいました。

「どのような約束が？　どれほどの財宝が？　われらは貴女の言葉に従います。貴女の舌は笞《むち》となり、われらを疾《と》く駆けさせましょう！　世界の果てまで巡りゆき、いかなる供物とて手に入れて参りましょう！　なんでもおっしゃってください、なんでも！」

ドンナ・アナは、ひどくゆっくりと、求婚者たちのほうをお向きになりました。その瞳にはひとしずくの感情も見当たらず、ただ、冷たく厳しい眼差しがあるのみでございました。

「わかりましたわ」

「ああ、ドンナ・アナ！」

「それでは……」

「それでは？　それでは？」

「……それでは、あれを」

全員が凍りつきました。

小間使いたちが息をのみました。トルヒーヨ氏は大きく嘆息をもらしました。

――なぜと申しますにドンナ・アナは、西半球一美しい眉を毫《ごう》も動かさず、天の一角を指さされたからでございます。

あまたの夜を煌々と照らした、かの乳白色の衛星を。

2、

噂は、当然ながら皇帝陛下のお知りあそばされるところとなりました。

なるほど、ロス・パニオスの娘らしい言動ではあるな――と、謁見の間にて陛下は仰せあそばされました。その目線の御先には、今は昔、青春の日々の思い出をあらわす品々がございました。北イタリア総督時代の肖像画、戴冠式の少々騒然とした記念写真、〈一八六一年の疫病〉を共に戦い過ごした愛用の鞍、両アメリカ大陸をあらわす巨大なタペストリ（〈疫病〉で滅び去った合衆国《ウニオン》も記念に描かれたままの逸品でございます）、すなわち銃剣と砲煙を経て購われた陛下の帝国とその繁栄が。

「若さとはそうしたものだ。それで、五人は如何にして競い合う仕儀となったのか？……なに、大地に深く坑を穿《うが》ち、それを巨大な大砲として。ふむふむ。有人の砲弾にて月に一番乗りを果たした者が。ううむ、どこぞで聞いたような話だが……まあよい。成程それは、さぞかし血湧き肉躍る冒険行となろうな。余も、もうすこし若ければ自ら大砲を駆使して天空を目指すところであるが――いや、うむ、おっほん」

陛下の時ならぬ御咳払いは、御隣に臨席あそばされます皇后陛下の素早い御肘の動きと、全く無関係というわけではございませんでした。それほどまでにドンナ・アナの美貌と、尊大な魂は高く評価されていたのでございます。

「審判役が入り用となりましょうね」皇后シャルロッテ陛下の、年ふるごとに賢くおなりあそばされる御言葉に、臣下一同のこうべは頷くより他になすことを知りませんでした。

「うむ、それもそうであるな。ではさっそく宰相に命じて適任者を……」

「適任者は、陛下、おそれながら陛下の御前におりましてございますよ」

「なんと？」

「乙女の心がわかるのは、おなじ女に限りましょう。わたくしが裁定いたします。ご異存ございませんわね、陛下？」

マクシミリアン陛下は沈黙をもってお答えあそばされました。女性関係につきましては例のプエルトリコ行幸《ぎょうこう》の一件以来、陛下におかれましてはシャルロッテさまに対してこれっぽっちも頭があがりあそばされないこと、帝都では公然の秘密でございました。かくして皇后陛下が審判役に御就任あそばされ、〈ドンナ・アナのための月世界競争〉が正式に始まったのでございます。

まっさきに行動をおこしましたのは、カサーレス博士でございました。その人脈と豊富な財産を湯水の如く費やしまして、帝国内はもちろん欧州からも一流の掘削技師、数学者、地質学者、冶金《やきん》学者、財政学者、料理人、奴隷商人、その他有象無象をかき集めたのでございます。なにしろ砲弾を月まで射ち込むとなれば、まずは科学の力が必要となります。そして科学といえば有象無象であることは周知の事実でございます。見事な先手ぶり、と皇宮の女官たちはささやき合いました。

他のみなさまも負けてはおりません。公子《プリンシペ》プロスペロは、フランスより高名なポアンカレ教授を招請なさいました——が、その手際がすこしばかり強引であったため（なにしろ教授さまは、スウェーデン国王オスカル二世陛下より『三体問題の懸賞金』を賜《たまわ》る寸前に連れてこられたのです）、あわや大西洋とバルト海をまたいで仏墨瑞三国の外交問題に発展、という事態になりました。世人のよく知る如く、当時のスウェーデン王家はもとをたどればナポレオン一世麾下《きか》の一将軍にすぎません。いっぽうマクシミリアン陛下といえばハプスブルグの高貴なる血統、おまけに故ナポレオン三世陛下直々の推奨を経て戴冠あそばされたのですから、帝室の藩塀《はんぺい》をもって自認するプロスペロ殿下がそのあたりの格の違いに少々うるさかったのは当然でございましょう。騒ぎが大事に至らなかったのは、ナポレオン四世陛下の御尽力もさりながら、われらがシャルロッテ皇后陛下――あの御方に聖母マリア様のお恵みあらんことを！――の公正な調停によるところ大でございました。

ド＝ラサール大佐は、これまた少々越権気味に、配下の歩兵へ命令をくだし、帝国内で赤道にいちばん近い一帯に大砲用の広大な敷地を確保いたしました。その場所がたまたま数名の新貴族《レシェンテス》たちの荘園でしたこと、それら所有者一族が空しく抗議をくりかえしたあげく「ひとりのこらず不幸な事故に遭った」ことなどは、あくまでも瑣末事でありまして、帝都の紳士淑女がたの口にのぼることはほとんどございませんでした。

ルーペルト殿下は中国人苦力《クーリー》を百人雇い、算盤をあてがって、目眩がするほどたくさんの計算をおこなわせました。はたしてその内容が如何なるものであったのか、さまざまな噂が大陸縦断汽車よりも速く駆けぬけました。わずかに判明したのは、それが軌道とやらを定めるために必要な作業であり、とくに難しいのは復路のそれである、とそのくらいでございました。それもそうだろう、と平民たちは……かれらの大半はいちばん親しみのある〈左目の殿下〉に肩入れしていたのですが……わけ知り顔に頷きました。月へたどり着いたはいいものの、生きて帰ってこなければそもそもこの競争は価値がないのです。そして嵐の夜に計算結果をごらんになった殿下のお顔が、死者と見まごうばかりに蒼ざめ、苦悶のうちに豊かな栗色の髪を掻きむしったそうだ……という怪談じみた顚末も、同じくらいの速さで駆けめぐりました。

図面はつぎつぎと描かれ、坑が掘られ、求婚者たちはひっきりなしに令嬢のバルコンを訪れてはご自慢の未来図を開陳いたしました。

「どうかドンナ・アナ、ごらんください。このように地下に斜めの坑を穿ち、爆薬はその左右に並べて配します。すべては我輩の号令一下、奥から地表へ連続的に爆破させる手はず。砲弾は勢いを増してゆき、理想的には秒速一〇〇〇メートルを……」

「むつかしいことはわかりませんわ、博士さま」

「では小官の図案をどうぞ、ドンナ・アナ。大砲のほうはすでに準備万端、肝心なのは砲弾の中身であります。内部の装飾は最近流行りのアール・デコ、家具はすべて北欧から取り寄せました。前が操舵室、後ろに食料庫。中央広間は無重力に備えて上下左右がことごとく絨毯、これで快適かつ有用な月旅行は間違いなし、成功の暁にはぜひ貴女と共に……」

「先のことはわかりませんわ、大佐閣下」

「ならば余の作戦図をごらんいただこう。なにしろ月まで届かせる大砲、できるだけ赤道に近く、しかも大きければ大きいほど効果も増そうことは理の当然。まずはパナマおよびガラパゴス諸島を征服し、その利をもって中央アメリカ連合を挟撃、赤道地方を占領し住民をことごとく労働力として徴用したのち、全長二百キロメートルの砲塔をアンデス山脈斜面沿いに設置して……」

「ご武運をお祈りいたしますわ、公子殿下」

「いやいや、お三方の案はいずれも画餅《がべい》の如きもの。それにくらべて私の計画はたいそう堅実、まずは大小多数の実験用大砲を建造する予定でおります。ノーベル博士の手になる最新火薬か、かの大ガウスが考案したという電磁銃か、はたまたノルウェーのビルケランド氏が特許を取得したばかりの線輪《コイル》大砲か。他にも比較に値する方式は数多くあります。幸いにしてわがニカラグアは貴国よりも赤道に近いうえ、二つの大洋を結ぶ大運河も着工間近、そのためにかき集めました労働力のほんの一部を投入すれば……」

「肉体労働には興味がございませんわ、王太子殿下」

図面は予算案となり、予算は工事現場に変わり、現場は賄賂《わいろ》と縁故採用のはびこる巷《ちまた》と化しました。さほど驚くことでもございません、つまるところ殿方のおこないはいつでも変わらずその調子なのですから。真実《まこと》を申せば、この競争（その頃にはすっかり大文字で〈競争《ラ・カツレーラ》！〉と呼ばれておりましたが）における最初の驚きは、ベラクルスに掘られた長さ四キロメートルの射出坑でもなく、物資輸送のために設けられた最新電気鉄道でもなく、ましてやそれらが手抜き工事のせいで陥没と脱線をくりかえしたことでもございませんでした。

それは五名のうちルーペルト殿下だけが、いちどもお屋敷に通うことなく、それどころか例の計算を終えるや早々に帝都を離れ、欧州へと渡ってしまわれたことでした。

女官たちは、さまざまに噂をいたしました……今になって臆病風に吹かれたのですよ。いいえ、プロスペロ殿下の放った刺客に追われているのかも。あるいはウィーンの御本家に御助力を仰ぎに向かわれたのでは？　大砲建設資金として従兄のケーベンヒュラー侯爵さまから借り受けた株で大損を出したにちがいない！　もしや、あの嵐の夜の計算結果が、地獄から悪魔を喚び出してしまったのでは！……等々、手前勝手な物語は、陥没事故の犠牲者よりも多いほど。いずれにせよ〈赤き騎兵〉の血を引く不肖の息子は戦うことなく

〈競争〉から脱落したのだ、というのが次第に多数の意見となってゆきました。

トリエステより悲報が舞い込みましたのは、一年後のことでございます。あのクリミアでの紛争――今では第四次露土戦争として史書に記されております――に名を秘して参加しておられたルーペルト殿下が、戦死されたというのです。世を儚《はかな》んでわざと敵陣へ駆けてゆかれたのだとも、あるいは一攫千金を目指してトルコ軍の傭兵になられたのだとも、仔細は不確かでございました。平民たちの大半は、なるほどあのお方は母君に同じく詩人だったわい、いわゆるバイロン風の最期というやつだな……などと、これまた判ったようなロをきいたものでございます。

ロス・パニオス公爵家の広大な屋敷において、小間使いのベローニカ（明るい若草色の瞳をした彼女は、ドンナ・アナ・イシドラの幼い砌よりのお伽相手でもありました）は、真相は別にあると確信する少数派の頭領でございました。というのも、帝都を忽然と去る前夜、ルーペルト殿下はベローニカを通じて、こんな不思議な手紙をドンナ・アナに寄越していたからでございます：

『――全てが終わったその後《のち》に、私は必ず貴女の手許へ、月を差し出すことでしょう』

「たしかにあのお方のお母さまは詩人でございましたけれど……それにしても！」と、ベローニカは戦死の報が届いてから半年以上も、姫君のお相手をしながら事あるごとに残念がっておりました。「ルーペルト殿下はドーラお姫《ひい》さまの一番のお気に入りでしたのに！」

「そんなことはなくてよ」

「ですけど、あの御髪《おぐし》、あの麗しき左の瞳！　それにあのすらりと伸びた背筋ときたら！お姫さまの視線だって、いつもあのお方の後ろ姿を追いかけてましたわ」

「違います」

「あら、そうですか？　ちょっとはお気になさっておられたんでは？」

「違いますったら」

「とてもそうとは思えませんですわ、だってあの手紙が届けられた夜も、お姫さまの顔色ったら――」

「お黙り、ベローニカ」

ベローニカは黙りました。ドンナ・アナの厳しい声色《こわいろ》に畏れ入ったからではございません。本心を言わせようと傍《はた》から強いれば強いるほど、この同世代の尊大な女主人がよけい依怙地《いこじ》になる性質《たち》であることを、彼女は長年の経験から知っていたのでございます。

3、

さて、かくして求婚者は四名に、月をめざす大砲の坑は四つに絞られました——絞られるはずでありました。

ところがしかし、時のブラジル皇帝の甥御にあらせられる王子《プリンシペ》ペドロ殿下が、〈競争〉への御参加を御表明あそばされたのです。この「表明」は、あきらかに政治的な駆け引きでございました。と申しますのも、当時はニカラグア運河をめぐって両帝国の緊張が高まっていた時期でございました。万一、ペドロ殿下がドンナ・アナを勝ち取るようなことになりましたらば、ただでさえ微妙な中米情勢が一気に混沌といたしますこと必定《ひつじょう》でございます。中央アメリカ連合はもちろん、欧州列強も、それぞれの思惑をもって事態を見守りました。アマゾンの河口も河口、まさしく赤道直下のマカパの町に陸海軍が集結し、港は巨大な大砲基地に変わりつつある……という続報ひとつを聞くだけで、事が王子の御一存で進んでおりませんことは、帝都一の飲ん兵衛でも解ける判じ物でございました。

マクシミリアン陛下は頭をお悩ませになられ、シャルロッテ陛下は苦虫をお嚙みつぶしになられました。軍隊が動員され、貴族たちは顔を見合わせ、貴婦人がたは飽くことなく噂話に花を咲かせました。いっぽう年頃の御令嬢がたのあいだでは、そんな政治の緊張とはまったく関係なく、月以外の小天体や大気現象を婚姻の贈り物として要求するという傍《はた》迷惑な流行がひろまりつつありました。ドンナ・アナのいちばん年上の姉君が、そうした現状を非難するべく、お屋敷へどなり込んで来られるまでに、さほど時間を要することはございませんでした。

「おまえはそうやって、立派な殿方に無理難題を押しつけて楽しんでいるだけなのよ。なんて娘だろう！」

姉君のお声が広間を揺るがしましたが、ドンナ・アナは欠伸《あくび》をかみ殺しながら、

「いけなくって？」

「残酷だと言っているのです。いいえ、むしろ愚かと言うべきかも。おまえのおかげでどれだけの人間が迷惑をこうむっているやら。貴族の責務というものをどう考えているの、まったく。外交問題ですよ、外交問題！」

「お言葉ですが、お姉さま。わたくしは若くて美しいのですもの。いったいどうしたら残酷でも愚かでも無くいられるとおっしゃいますの？」

「アナ・イシドラ！」姉君の怒りはそろそろ本物になられました。「うちの娘の――おま

えの姪ですよ、まったくもう――縁談に障《さわ》りがあったら、どうしてくれるつもりなの？　あの子ったら『ドーラさまには及びもせぬこと重々承知、ですがこのアナベラ、せめてハレー彗星くらいは』なんて言い出しているんですよ！　ちょっと、アナ、聞いているの⁉」

ドンナ・アナは（いつも御愛用なさっておられる象牙製の扇子の陰で）苦笑なされました。姉の本音に納得なされたからというよりも、彼女の姪っ子の本心をとっくに御存じであったからです。アナベラ姫がサン＝ミゲリスタの若い主義者たちとひそかにつき合いのあること、そしてその中のひとり（長い黒髪も美しい、優秀な若者でございます）を恋い慕っていること……それらをすべて承知しておりました。事実、件《くだん》の姪っ子さまは半年たたぬうちに御実家を出奔し、共和主義者の群れに身を投じてしまうのですが、そこから先は蛇足というものでございましょう。

これほどに諸々《もろもろ》の事情にお詳しい御令嬢でございましたから、求婚者たちのあいだで新たな提案が検討されていましたことも、とうに御承知でございました。

三年目の春が巡る頃でございます。ドンナ・アナの美貌はさらに磨きがかかり、同時に有人大砲の犠牲者もいや増しておりました。なにしろ砲弾にかかる加速ときたら、骨をも砕くほどの凄まじさ。当初こそ、爆薬の配列具合やら砲弾内部の緩衝剤やらを工夫すれば何とかなるわいと、みなさま高をくくっていたようでございます。けれど、試験飛行で鶏も豚も猿も、さらには勇敢な召使いさえ非業の最期を遂げ続けるに至って、紳士たちの顔は、最高級の陶磁器《ポルセラーナ》よりも真っ白となってゆきました。もしやあの〈左目〉のやつは、この運命を計算しきっていたのではあるまいか？——五名の求婚者がひそかに集まり、誰からともなくその提案は口にされたのでございます。この際一番乗りを決めるのは無人の砲弾でもよいのではないか、と。

あらためて雇われた中国人百人による計算結果が、彼らのもとに届けられました。結論はひとつでございました。有人大砲方式には限界がある、いやそれどころか火薬による推進方式自体に問題がある——まさに月よりも冷たく非情な認識が、避けがたく、紳士たちの頭上に立ちこめたのでございます。

ウィリアム殿下が代表として皇后陛下に直訴なさいました。もちろん陛下が首を横に振ったことは申すまでもございません。殿下は失望のあまりお髭を剃り落としてしまわれました。殿下の遺された試験用大砲の坑はことごとく業者に払い下げられ、用いられた鉄はもっと有益な用途に転用されました（実のところ、坑の多くは家令のトルヒーヨ氏が安く買いつけ、これがのちのちロス・パニオス家の重要な財源のひとつとなっていったのでございますが、それはまた別のお話でございます）。

お屋敷は、急に寂しい場所となりました。求婚者たちは、適当な口上で暇《いとま》を告げ、あるいは無言のまま外国の貴族の令嬢を娶りました。意外なことに、もっとも立派な態度で別れを告げに参りましたのは、博士《ドクトル》カサーレスでございました。

「なぜです？」彼は別れ際にふりむくと、一言だけおっしゃいました。いいえ、懇願したというべきでしょう。「なぜ月世界だったのですか、ドンナ・アナ？　なぜ不可能を所望されるのですか？」

答えの返ってくることはありませんでした——もちろんのこと。

4、

ところが世の中は上手くしたもので、捨てる帝《みかど》あらば拾う帝ありでございます。共和主義者《サン＝ミゲリスタス》たちがカリフォルニアと旧ペンシルベニアにて同時蜂起いたしましたのは、ちょうどその翌年、世紀の改まった春でございました。

ロス・パニオス家のお屋敷とその一帯は、みるまに総司令部と化しました。昨年まで月を目指していた大砲は、より手近な目標にむけて改造されました。農民たちがようやく降参いたしました頃には、サンフランシスコの海岸線はたいそうのっぺりとしたものに変わり、無数の弾道弾に援護されたカリフォルニア大公の軍勢は、逃げる主義者たちを追って西部沿岸をアラスカまで制するに至ったのでございます。

そののちにちらほらと起こりました民衆反乱も、転用された超巨砲たち――ドンナ・アナにちなみまして〈クラーラ〉や〈ドーラ〉などという愛らしい名前がついております――によって順々に鎮圧されてゆきました。

貧しい民草は〈冷酷な夜の女主人〉だとか〈鉄槌の姫君〉だとか、そのようにドンナ・アナを陰で綽名《あだな》するようになりました。しかし、御当人はこれっぽっちも気に病む様子がなく、かえってそれを自らの誇るべき称号として御使用になるほどでございました。彼女が今後ロス・パニオス家の紋章には鉄槌と三日月を入れると言い出すのでは……と、旧例を重んじる帝国紋章院がたいそう気を揉んだという噂話も、さほど根拠なきものでもなかったのでございます。

各国の王侯貴族のみなさまがたは、今や新たな欲望に目覚めつつありました。

軌道残骸の戦い、という呼び名はのちのちのもので、当時はもっぱら〈殿方の空中合戦〉と呼ばれておりました。ドンナ・アナのもとへはあらかじめ軌道要素が届けられる慣《なら》習《わし》となっておりましたので、夏の夜風に涼みつつ、女主人は合戦の一部始終を御覧になれました。

「お姫《ひい》さま、ごらんください。今、西の空で破裂したのが、バッキンガム公の弾幕でございますよ」

「ベローニカ、そろそろ飽きてきたわ」

「そうおっしゃらずに、お姫さま！　これからが本番でございますから。ああ、ほら、あれはニカラグア＝ブラジル連合海軍の輝きですよ。なんて豪勢でございましょ。それからロシア、フランス、カリフォルニア大公さま、おまけにトルコのイェニチェリ弾も」

とベローニカ（ちょうど五人目を出産したあとでございました）が手もとのパンフレットをめくりつつ説明いたしました。彼女にも理解できるよう、すべて絵と記号で記されたものでございます。

「それにしても、平和な時代になったものでございますねえ、お姫さま。もう地上で争うこともなく、こうして夜ごとに人工の星空が生まれるさまを見物できるなんて」

「砲弾の射程距離が伸びて、お互いにぶつかりあっているだけのことでしょう。戦争は相変わらずですよ」

「それはまあ、そうなんでございますけど」

「おまけに軌道には砲弾のかけらだらけだわ」

「良いじゃございませんか、ずいぶん奇麗な眺めですし。……あら？」

「どうしたの、ベローニカ？」

「いえその、予定にない砲弾が……ああお姫さま、ああ！　こちらにむかって何か飛んでまいります！……ああどうしましょう、流れ弾でございますよ！」

「たまにはそういうこともありますよ」

「ああ、ああ、お姫さま！　ふもとの農園が！　南の皇宮が！」

……空中の戦争は、そんなふうに、いくつかの「事故」と「間違い」によって終わりを迎えることとなりました。〈諸帝国ならびに諸王国による協同と恒久国際平和のための会議〉とやらが事態の調停役として設けられました。調停は、その名前と同じくらい長々と続きました。シャルロッテ陛下（「事故」のせいで当時はすでに皇太后にあそばされます）は〈会議〉の講和案にたいそうお怒りあそばされましたが、どのような結論であれ同じ結果となったであろうことは容易《たやす》く想像できるところでございました。

〈会議〉では、その他のあらゆる国境紛争や領海問題と同じく、〈競争〉についても討議されました。月の所有権はどのように判定するのか？　有人旅行はどうやら無理であるらしい、ならば無人砲弾で定《き》めるべきだ。ここはひとつ、期限を設け、月面に当たった弾数の多いものが栄冠を手にするということでどうだろう。どの国もしばらくは復興に忙しいのだし、ざっくりと十年、いや二十年以内ということで。殿方たちは髭を満足げに揺らし、絹のハンケチをひらめかせ、次々と署名いたしました。

結論がお屋敷に届きました時、ドンナ・アナはたった一言、仰せになったのでございます。

「まったく、男どもときたら！」

火薬に替わる新たな爆発手段が見つかりましたのは、〈会議〉がようやく終わり、パリで復興万博が催されていた最中でございました。

分子閾下《いきか》反応の発見は、もちろんポアンカレ教授の功績大でございますが、他にもキュリー博士夫妻やレントゲン氏など、大勢の賢い方がたの努力あってのことでございました。そしてそれら名士のみなさまの背後にあって資金を援助した、新世代の紳士たちの。

「またしばらくぶりに、五月蠅《うるさ》くなったこと！」ドンナ・アナは、バルコンから帝都を眺めて仰せになりました。

「なにしろ例の閾下反応ときたら、ノーベル様の火薬の何千倍とか申しますからねえ」とベローニカは応えます。「そのせいでしょうか、最近は石鹸もたいそう安価になっておりますよ。値段だけではなくて、最近は何でもかんでも変わるのが速すぎます。そうそう、せんだっていらっしゃいました氏《ムシュー》エッフェル、天に届く鋼鉄の塔を建てる御計画をブラジル政府に売り込んでらっしゃるとか。なんでも赤道にお建てになるのが最適で、それが完成しましたらば、大砲無しで月まで砲弾を運べるそうで」

「よくもいろいろ考えつくものだこと！」

「さようでございますねえ！」

――お屋敷は活気を取り戻しましたが、その様子は戦前とは少々趣を異にしておりました。各国の大使たちは参内《さんだい》し、恭《うやうや》しく一礼すると、お抱えの演算士たちに最新の成果を読み上げさせます。彼らにとってロス・パニオスの女主人は愛《め》でるものでも崇《あが》めるものでもなく、ただ敬意を表する目印に過ぎませんでした。なにしろ〈会議〉がそう決めたのですから。月に砲弾を射ち込むのは列強の仕事、それを眺めるのは女主人の仕事。優雅さはどこにもございません。退屈な儀礼ばかりが積み重なってゆきます。そして参内が終わるたびに、ドンナ・アナは、ベローニカ相手に愚痴をおこぼしになられるのです。

「数字が毎年増えてゆくばかりだわ」

「はい、わたくしめにもまったくさっぱり」

「近頃では何もかも計算ずく」

「ええ、まったく。欧州では中国人だけでは足りなくなったとかで、アフリカの奴隷にも算盤と計算尺を与えて計算させるそうでございますよ。暗算が得意な秀薄児《イディオ＝サヴァン》……ちかごろでは短くサヴァンとだけ申すそうですが……そのような子供たちを駆り集めたり」

「おやまあ」

「それどころか、このあいだも娘が噂しておりましたんですが、東洋の国では頭蓋《おつむ》に穴を開けたり針を刺したりして、〈記憶児〉や〈演算児〉を量産していますそうで、はい」

「あの音は何？」

「閾下砲弾ですわ、お姫さま。あちらのお山のむこうに、あのように茸雲が」

――毎年の御誕生日の宴は、ますます大がかりになってゆきました。列強各国の大使が科学者連中を引き連れて参上します。さまざまな訛《なま》りと肌の色を有した学者さまが、いれかわり立ち替わり、論文の表題を言上いたします。大きな鉄の機械が運び込まれます。最新科学の成果が披露されます。花束が、宝石箱が、分厚い外交文書とともに到着いたします。新聞は女主人の変わらぬ美貌を書き立て、電信はお屋敷を中心に張り巡らされております（これほどまでに権勢を誇るロス・パニオス家が帝室に睨まれもせず、陰謀にまきこまれることもありませんでしたのは、ひとえにドンナ・アナが政治《まつりごと》にすこしも御興味をお示しにならなかったおかげでございました）。あらゆる社交辞令と付け届けが尽き果てました後、七日間の饗宴のしまいには、その年もっとも多くの演算をこなした奴隷七名と、もっとも優れた論文もしくは業績一つが表彰されるのでございます。

「……本年の最優秀賞は、『並列演算奴隷二十万人を動員することで検証可能な、軌道上の残骸が織り成す沌様《カオス》の非決定論的分析』でございます！」

混沌数学は当時の流行で、すでに電気馬車の渋滞管理や天気予報に多く用いられておりました。大発明家のフレミング氏はその応用で二年続けて大賞をお取りになりましたし、かのリチャードソン博士——ロイヤル・アルバート・ホールを借り切って、世界初の推《コン》算工場《ピュータ・ファクトリ》を指揮したことで有名であります——も、すっかりお屋敷の常連でございました。

「……今年度最優秀賞は、『アフリカ深部への砲弾射出式無人探検における、軌道上の鏡を応用した成果確認作業の円滑化技術の提唱』でございます！」

「……第十回社会学部門最優秀賞は、『演算奴隷の権利向上による演算速度増進の達成』でございます！」

「お姫さま、今年の受賞者のかたは、たいそう御髪《おぐし》が薄うございますですねえ」

「ベローニカ、本当のことを言うと嫌われますよ」

「……第十二回経営学部門最優秀賞、『百平方キロ単位のアナログ式推算工場における空調管の最適配置について』!」

「……今年度の最優秀賞は、巨大推算運河における水圧式・瓦斯《ガス》式・電流アンプ式の比較検討の功績により――」

何もかもが、めまぐるしく、そして横滑りに変わってゆくかのようでございました。

「……原子反応《キューリー》大砲と電磁大砲《フレミング》の用途別最適解を推算した功績により――」

「……電磁式無限連射砲の開発と、その応用による大西洋横断橋の可能性を切り開いた功績により――」

「あらベローニカ、大西洋橋はもう完成していたのではなかったのかしら」

「お姫さま、それはメリエス氏の電気動画でございますよ」今や七人の子持ちであります小間使いの口調は、すっかり駄々っ子をあやす母親のそれとなっておりました。

眼下では演算兵たちが前庭を行進し、記憶連隊の見事な斉射《せいしゃ》が続きます。

「……技術部門・最優秀賞、超高空におけるジェット気流の発見とその開拓の功績により――」

「……最優秀賞は、成層圏橋と電磁砲の安定的な結合を達成した功績により――」

「……レーザー・サーチライト実用化の功績により――」

「……閾下反応砲による火星植民計画の可能性を――」

「……軌道残骸にアナログ演算を行わしめる方策の実現の功績に――」

お屋敷はさらに栄華を極め、月の話題はめったに聞かれなくなりました。軌道残骸の有用な使い途が、王侯貴族の関心の大半を占めてゆきました。〈競争〉は〈会議〉の片隅へ溶け去り、〈会議〉はお屋敷の〈御誕生日〉と区別がつかなくなりました。

時おり、共和主義者たちやツィオルコフスキー教徒が自翔弾《コエーテス》（自らの尻に大砲をとりつけて飛んでいこうとする不粋な有人砲弾のことを、人々はこのように呼び慣わしました）を発射しては民心を混乱させようとも試みましたが、新聞や軌道放送の片隅を賑わせるのみでございました。

そのようにして、あっというまに五十年が過ぎ去ったのでございます。

5、

あの未明の一言からちょうど半世紀目の、その夜も、ドンナ・アナはお屋敷のバルコンから月を眺めておいででした。

　庭園は……かつて美しい均整を誇ったあの庭は、今もじゅうぶんに美しくはありましたものの、どこか優雅さを欠いておりました。花に色はなく、蔦《つた》は壁を覆い、水の流れは痩せ細っておりました。

　ドンナ・アナは、ふと眉をお顰《しか》めになりました。見慣れぬ人影がバルコンの下へと近づいて参ったのでございます。すると、なにをお考えになったのか、女主人は小間使いたちに目配せをなさり、一人をのこして退出させました。

「何者ですか」

　貴婦人の誰何《すいか》に、影はそっと答えます。

「一介の貧乏詩人にございます。名高き貴婦人の御顔《かんばせ》の、せめて面影なりとも持ち帰りたく、命を賭して罷《まか》り越しました」

「衛兵と自動番犬を、どうやってくぐり抜けたのです？」

「詩人には詩人の抜け道というものがございます」

「詩人ねえ」ドンナ・アナは、すっかり古びた愛用の扇子をお閉じになりました。「では証明してみせるがいい」

「それでは御要望にお応えして」

詩人は、自作を吟じました。

「なんて陳腐な詩句だろう！」貴婦人はお唸りになりました。

「それゆえに貧乏詩人でございます」

「職業選択を間違えましたね」

「ああドンナ・アナ！　世の中は過信と後悔でいっぱいでございます。もちろん貴女さまには御想像もおつきにならないでしょうが」

「断言するのは尚早ですよ」

「なんですって？」

「わたくしが……わたくしも……悔いていると言ったら？」

「まさか！」

「どうして？　いけませんか？」

「ドンナ・アナですよ、貴女《あなた》さまは！　妥協を知らぬ、冷酷なる夜の女主人です！　あなたの一言で宇宙時代は始まりました——戦争は終わり、〈会議〉が始まりました。資本は制御されました。科学が諸国の王侯を統一しました！　ボナパルト主義と正義主義が五つの大陸を統制しております。古く危うい革命は新たな産業帝政によって駆逐されました。世界中の貴族と市民が知っています、あなたの成し遂げたことを！」

「莫迦らしい」

「なんですって、ドンナ・アナ！」

「わたくしは何一つ成し遂げてはいませんし、成し遂げたいと思ったこともありませんよ。ただ単に手に入れたかっただけです、わたくしは」貴婦人はお呟きになりました。「そして手に入れそこなったのです。科学……科学ですって？　たしかに昔はそんなものもありましたよ。ええ、大昔のことです。それはそれは美しいものだったと聞いておりますとも。わたくしの祖母がまだ乙女であったころ、ターナーの色彩はファラデーの言葉に同じものでした。ラヴォアジエの分析はブレイクの脚韻《きゃくいん》と等しく響き合っていました。わたくしたちは、誰も彼も、同じ言葉で星空を見上げていたのです。それがいつのまにやら……ああほんとうに、歳月というやつは！……科学は騎士道精神に手綱をとられ、資本と名誉と血統に尻を叩かれながら、勝手に坂道を転げ落ちていってしまった――」

「もっと悪くなっていたかもしれませんよ」貧乏詩人は言いました。「科学だけで坂道を転げていったかもしれません。もしも民衆が勝利していたら、共和主義者や民主制論者が勝っていたら。資本も科学も、皆の欲望だけを頼りに肥えていったかもしれません」

「そして五百万人が砲弾に潰されて死ぬこともなかったと？」

「五千万人が大戦争で死んだかもしれません」

「二億人の演算奴隷と記憶児がつくられましたよ。彼らは今も鎖につながれています」

「二十億人が餓《かつ》えている世界を想像してください、ドンナ・アナ。民主制に任せていたら、それくらいは飢えと戦さで死んだことでしょう」

「まさか！　そんな莫迦げた話は、今どき科学浪漫作家も書きませんよ。よほど旺盛な空想癖の持ち主ですね、貧乏詩人という人種は」

「おそれいります。想像は詩人の病でして」

「さっさと医者にお行きなさい」

「貴女さまも同じ病に罹《かか》っておられましょう」

どこかで梟《ふくろう》が寂しく鳴き、月が湿気に瞬きました。

「どうしてそんなことをお言いだね？」

「ではお尋ねしますが、もしも貴女さまの想像力のおかげでなければ、いったい何が世界を変えたとおっしゃるのです？　貴女は世界を良くしようとお思いになられた、そうでしょう？」

「世界を良くしようなど、かけらも思っておりませんでしたよ」

「しかし、現にそうなったではございませんか！」

「わたくしには与《あずか》り知らぬことです」

「では……」詩人はひとつ咳払いをして、「なぜなんです？　あの〈競争〉はいったい何のために？　なぜ月世界だったのですか？」

それこそは究極の質問でした。ドンナ・アナ・イシドラ――冷酷なる天界の女王――は、扇子をお開きになり、そしてお答えになられたのです。

「まったく！　どうしてわたくしに択《えら》ぶ余地があったと考えるのでしょうね、男どもときたら？」

「おそれながら、ドンナ・アナ、貴女さまはまったく理屈にかなっておりませんですよ」

「理屈ですって？」と鋭いお返事。「理屈と性の合う情熱などというものが、この世にあるとでも？　世も末ですね、このわたくしが貧乏詩人からそんなことを言われようとは！」

「しかし――」

「五十年前、星間空間は詩人と恋人たちに属していました。実際、もうすこしで手が届くところでしたよ。少なくとも恋人たちのほうは」

「ドンナ・アナ？」

「誰かがわたくしに告げさえすればよかったのです……月世界はわたくしのものだと、そして世界中がそれを認めているのだと。月を眺める際にはわたくしの許可が必要で、夜の半球はわたくしの所有物なのだと。そうすればわたくしは無償で許可を出したでしょう。すべての栄誉と賞讃を固辞し、最後のお辞儀と共に華やかな社交界から退いて、無名で貞淑な妻として生涯を終えたことでしょう」

「本気ですか、ドンナ・アナ？」

「さあ、どうでしょうかね」

「ドンナ・アナ！」

「なにしろあれは半世紀も前、十五の小娘が考えついたこと。寂しく老いた女公爵に、乙女心の何がわかりましょう」貴婦人は、おもむろに言葉を続けられました。「半世紀前……ええ、まったくあれは別世界でしたよ。砲弾が大陸を越えて飛ぶこともなく、奴隷は減りつつありました。それが今ではどうでしょう――空には砲弾の航路が拓かれ、原子の熱が城館を暖め、明日の雨は工場で推算され、近い将来の宇宙植民さえ真剣に討議されている。なんのために？　いつの日にか彗星がこの惑星に衝突した時の用心のために、文明の避難所を確保せねばというのが言い分です。

理屈に適《かな》っていない情熱は、いったいどちらだとお思いだね？　人類の永遠？　文明の繁栄？　一体いつまで生きるつもりなのだろう、科学者どもは――西洋文明とやらは？この星と共に老いてやろう、寿命を共にしてやろうというくらい腹の据わった者の一人も、文明の一つも、いないものだろうか？　恋人たちの眼差しのまま安らかに逝こうと願う者は？　思慮を欠いているのはどちらだろう？　まったく、男どもときたら――文明ときたら！」

「男に限った話でもありますまい」

「かもしれません。ええ、そうでしょうね……いいえ、わかるものですか。ああ、どちらでもよいことです、今のわたくしには」ドンナ・アナは扇子を小さくお扇ぎになりました。

「どのみち、わたくしは月を購《あがな》えなかったのですから。ただの哀れな女、無為に日々を費やした老女にすぎないのですよ、おまえの前にいるのはね」

「お言葉ですが、ドンナ・アナ」

「なんです」

「――あなたさまは、もうとっくに月を手に入れておられるではありませんか」

「なんですって？」

「ごらんください」

人影は天を指しました。

夜空を西から東へ、軌道残骸の織りなす白銀の首飾りが、天然の銀河をかき消して横たわっておりました。地上から投射された深夜の時報が、皇帝陛下の詔勅が、本日最新の報道が、明日の天気が、その他あらゆる文字と画像が、煌《きら》めきながら流れてゆきます。

ヘラルド・ビンセンテ社謹製の大砲時計の音が、ゆるりと夜霧を揺さぶります。帝都の推算工場は夜を徹して数値を生産しています。電気馬車の渋滞が光の河をなし、郵便砲弾は空を往き、飛行戦艦は主義者狩りに余念がありません。遥か南には大いなるメキシコ《カナル・デ・》運河《メヒコ》が横たわり、大自然の恵みである潮流と水位差を利用して、市民皇帝政府のための膨大な〈世界演算〉を静かに進めているはずです。

それらすべてを見おろしつつ、朧《おぼろ》の月は鎮座しておりました。

「ごらんください、あの天体を。もはや、かつての面影もございません。軌道残骸の帯を望むことなく、かの衛星を見ることさえ叶いません。痘痕《あばた》は砲撃され、平らな硝子と化しました。冷たい峰々は突き崩され、天鵞絨《ビロード》の平原と成り果てました。もはや何ぴとも、貴女さまの御名前を思いうかべずにあの衛星を眺めることはないのです。マン島からザンジバルまで、ブラジリアの皇宮《おうきゅう》から北京の廃墟まで、天空を眺めるに貴女さまのお姿を思わずにいることはできません。この夜の半球に、あらゆる貴族と産業市民の視線の上に、貴女さまの紋章が刻まれていると言ってもよいでしょう！

ドンナ・アナ、かつての月の姿は貴女さまの想い出の裡にだけあるのです。いってみれば、外なる空間《エスパシオ・エクステルノ》ではなく内なる空間《エスパシオ・インテルノ》に」

「陳腐だこと」とドンナ・アナは仰せになりました。「お次は演算空間《シベレスパシオ》などと言い出しかねない」

「おそれいります。私はただ――」

「もういいのです。なにもかも遅すぎます」

「この世に遅すぎることなどありませんよ。これほど美《うま》しき月夜には、なおさらに」

詩人の言葉に、ドンナ・アナはぴたりと扇子をお止めになりました。

あらゆる音が古びた庭から消え去りました。虫たちの囁きは一斉に止みました。夜は静かに彼女の次の言葉を待ちかまえました。

「もういちどお言いなさい」

「は？」

「月は如何《どう》していますか？」

「輝いております」詩人は、夜空ではなく、まっすぐにバルコンを見上げました。

「美しく？」

「譬《たと》えようもなく！」

「昔のように？」

「昔以上に！」

「そして何事も遅すぎることなどこの世にはない、と？」

「もちろんですとも、ドンナ・アナ！」

「陳腐で、正直で、しかも簡潔ときている」ドンナは肩をすくめられました。「ふうむ。まあ、よいでしょう」

そのとたんドンナ・アナは、メキシコ帝国随一の財産と美貌を誇った老貴婦人は、バルコンからひらりと飛び下りたかと思うと、詩人の上に見事軟着陸されたのです。

「痛い！」

「お黙り、貧乏詩人のくせに。さあ、このドンナ・アナ・イシドラを、今でもまだ美しいとお言いかい？」

詩人は目をつむり、その敏感な指先で、名にし負うドンナ・アナの容貌《かんばせ》を感じ取りました……無数の細かい皺を、動かざる染みを、遠い日の仄《ほの》かな名残りである痘痕を。かつて全地球を見下ろしていた、あの冷たい夜の女王と変わるところのない存在を。

そして彼の指先は、深い起伏と歳月の奥に、とうとう発見したのでございます。依怙地で、高慢で、冷酷で――けれどこれ以上ないくらい純粋な、常《とこしえ》に変わらぬ少女《おとめ》の笑みを。

彼はドンナ・アナのお手をとり、そっと姫君ご自身の頬の上へと導きました。

「……ええ、このとおり。あのころのようにね！」

庭園は喜びの声に満ちあふれました。樹々はふるえ、噴水は騒ぎ、風は大いに喘ぎました。詩人の声は風にのり、森を越え、早瀬を渡り、すこぶる安眠中の帝都臣民一千万の耳にさえ届きました。人々は、いったい何がおきたのやらと、窓から外を覗きました。

ですがその時すでにお二人は、手に手をとって、銀の月夜の彼方へと駆け去っていった後だったのでございます。

もちろん醜聞はあっというまに広まりました。それはもう、半世紀前の比ではございません。当時にくらべて通信の技術は格段に、そしてそれ以上に、醜聞を求める心持ちが貴賤を問わず発達していたのですから。

帝国じゅうの推算運河は、いっせいに水門を開いて貴婦人の行く先を計算いたしました。〈人民のための皇帝〉公社の誘導弾郵便はあらゆる大都市の郊外に着弾し、真空チューブを通って送られた号外は村々の中央に置かれた回転塔に貼りつけられました。軌道残骸の帯には、夜ごとに最新の捜査状況が（乱高下する株価の終値と仲良く並んで）映し出されました。

にもかかわらず、捜索はまったく進展を欠いておりました。なにしろ肝心の情報が錯綜していたのですから、当然といえば当然でございます。最新の混沌数学をもってしても解き明かせないその混乱ぶりは、ひとえに或る小間使いの所為《せい》でございました。あのベローニカの孫娘にあたる、その名も同じベローニカ、彼女のみがドンナ・アナ最初で最後の飛翔の現場に立ち会わせており、ゆえにすべての事情を存じ上げていたのでございます――すなわち、この物語を語ることのできた唯一の人物ということに相成ります。とは申せ、学も身分もなく、ましてや正義党員でもございません彼女の……いいえ、わたくし如きの詳細はたいして重要ではございませんのでこの際省かせていただきまして、ともあれわたくしめの所為で新聞社ごとに発表内容がくい違い、おかげで警察は無駄足を踏みつづけ、お二人の行方はついに知れぬまま、臣民たちの噂もいつまでも絶えることがなかったのでございます。

それだけに、すべての報道で一致していた箇所がひとつだけございましたのは、あれから幾年月、今にして想えばかえって奇妙であり、また同時にひどく詩的で、さらにはいかにもありそうなことと申せましょう。たったひとつ、ほんの小さな事実が――

件の貧乏詩人の左目は藍色であったという事実だけが、一致しておりましたのは。

さよなら三角、また来てリープ

1

あの夏、銀河帝国軍は俺たちの街に攻めてこなかった。

というか夏だけじゃなくて、秋も、冬も、春も……次の年の夏休みまでずっと来なかったんだけどな。

日本中どこでも同じだった。

そのかわり、他の先進国はほとんど侵略されてた。アメリカから始まって、ヨーロッパは丸ごと、たぶんロシアも一部はやられてただろう。もっとも、あの頃はソ連って呼ばれてたんだが。

「ジャミラの野郎は、ハワイで観《み》てきたって言ってたぜ」

第三校舎の屋上でいちばん大きな『大』の字を描いたまま、文太《ぶんた》のやつは生物教師の綽名《あだな》を口にした。すごく嫌そうな感じでだ。

当たり前だ。俺たち三人のうち誰一人として、あのキザ野郎のことを好いてなんかいなかったんだから。

「観た!? いつ!?」

「夏休みのあいだにさ。旅行してたんだよ。お土産《みやげ》配っててさ、職員室で。マカデミアン・ナッツ入りのチョコだったかな。そんで配りながら、『たまたま暇ができたので観てきましたよ、むこうで流行《はや》ってる例のやつ』だとさ」

「ちくしょう」俺は青空にむかってつぶやいた。「死ね、ジャミラの野郎」

「そうだな。まったくそうだ。ジャミラは死ぬべきだ。できれば帝国軍のレーザー銃で蜂の巣にされて」

「帝国の制式小火器は熱線銃《ブラスター》だろう?」トンボのやつが、ぴょんと上半身を起こした。

「そりゃハン・ソロのだってば」

「ちがうって」と、トンボはくいさがった。あいかわらずの痩《や》せっぽちに度の強いメガネだもんで、綽名の由来は間違えようもない。「ストーム・トルーパーは全員、ブラスターなんだよ。今月の〈スターログ〉にそう書いてあったもん!」

「いや、文太が正しいぞ」俺は指摘した。

「まさか！」

「俺は〈マンガ少年〉で読んだんだよ。こっちのほうが〈スターログ〉より正確だ」

「そんなことあるもんか！」

「ある！」

「ない！」

「あるったらある！」

「どっちでもいいよ」文太が嘆いた。「どうせ来年の夏までおあずけなんだしさ。〈スターウォーズ〉は」

「それを言うなよ、それを！」

――そんなふうにして、俺たちの（帝国軍抜きの）高校二年の二学期は、始まったわけだ。

西暦でいえば、一九七七年。

でも俺たちにとっては、もっと別の呼び名がある年だった。

〈スターウォーズ〉が日本に来なかった年。

俺たちが親友同士で、ＳＦが大好きで、もちろん三人とも彼女はいなくって、学年でも浮きまくってる変人トリオで、まだ何一つ成し遂げてない無力なガキだった年。

そして、天使型の宇宙船が初めて空を飛んだ年だ。

2

「……によって、えーと、せ、生物の、ど、道化《どうけ》という理論が……」

「進化《しんか》！」

ジャミラの甲高《かんだか》い声が教室中に響く。

文太のやつは首をすくめた。それからクラス全員も。

「道化じゃなくて、進化だ！　どうやったら読み間違えられるんだ、まったく！　おまえ、もういっぺん小学校からやり直すか？　まともに教科書も読めんのか！」

――あのキザ野郎の授業ってのは、毎度そんな感じだった。誰かが生贄《いけにえ》になって集中攻撃をくらう。他のみんなは黙って惨劇《さんげき》の証人になる。

そして俺たち三人……文太、トンボ、それから俺は、中でも特に目の敵《かたき》にされていた。

なんでかって？　理由はいろいろあったさ。というか、三人それぞれに一つずつあった、と言ったほうがいいな。

まず文太は基本的に馬鹿だった——いや、悪口じゃないぜ。ほんとにそうなんだ。漢字の『九』と『丸』を書き間違えるくらいにな。

あいつが弱小柔道部に三十年ぶりのメダルやら賞状やらをたっぷりもたらしてなかったら、とっくの昔に退学処分になってただろうって、俺の親たちも噂《うわさ》してた。一勝するたびに期末試験で十点ゲタをはかせてもらえるんだそうだ。で、ジャミラは、そういう取り引きが嫌いだったらしい。

トンボのやつは、文太と違って頭がよかった。というか、頭がよすぎて頭の悪い連中と区別がつかないってパターンだ。痩せっぽち、でっかい眼鏡、バカ正直な魂。くだらない授業に集中するふりさえできなかった。いつでも窓の外を——青い空を、そしてその彼方《かなた》にある星の海を——眺めてばかり。ジャミラだけじゃなくて、教師全員に睨《にら》まれっぱなしだった。

あいつを褒《ほ》めたことがあるのは、ただ一人、美術の田村《たむら》先生だけだった。トンボは勉強だけじゃなくて、絵もうまかったんだ。でも、その田村のじいさんも俺たちが一年のあいだに退職しちまった。だからあんまりトンボの役にはたたなかったってことだ。

で、俺だ。

基本的には早熟タイプだったんだな。ほら、よくいるだろ。中学まではそれなりに勉強もできたけど、高校にあがってからは急激に成績が下降線。あれだよ、あれ。

でもジャミラに嫌われたのは、夏休み前に提出したレポートのせいだったと思う。いや、ちゃんと出したんだぜ。タイトルも立派なもんだった。『現代における宇宙人との遭遇《そうぐう》実験』ってな。

……うん、まあ、そうだな。そりゃ怒るだろうな。あの頃の、まともな生物教師だったなら。

とにかく、それが俺たちだった。

それぞれ全然方向性の異なる変人ども。

唯一の共通点といえば、SF同好会に入ってることくらいだった。五人いれば部活に昇格できたかもしれないけど、とにかく俺たちは三人だった。おまけに文太は柔道部もやってる。だから同好会になった。ってことはつまり非公認ってことで、それだけでもあの学校の中じゃあ相当なマイナス点だ。表向きは文武両道の校風とかいってたけど、基本的にはガチガチの進学校だったからな、あそこは。

『受験戦争』って言葉が当時あったんだが、あれは少しも冗談じゃなかった。一年からバリバリの過密スケジュール。二年の二学期になったら、校内は完璧に受験体制。

気の早い話だったぜ、まったく。

「もういい、文太、座れ！　阿呆《あほう》は置いといて、次に進むぞ！……」

＊

そんなわけでトンボのやつが（文太の傷ついた魂をなぐさめようとして）宣言したのは、二学期三日目の昼休みだった。

「さ来月の文化祭で、あのキザ教師に、目にもの見せてくれようじゃないか」

「どうやって？」と俺たち二人。

「それをこれから考えるのさ」

言いながら、やつは屋上に寝そべった。

言っとくけど、べつに俺たちは校舎の屋上が大好きだったわけじゃない。

他に場所がなかったんだ。

あの頃はまだ、携帯電話なんて便利なアイテムは地球上に存在してなかった。それどこ

「文化祭だ」

ろか、ファミレスやコンビニもなかったんだぜ。どっかにはあったのかもしれないが、すくなくとも俺んちの近所にはなかったな。

マクドナルドは、大きな繁華街《はんかがい》にぽちぽち見かけるようになってたけど、あれは金持ちの大学生連中が行くところで、俺たちの小遣いじゃ高嶺《たかね》の花だった。この話をすると今じゃみんな驚くけどな。当時はそうだったんだ。ほんとだぜ。

だからそんなわけで、何かを相談するとなれば、俺たちはいちいち物理的に集合しなくちゃいけなかったってわけだ。

「文化祭だ、とにかく」大の字になったトンボはくりかえした。「そこに全ての答えがある」

「大きく出たな、おい」文太が笑った。

「先生たちの監視網に隙《すき》ができるタイミングなんて、他にないだろ？」

それもそうだ。おもてむきは文武両道。学校側としては、ふだんの『教育』の成果を世《せ》間様《けんさま》に御覧《ごらん》いただく絶好の機会だった。だから、文化祭だけは派手にやるのが恒例なんだ。期間中はちょっとだけ……本当にちょっとだけなんだけど……学校は無礼講《ぶれいこう》になる。

「よし」

俺は寝っ転がったまま、うなずいた。

「なんか一発かましてやろうぜ。それで停学くらったってかまうもんか。あのジャミラの野郎に対して、SF同好会の置き土産だ！」

「そうだ、それで思い出した」ひょいと起き上がって、文太のやつが取り出したのは、銀行でパックされてる小銭の棒のような妖しげな物体だった。表面をめくると、中からキャンディのようなものが出て来た。

「なんだそれ？」

「知らん。ジャミラのハワイ土産らしい。腹が立ったんで、やつの机からさっき無断で拝《はい》借《しゃく》してきた。ほら、ちょうど三本あるぜ。一人に一本だ」

「えーと」俺は包装紙に書かれたアルファベットを発音しようとした。「……『めんとす』？」

「食い物らしい、てのは間違いないけどな」

「チューインガムみたいなものかなあ？」トンボが『めんとす』の粒を嗅《か》ぎながら首をひねる。

「とにかく誰か食ってみろって」

「誰が？」

「おまえやれ、おまえ」トンボが俺に棒を押しつけた。

「なんで俺なんだよ」

「停学くらう覚悟があるんだろ？　だったらこれくらい、なんでもない」

「三人でくらう覚悟だよ！」俺は二人を睨みつけた。

俺たちは、おたがいの顔をじーっと見つめた。

たぶん、その時初めて、俺たちは正式に誓約《せいやく》をむすんだんだと思う。

今度の文化祭でＳＦ同好会は派手に散る。

散りまくってやる。

「よし」

「うん」

「そうだな」

俺たちは同時にうなずいた。

そして、棒の表面をむいて妖しいキャンディを次々と取り出し、ぐっと腹に力を込めると、一気にそれを口の中へ——

「……不味《まず》っ！」

その瞬間の、生まれて初めて『めんとす』を口いっぱい詰め込んで悶絶《もんぜつ》してる俺たちの姿を、人工衛星から見下ろしてたら、相当にマヌケな感じだったに違いない。

もっとも、あの頃はまだグーグル《Google》・アース《Earth》なんてもんは存在しなかったんだけど。

3

灰色の受験戦争へむかって突き進む進学校という巨大戦艦のただ中で、学校非公認のSF同好会は文化祭に何をやらかすべきか？

決まってる。

巨大ロボットをつくるんだ。そんでもって、気に食わない教師連中を地平線のむこうまで放り投げてやる。

と考えたのは俺だけだった。

「ここはぜひとも宇宙船を建造するべきだと思う」と文太。

「ロボットだ！」と俺。

「ボクはどっちでもいいけど」トンボの、か細い声。「できるだけ直前まで見つからないような工夫をするのが肝心《かんじん》じゃないかな」

「なんで宇宙船じゃダメなんだよ！」文太が俺の胸ぐらをつかんだ。

「ダメとは言ってねえだろ、ロボットのほうが実用的だってだけだよ！」

いや、本気で本物を造ろうなんて思っちゃいなかったさ。模型《もけい》で十分だ。でっかい模型を一晩で組み立てて、校門の前とか校庭のど真ん中とかにぶちたててやるんだ。示威《じい》行為ってやつだな。『どうだ、俺たちだって、こんなすごいことができるんだぜ！』って感じでさ。

どうせ何をやっても、何を造っても、すぐに撤去《てっきょ》されちまうのは分かってた。学校ってのはそういうところだったんだ、あの頃はな。何もかもが痕跡《こんせき》もなく流れ去っちまう。俺たちは一年に三六五日ずつ、どこかへ運ばれてゆく。つまらない大人に改造されちまう。世の中は変わりようがない。そんなのは常識だった。

でも、まあ、俺たちは三馬鹿の三変人だったんだ。

「文化祭に実用とかどうとか関係ないだろが！」

「じゃあ、なんで宇宙船なんだよ！」

「……なんとなくだ！」

「ふざけんな、こら！」

今度は俺が文太の胸ぐらをつかむ番だった。自分よりも体重が一・五倍はある相手の胸ぐらをつかんだからって、何がどうなるもんでもなかったんだけどな。おまけに相手は柔道の腕前で進級してるようなやつだ。

でもまあ、とにかく、俺たちはお互いの制服をひっぱり合いながら、議論とも武道の試合ともつかない状態へと突入していった。

「宇宙船！」

「ロボット！」

「じゃあこっちはもっとでっかい宇宙船！」

「それよりもっとでかいロボット！」

「超巨大宇宙船！」

「超々巨大ロボット！」

「超々々巨大宇宙船！」

「超々々々――」

「……じゃあ、あいだをとって、こんなのはどうかな？」

トンボの声に、俺たちは我に返った。

ちょっと恥ずかしそうに微笑《ほほえ》みながら、やつは一冊の文庫本を取り出した。細い指が、そっとタイトルを指し示す。

フレドリック・ブラウン著、『天使と宇宙船』。

「このタイトルと、今の君たちの議論から思いついたんだけど……巨大なヒューマノイド・タイプの宇宙船ってのは？」

4

そうはいっても、受験ムードは容赦《ようしゃ》なく襲いかかってきた。それこそ帝国軍のストーム・トルーパーよりも容赦なく。

しかもタチが悪いのは、この凶悪宇宙怪獣〈受験ムード〉ってのは、不定形なうえに神《しん》出鬼没《しゅつきぼつ》だったんだ。

まずは、俺のおやじという形状でもって攻めてきた。時刻は家族団欒《だんらん》の夕飯時、場所はうちの店から丸見えの狭っちい居間《いま》兼茶の間兼台所で、例えばこんなふうに——

親父「……おい」

俺「なんだよ」

父「勉強はしてるのか」
俺「関係ないだろ」
父「バカたれ！　もうすぐ受験だろうが！」
俺「一年以上も先だよ！」
父「うるさい、親の言うことにいちいち文句つけるな！　今から準備しとけという意味だ！　せっかく、あんないい高校に入れたんだから——」
母「お父さんたら、そんなにきつく言わなくても……」
妹「そうよ、お兄ちゃんだって困ってるじゃない」
父「うるさい、おまえたちは黙ってろ。こいつは言わんと分からん性格なんだ。いいか、うちは確かに貧乏な酒屋だがな、長男をきっちり大学まで行かせるくらいの甲斐性《かいしょう》はあるんだ。あとはおまえ本人のやる気で」
俺「誰も行かせてくれなんて頼んでねえよ」
父「なにい！」
妹「お兄ちゃん！」
父「馬鹿もん！」
俺「痛《い》てえな、なにすんだよ！」

父「それが親に対する態度か、こら！」
俺「なにを！……」
（五分間ほど揉《も》み合いで会話中断）
父「……とにかく大学へ行け」
俺「いやだ」
父「行け！」
俺「いやだ！」

これはなんとか撃退できた。すると、敵もさるもの、お次は担任教師の姿をとって進撃してきた――

担任「どうした、この成績は。二年になってからずっとこんな調子じゃないか」
俺「実力です」
担「やる気の問題だ、やる気の。他の連中は真面目にがんばってるぞ。おまえだけだ、こんなのは」
俺「そうですか」

担「なんだ、その反抗的な態度は。いいか、これはおまえのためを思って言ってるんだぞ。ここであきらめてどうする。もうちょっとじゃないか。先を考えろ、自分の将来を」
俺「はあ」
担「いいところに就職するには、まず何よりもいい大学。そうだろう。そうに決まってる。そのために、おまえの御両親も御苦労してわが校へおまえを入れてくださって。海より深い親の恩というだろう。違うか？　違うわけがない」
俺「（なんで俺の人生なのに、うちの親の話になってんだよ？）……はあ」
担「がんばればできる。できるはずだ。だからやれ。わかったな？　見ろ、この数字。うちのクラスだけだぞ、こんな平均点は。誰のせいだと思う？　みんなに迷惑かけてるんだぞ、おまえは。だからがんばれ」
俺「（なんか話がずれてないか？）……はあ」

　ここまでは何とかなった。

——だが、敵は恐るべき狡智《こうち》を発揮した。俺のおふくろという形で、奇襲をかけてきたんだ母「父さんはね、ああ言ってるけど、ほんとはおまえのことをとっても心配してるんだよ……わかるだろ？　父さんはね、ちょっと手が早いけどね、そりゃあんたと違って口下手だからでね……父さんはね、あんたがあの高校に合格したって時、そりゃもうほんとに喜んだんだよ。知ってるかい？　父さんね、あんたが二学期になってから、一滴もお酒飲んでないんだよ。『息子が受験態勢に入ってるのに、父親が酔っぱらってられるか』ってね。おかしいだろ？　あんなにお酒が好きだってのにね。だから、ね、父さんと仲直りして、ね？……ね？……」

俺「わかったよ」

母「勉強はね、好きなふうにやればいいんだよ、うん。でも、ね、父さんの前だけでも、ね、あんまり友達と遊んでばかりいないで。ほら、図書館に通ってみせるとか。かたちだけでいいんだよ、かたちだけで。あんまり父さんを怒らせないようにね……あの人、血圧のほうがね」

俺「え？」

母「うん、あのね……あんたには言わないようにしてたんだけどね、父さん、こないだ出先で倒れて、それで三丁目の蒲田《かまた》医院さんに運び込まれてね」

俺「親父が？」

母「ああ、父さんには言っちゃだめだよ、言うなって言われてるんだから。でも、だからね、あんまり父さんを心配させないようにね……ほんとにかたちだけでいいんだよ、かたちだけで……万一の時にはね、うちはあんただけが頼りなんだからね……」

＊

俺は放課後、週に二回くらいは近所の図書館へ通うことにした。勉強してるふりをするために。

ただし半分くらいは真面目《まじめ》に勉強する気になってた……ってのも嘘じゃなかった。

そのあいだも文化祭計画のほうは、順調に進行していた。俺の内心とはまったく関係なく。

「問題は素材なんだ」

計画始動後、四週間目。あいかわらずの昼休みの第三校舎屋上で、トンボのやつは言った。

文化祭はいよいよ来月に迫り、やつは設計図を何十枚とスケッチしてた。全長・全幅ともに三メートル強。ロボットのような、宇宙船のような、でもそれ以上に翼を広げた天使のようなフォルム。

かたちはようやく決まりつつあった。問題は次だ。

「素材って？」と俺たち。

「モジュール方式でやらなくちゃいけないんだよ。それぞれのパーツを別々に完成させておいて、直前に素早く組み立てる。だから、軽くて運びやすい素材が必要……なんだけど……」

「木材でいいんじゃないのか」と文太。「柔道部のＯＢに材木屋がいるから、もしなんだったら格安で丸太持ってくるぜ」

「うーん。もうちょっと軽いほうがありがたいんだけど。かなり大きなものだから」

「じゃあビール瓶《びん》は？」文太は俺のほうを見て、「これだったら、おまえんとこにたくさん転がってるだろ」

「あれはあれで、けっこう重いんだぜ」

「そうかあ？」

「そりゃ文太には軽いかもしれねえけど」と言ってから、俺はふと思い出した。「そういやあ、こないだうちの店にプラスチックみたいな瓶が入ってたな。透明で、軽くって、でもけっこう硬いんだ。『ぺっと・ぼとる』とかいうやつ」

「なんだそりゃ」

文太は首をかしげた。トンボは眼鏡をキラリときらめかせた。

「それ、持って来れる？　試しに一本だけでも」

「ああ。できるけど――」

俺は、最後に付け足した。ほんのちょっとだけ裏切り者になったような気分だった。

「――来週でいいかな？　今週いっぱい、俺ちょっと忙しいんで」

＊

読書の秋、というか受験勉強の秋、というわけで近所の図書館はいつもほとんど満席だった。

俺はいつもの席をなんとか確保して、参考書を広げた。

いつもの席。

そうさ。いつもの席だ。なんてこったい、と俺はその時思ったね。いつのまにか俺は真面目に勉強する高校生になっちまってる。受験体制の中で、つまらない普通の人間へと改造されつつある。

忙しい？　どうして？　受験勉強でだ。トンボの顔と、おふくろの声と、おやじの拳骨《げんこつ》が、頭の中でごちゃごちゃになって渦を巻きはじめた。

忙しい？　そうとも、俺は忙しくなっちまったんだ。泣き落し攻撃に負けたんだ。学校のはぐれもの同士で誓ったことを裏切りつつあるんだ。

俺は立ち上がった。椅子が倒れたのもかまわず、奥の書棚《しょだな》のほうへ大股で歩いていった。

九〇〇番台。小説のセクションへ。

そこにはSFがあった。そんなにたくさんじゃない。なにしろあの頃は、今ほどたくさんなかったしな。それでも、ほんのちょっとだけでも、それはあった。『奇妙な味』とか『未来小説』とか別の名札をつけてはいたけど、そいつらは確かにそこにいた。

薄暗い隙間《すきま》に入り込むと、俺はゆっくり深呼吸した。

「……だいじょうぶ？」

隣から声がした。俺は顔をあげた。

ちょっと可愛い女の子だった。

いや。正直に言おう。むちゃくちゃ可愛い女の子だった。

セミロング、縁なしの眼鏡、小さな唇。胸元には、分厚い本を抱えてる。

制服には見覚えがあった。川向こうの女子高だ。昔からある、有名なお嬢様学校。

「大丈夫だよ」俺の声は震えてた。宇宙人とファースト・コンタクトしたみたいに。「ちょっとSF成分を補給してただけで」

「えすえふ？」

「いや。分かんないなら、べつにいいよ」

「わかるわよ。でも、わたしはSFより幻想文学《ファンタスィー》のほうが好きだな。ル＝グインとかトールキンとか。トールキンって知ってる？　知らない？」

彼女はそういって、ちょっと恥ずかしそうに微笑んだ。

――俺がその瞬間から科学を捨てて幻想に生きる決心をしたのは、いうまでもない。

ちなみにあのころは、『ファンタジー』よりも『ファンタスィー』って発音するほうが高級だと思われてた。

ついでにいうと、『ドラクエ』大流行も『ロードス島戦記』ブームも、十年くらい先の話だ。

『指輪物語』が（しかも実写で）映画化されるなんて、白昼夢《はくちゅうむ》もいいところ。

いや、ほんとだぜ。

剣と魔法が好きなんです、と口走ろうものなら、一般人からは白い目で見られ、SF好きからは「非科学的！」となじられ、本格幻想文学マニアからは「子供じみている！」と嚙《か》みつかれるのが当たり前。そういう時代だったんだ。信じられないかもしれないけどな。

そんな暗黒時代のど真ん中で、初対面の相手に「トールキンが好き」なんて言える女の子は、どれだけすごい勇気と愛情の持ち主だと思う？

5

「女の話は、もういいってば」

夕暮れの校舎裏《こうしゃうら》で、腕組みをした文太が俺の言葉をさえぎった。

文化祭はいつのまにか来週に迫っていた。

「女の話じゃなくて、図書館の話だ」俺は訂正したけど、あんまり迫力はなかった。これは裏切りの懺悔《ざんげ》なんだから。「それに彼女には、ちゃんと『美穂《みほ》』って名前がある」

「どっちにしても女じゃないか。ちぇっ」

「だから何だってんだよ」

「いいってば。とにかく、最近おまえの付き合いが悪くなった理由はわかった。それでいい」

　文太はうなずいた。てっきりぶん殴られると思って身構えていた俺は、心の中で盛大に一息ついた。わざわざ呼び出されたんだから、当然だろう？

（何なんだよ、いったい）

　俺はまだ事態がのみこめてなかった。そうだ。そういえば、文太のやつもなんだか様子が変だ。

「……そういえば」俺は、やつの突然の背負い投げをちょっとだけ警戒しつつ、口を開いた。

「モジュールのほうはどんな具合なんだよ。天使型宇宙船《ロボ・シップ》の」

「知りたきゃ見に行けばいいだろ。屋上に」

「なんだよ、それ。教えてくれてもいいじゃねえかよ」

「教えられるか」

「どうして！」

　文太は答えなかった。

　夕焼けの紅い光が、やつの丸顔をもっと丸くしてた。

　俺が早熟タイプだって話は、もうしたっけ？　うん、そうだったな。でも、俺はこの時ようやく気がついたのさ。俺の頭は早熟だったかもしれないけど、ハートのほうはそうでもなかったんだってことに。相手の気持ちを察してやるのは、けっこう遅いほうだってことに。

「もしかして……」俺はようやく言った。「おまえも最近、屋上に行ってないのか？」

文太は頭を掻《か》いた。

俺は、やつをじっと見つめた。

「柔道部――次の大会、負けられなくなってな」

そうか。

俺だけじゃなかったんだ。

二年の二学期。気の早い進学校。とっくに進路を決める時期だ。俺はまぐれで合格して、今になってあわてて勉強してる。じゃあ文太は？　柔道以外に、何がある？

俺は親父とおふくろの顔を思い浮かべた。それから、文太の両親の顔を。俺は泣き落しでつかまった。文太はどうやってつかまったんだろう？

「そうか」

「そうだ」

それだけだった。

大きな何かが、俺の奥底に沈んでいった。俺たちの『天使型宇宙船』は、飛び立つ前に翼をたたんだ。始まる前から、計画は終わってた。

　これが現実だ。

　これが現実だ。帝国軍が立ち寄ってもくれない、俺たちの情けない国なんだ。

　俺と文太は黙ってうなずいた。

　たぶん俺たちは、最初から、心のどっかで諦《あきら》めてたんだろう。そして諦めたことに安心したんだろう。

　そして俺は思った。

　……だから、たぶんトンボのやつも今ごろ諦めてるに違いない。

6

　そして文化祭だ。

俺は当日、朝から美穂を連れまわして素敵な母校の中を案内した。デート？　まあ、そんなところだな。受験戦争の最中の、ほんの小さな息抜きタイムだ。

「あの建物は何？」

彼女はあいかわらず可愛くて、制服がばっちり似合ってて、俺の学校のあらゆる細部に興味津々《きょうみしんしん》だった。

「へえ、珍しいかたちの講堂なのね！　あの銅像は、どうして真っ赤なの？　ふうん、そんな恒例行事があるんだあ。ねえねえ、あの先生、とっても面白い顔してるよ！――」

たしかに彼女の言うとおりだった。

俺の母校は面白い場所だった。歴史は古くて、変わった慣習が伝わっていて、隠れ家みたいな旧校舎が建っていて、先生はどいつもこいつもおかしな顔だった。どうして今まで気づかなかったんだろう？

これはこれでいいんじゃないのか、と俺は思った。

普通の受験戦争。普通の学生生活。しかも彼女つき。悪くない。まったく、これっぽっちも、悪くないじゃないか。ここから先は順調に大学受験して、就職して、親の面倒を見る。それだけだ。それのどこがいけない？　なんだって星の海の彼方を夢見なくちゃいけない？　いもしない宇宙人どもの到来を待ち焦《こ》がれなくちゃいけないんだ？　べつにファンタスィーでもいいじゃないか。SFじゃなくてもいいじゃないか。そうとも。やつらはどうせ俺たちのところにはやって来ないんだ。帝国軍も、ジェダイの騎士も、凸凹《でこぼこ》のドロイド従者を連れたお姫様も。だったら俺たちは、どうしてやつらを待っててやらなくちゃいけないんだ？

どうして、いつまでも夢を見てなくちゃいけないんだ？

「ねえ、あれは何？」

突然彼女の声がした。

「え？」

美穂は、まっすぐ指差していた。

第三校舎の屋上を。

天使を。

＊

「あれって天使……だよね？」

生徒と出店と来客で大混雑してる校庭の真ん中に突っ立ったまま、俺は少しも動けなかった。強力な牽引光線《トラクター・ビーム》は俺の全身を捕捉《ほそく》していた。

「あれも恒例行事《こうれいぎょうじ》なの？　すごいねえ、とっても大きくて綺麗《きれい》な——」

「——違う」俺は言った。「あれは宇宙船だ」

「え？　でも……」

「宇宙船だ！　ロボットだ！　俺たちの宇宙船だ！」

俺は走り出した。校舎にむかって。彼女をほったらかしにして。

＊

「トンボ！　文太！」

階段を一気に駈けのぼり、屋上に通じる重たい扉を開けた瞬間、俺は見た。

あいつら二人が、教師たちと壮大なつかみ合いをしている場面を。

「遅いぞ、こら！」

文太が大きな笑い声をあげた。やつは一人で教師三人に上手投《うわてな》げをかましているところだった。

それをすりぬけるように、ジャミラを先頭に数名の理科系教師が、俺たちの宇宙船を撤去しようと手をかけた。

全長・全幅ともに三メートル強。

まるで古代ギリシャの勝利の女神のようにそそり立つ、その勇姿《ゆうし》。

「トンボ！」

たしかにやつは絵がうまかった。

でも、それ以上に、立体工作の才能のほうがあったらしい。

「僕の——僕たちの宇宙船だ！　邪魔するな！　邪魔するな！」

トンボはものすごい形相《ぎょうそう》で怒鳴りながら、ジャミラの右脚にかじりついていた。いつもの大きな眼鏡は、どっかにふっ飛んでいた。

「トンボ！」

俺は叫んだ。叫びながら突進した。屋上の金網越しに、校庭に並ぶ出店の群れがまるごと見下ろせた。コンクリートの床は硬くって、風はひどく冷たくて、空はどこまでも晴れていて、教師たちはどいつもこいつも邪魔くさくって、なにもかもが昨日と変わらない日常で、それでも俺は突進した。

「これを！」

トンボが金切り声をあげながら倒れた。倒れる寸前、俺にむかって短い棒のようなものを放り投げた。

「中身を全部、注入口へ！」

注入口？

体育教師が二人、俺に飛びついた。俺は必死でバランスをとった。目の前には宇宙船があった。右に二十度、傾いていた。それとも俺のほうが傾いてたのかもしれない。

注入口。

(宇宙船の燃料注入口！)

俺はそれを見つけた。腕の届く、ぎりぎりの距離。棒の先端を親指の爪でむく。体育教師が獣のように唸《うな》る。俺の体重が三倍になり、ものすごい速度でコンクリの床が接近する。俺は手を伸ばす。届かないかもしれないと思いながら。何もおこらないと諦めながら。

そして――

7

そして、俺たちの宇宙船は飛んだんだ。

真っ白な泡を、噴き出しながら。

8

ああ、そうだな。

今ならみんな知ってることだ。

炭酸飲料のたっぷり入ったペットボトルにメントスをぶちこんだら、化学反応がおきて、激しく泡が噴き出す。とてつもない勢いで、だ。その噴射の反動を使えば、軽い物体なら、かなりの高さまで飛ばすこともできる。

うん、今なら常識だ。

だけどな、忘れちゃいけないのは、あの頃はまだペットボトル・ロケットなんて趣味は流行《はや》るどころか、誰も知らなかったってことなんだ。なにしろペットボトルってもの自体、あの年に初めて日本で使われるようになったくらいなんだから。

だから、トンボがあの現象に自力で気づいたのは――そしてあちこちからボトルを集めて、あの宇宙船を造り上げたのは――相当に凄《すご》いことなんだよ。わかるかい、あんたたち？

ああ、そうだな。出力が足りないだろうっていう反論は当然だ。事件のあとで、俺たちも計算してみたんだ。あれだけ大きな代物《しろもの》だからな。確かに、少々足りないような気もする。でもな、文化祭は十一月の風の強い日だったのを忘れてもらっちゃ困るぜ。それに、ちょうどいい具合に宇宙船は傾いていた。

噴射のエネルギー、翼を持った宇宙船、強い横風、屋上……条件は悪くなかった。そうとも、悪くなかったんだ。

そして最後の反論——あれは飛んだんじゃなくて、跳ねただけだろう、っていうやつもだ。ああ、それも分かってるさ。というか、最初にそれを言い出したのは俺だったんだから。

9

「飛んだんじゃなくて、せいぜい跳ねたくらいだったぜ。あれは」

俺は病院のベッドで包帯ぐるぐる巻きになったまま、右隣の文太に聞こえるようにつぶやいた。

「いや。あれは間違いなく飛んでたね」

「跳ねたんだよ」

「飛んだ！」

「跳ねた！」

「まあまあ二人とも」左側のベッドから、トンボが言った。「どっちにしても、着地は期待以上の出来だったよ」

……そのとたん。

俺たち三人の横たわった病室は、大爆笑につつまれた。

なぜかって？　決まってるだろ。俺たちの宇宙船は出力が足りなくて、十メートルほど飛んだ（もしくは跳ねた）だけだった。トンボの当初の予定では、その三倍は行くはずだったんだ。校庭を横切り、正門の彼方へ、ぶっ飛んでいくはずだった。ところがどっこい、ひょろひょろと上がった機体は、屋上の金網を越えたとたんに失速し、そのまま校舎裏の職員用駐車場に落っこちたんだ。

ジャミラ御自慢の自家用車――ぴかぴかのポルシェ930ターボの上に。

宇宙船を追いかけて走り出した俺たち三人が、金網もろとも落下してったのは、その直後のことだ。ペットボトル製の巨大な彼女がいなかったら、全治一ヶ月くらいの怪我じゃ済まなかったのは間違いない。

どっちにしても、ジャミラの愛車は宇宙船一機分と男子高校生三人分を受け止める羽目になったってことだ。どれだけ頑丈《がんじょう》な車でも、一発でお釈迦《しゃか》だよ。

俺たちは笑った。笑って笑って笑いすぎて、ちょっと傷口が開いた。おかげで退院が三日ほど予定オーバーになった。

そして入院中に、予想外の見舞客が二人やってきた。

一人は美穂だった。彼女は、あいかわらず興味津々といった可愛い目つきで、

「ほんとに面白い学校なのねえ！」

という、もっともな感想を述べて帰っていった。文太は嫉妬《しっと》に燃える目で俺を睨《にら》んだ。

（ちなみに俺と美穂は、大学に入ってしばらくしてから、つきあうのをやめた。なにしろこっちは科学だし、あっちは幻想だし、ひらたくいえば世界観の不一致ってやつだ。ＳＦとファンタジーの境界があやふやになるのは、もうちょっと後のことだったしな。）

いっぽうトンボのほうは彼女をじっくり観察して、どうして俺があまり屋上に来なくなったのか、ようやく合点《がてん》がいったようだった。

「でも来てくれると思ってたよ。肝心《かんじん》な時にはね」

そう言って、やつは正直の上にバカが三つぐらい重なったような笑みをうかべた。どうやら鈍感だったのは俺だけじゃなかったらしい。

もう一人の見舞客は、なんとジャミラの野郎だった。

「おかげで当分は電車通勤だ」

やつは、顔の半分くらいを眉間《みけん》の縦皺《たてじわ》にして、俺たちにむかって通告した。

「そりゃどうも――」

「ほんとにすいませ――」

「たいへんなご迷惑を――」

俺たちの消え入りそうな三重奏を、やつは全然聞いちゃいなかった。

「まったく、お前らときたら話にならん！　暇にしておくと、病院内でもどんな悪さをするか分かったもんじゃないな。これでも読んで、時間をつぶしてろ」

どさり。

と、俺たちの毛布の上にやつが置いたのは、洋書の山だった。

〈スターウォーズ〉の米国版パンフレット。

ルーカス監督によるノベライズ小説（ただし本当はアラン・ディーン・フォスターがゴ

ーストライターをしてたんだと、ずいぶん後になって知らされたけど)。アメコミ版〈ルーク・スカイウォーカーの冒険〉。あちこちの雑誌の特集を切り抜いたスクラップブック。スターウォーズだけじゃなかった。いろんなSFのペーパーバックもあった。アシモフ、クラーク、ハインラインに始まって、ニーヴン、マキャフリイ、ヴァーリイにシルヴァーバーグ。新作から幻の古典まで。

文字どおり、宝の山だった。なにしろあのころはアマゾンの洋書通販どころか、インターネットそのものがまだなかった時代なんだ。いや、パソコンすらほとんど見かけなかったな。うん、たしか、マイコンって呼ばれてたんだ。とにかく、これだけの海外SFを持ってるってだけでも相当に凄いことだった。ましてやそれを、三馬鹿高校生に無償《むしょう》で貸し与えようなんていう酔狂《すいきょう》な人間は——。

俺は我に返って、あわてて出口のほうを見た。

ジャミラのやつは、とっくに病室から出ていった後だった。

「アメージング・ストーリーズ」

トンボの震える手が、ボロボロの雑誌をつかんでた。

「これ……〈アメージング・ストーリーズ〉誌の創刊号だ。一九二六年四月。ヒューゴー

・ガーンズバック編集……世界で最初のSF雑誌だよ」

俺たちは顔を見合わせた。

ジャミラのやつが、親の説得でSF作家になるのをあきらめて教職に就いたという顛末《てんまつ》を知ったのは、もうちょっと後のことだ。

だから、あの時はまだ何がどうなってるのか、さっぱり分からなかった。

一つだけ言えるのは……俺たち三人の入院生活は、英和辞典のページがボロボロになるくらい充実したものになった、ってことだけだ。

そんなわけで――

10

――そんなわけで、そのあとのことは誰でも知ってるとおりさ。

八六年の〈新宿《しんじゅく》・天使砲撃事件〉。それから情報部の特殊作戦。最初は報道規制があったけどな。そこから先はあっという間。隠しておけるような騒ぎじゃなかった。

米ソは手を結んで、ベルリンの壁は撤去されて、地球連邦まで出来ちまった。最後に戦争があったのは……うん、九一年だったな。それから宇宙軍が設立されて、外務省と通産省がくっついて対異星人省になって……そうだった、SF作家も政府から呼び出された。

うん、そうそう。あれが一番笑えたよ。なにしろ『惑星』とか『宇宙人』とかって単語とちょっとでも関わりのあった人間は、一人のこらず政府の諮問《しもん》機関にぶちこまれたんだから。それまでの冷遇《れいぐう》ぶりとは打って変わって、ってやつだ。

まったく、とんでもない縄張り争いだったぜ、あれは！　どこのお役所も、ちょっとでもいいから「異星人問題」に食い込もうとして大はしゃぎだった。一種の公共事業だな。そのおかげで俺みたいな弱小作家でも、これまで無事に暮らしてこれたんだが。

トンボか？　やつは大学で宇宙航空力学をやったよ。今じゃあ立派な博士さまだ。今晩あたり、テレビに出演して解説するんじゃなかったかな。

文太のやつは、どっかの実業団に入ったな。オリンピックには出られなかったが。連邦が出来た後は、体力があるってんで宇宙軍にひっこぬかれて、そのまま鬼教官になってるって話だ。

うん？　ああそうだったな。

とにかく、俺が言いたいのはこういうことさ。

たしかにリプミラ号事件は、八六年に起きた。ちょうど、あんたたちが生まれた頃だ。けどな、それよりも前の七七年に、事件の予兆《よちょう》はあったんだ。すべてはその前から始まっていた。天使型宇宙船が一機、確かに地球の空を飛ぼうとしていたんだ。

ああ、そうだ——あの年に——あるいはそれ以前から、もっともっと昔から、天使は飛び立とうとしていたんだよ。

誰かの心の中で……俺たちの心の中で。

ああ、そろそろ中継の時間だ。マスター、もうちょっとボリュームを上げてくれないか。うん、そのくらいだ。

どうした？　もっと前に来なよ、あんたたちも。若いくせに遠慮すんな。一緒に観ようじゃないか。スターウォーズなんてもんじゃないぜ。人類史上最大のお待ちかねだ。ただし、最前席はこのおっさんに譲ってくれよ。

なにしろ俺は……俺たちは……あの夏からずっと、こいつを待ち続けてたんだから。

＊　＊　＊　＊

『——……ごらんください！　ここ南極に！　今、次々と異星からの船がおり立っております！　かつて地球を訪れし異星人〝さまよえる星人〟が南極に残した巨大遺跡が……彼らの会議のための会場として選ばれたのです！——

——それにしてもなんと異様な姿でありましょうか！……一人ひとりがまるで異なる姿を持つ〝人々〟の群れを目の当たりにする時、わたしは、人類一人ひとりの差異の微少さを、またそうした思想外観からくる違いで戦い続けてきた人の歴史の矮小《わいしょう》さを、感じざるをえません——

……ああ、ついにあらわれました、勇者ダイナック・ゲンです！　美女に囲まれてダイナック・ゲンが会場に入ります！——』

The End
(… and continued to
"MAPS" act.46)

雨ふりマージ

5月11日（Mon.）２００９年

［あとで読む］［日記］［ネタ］

［パロディ］［ファミレス］

あたし
フィクションに
なっちゃった？
みたいな
うん
ほんと

なにこれ？
みたいな
感じ
なんだろ
不思議
ふわふわ
だけど
そうゆう
人生
あっても
いい？
みたいな

5月12日（Tue.）

［あとで読む］［架空人］［なんだこれ］
［日記］［ファミレス］［ブログ］［法律］
［ライフハック］

きのうの日記は、オレのも姉貴のも、えらい不評だったので書き直すことにした。ていうか、書き直してくださいってAAAからメールが来た。だから書き直す。どっちみちオレじゃなかったボクには選択権ないし（そう、そういうこと……「一人称はボクにしてください」というのも先方さんからのお願いに含まれてた：知るかい、勝手にしてくれ！……というわけで、ボクにちょっとでも同情してくれるヒトは、以下の文章の「ボク」を「オレ」に変換して読んでやっておくれ）。

ことの始まりは、うちの母親だった。

「じつはママね、会社リストラされたの」

近所のファミレスに家族集合させられて、いきなりこれだ。

ボクと姉貴、顔を見合わせる。

五分経過。

「……なんか言いなさいよ。二人とも」

「うそ」と姉貴。

「ほんと」

「いつ」

「今日」

「なんで！」

「だって百年に一度の経済危機なんだもの」

「嘘でしょ？」

「だから本当よ」

「ほんとに⁉」

姉貴が真っ青になると、母さんは、

「アメリカ人、嘘つ～かな～い」

右の手のひらを顔の横に立てて、大真面目に言った。嘘つけ。

「ママ、それはヴァルカン人の挨拶だってば」さっそく姉貴が突っ込んで、母さんの中指と薬指をぎゅっと摑んで隙間をなくそうとする。「なんべん言ったらわかるのよ。てか、明日からどうするのよ！　借金の返済は⁉　おばあちゃんの入院費は⁉　例のストーカーは⁉」

「そうなのよねえ。ああ、パパが生きてたらなあ」

「ママ。それは日本では公衆の面前でやっちゃいけない仕草だってば」

姉貴、ほっぺた真っ赤にして、母さんの親指を指のあいだから解放する。まったく、青かったり赤かったり。あとは黄色くなりさえすれば、完璧に信号機だよ。

とはいえ、姉貴もボクも半分はコーカソイドなわけで、日本人でございますと胸を張るにはちょっと白すぎる肌だ。すぐに顔色が変わるし、けっこうソバカスも多い。

「マオ、あんたも何か発言しなさいよ！　あたしたち明日から路頭に迷うのよ！」

「そんなこと言われても」姉貴に小突かれて、でもボクは飲み放題のジュースをするしかない。ああ、明日からこれも贅沢になるんだろうか。どうしよう。どうなるんだろう。

そしたら。

「だからね」

母さんが身を乗り出した。

「私もいろいろ考えたのよ……この際、もう、選《え》り好みしてられないし……だから。決心しましたよ。ええ、決心しましたとも」

「え？」

ボクらはハモる。これ以上ないくらいのユニゾン。たぶん顔色もぴったり同じ色調になってたはずだ。三歳違いのそっくり顔。

決心した？

何を？

（無理心中。夜逃げ。自宅に放火。自宅に放火されたように見せかける保険金詐欺。身売り。アラブの大金持ち。田舎の旧家のスケベ爺。場末の繁華街。地下闘技場。製薬会社の地下で新規開発された薬の実験体に）

「いやっ！」姉貴が叫んだ。ファミレスじゅうの客が、ボクらのほうを振り向いた。「絶対にいやよ、あたし！　ぎりぎり妥協してもアラブの金持ちまでだけど、でもやっぱりダメ！」

「ボクだって！」

「……なに考えてんのよ二人とも」と母さん。「あんたたち、実の母親をなんだと思ってんの。そうじゃなくてね。ちゃんと対策も考えてあるんだから。まぁ正確には対策のほうからやって来たんだけど。あ、来たわ。こっちこっち！……こちらがＡＡＡＡの御方、担当のアナスタシアさん」

「コニチワ。ヨロシクおねがいします～」

のっぽの金髪おねえさんが、店に入ってくると大股でボクらの席に近づき、深々とオジギをしてから慣れた動きで母さんの隣に腰かけた。

ボクと姉貴は、向かいの座席から彼女を見つめた。彼女の金色の髪、きれいな青い瞳、薄くって桃色に輝く唇。そして胸元に光る、四重のAで飾られた名刺ぐらいの大きさの、クリーム色したプレート——〈私は合衆国の法制度によって保護された架空人です〉。ボクが見つめるうちに、低いテーブルが水平線になって、アナスタシアさんの顔は夕陽のように沈んでった。

ていうか、正しくは、ボクと姉貴がテーブルの下へ沈んでいった。

5月13日（Wed.）

[copyright][nisan][架空人]

［キャラクター][著作権][なんだこれ］

［日記][ファミレス][わからんが面白い］

というわけで、日付は13日になってるけど、話題はまだ11日の件だ。

つまりボクら一家が、法律上は生身の人間でなくなった時の話、なんだけど。

「キャラクタ。日本語では架空人、ですか」とアナスタシアさんは、色とりどりのパンフレットをテーブルに広げながら話し始めた。「まだ訳語が統一されていないので、『被著作人』あるいは『被造人』といった表現もありますが。……ヒトに何種類あるかは、もう学校で習いました？」

「はい」

またまたボクらのユニゾン。

ヒトには三種類ある。というか、最近になって三つ目が増えた。自然人、法人、それから架空人だ。

生身の人間は自然人で、憲法が権利を保障してる。生きる権利、幸せになろうとする権利、結婚と投票と思想信条。その他もろもろ。会社とかＮＰＯとか財団とかは法人というのに分類されてて、いろいろな国でいろいろな法律がいろいろな義務や権利を決めてる。たとえば財産は持てるけど結婚や投票はできませんとか。で、人工知能とか頭のいいペットとか森林生態系とか物語の中の登場人物は、これまでどこにどう分類すればいいのやら果てしなくめんどくさい議論があったんだけど、ようやく最近になって「いっそ新しい分類を考えようぜ」ってことになったらしい。

まだ新しいだけあって、世界中どこでも完全に認められてるってわけじゃないらしい。いわゆる先進諸国――ＥＵとか、アメリカとか、そのへんだけらしい。そのことをボクが付け加えると、

「そうですね。とくに合衆国に関しては、主に沿岸部においてですけれど」

アナスタシアさんはちょっと怒ったようにうなずいた。

「一部の古風で頑固な州は、必死になって、例の最高裁判決に抵抗しようとしてます。だからこそ私たちの闘いが必要なのです」

「うんうん」と母さん。

「はあそうですか」とボク＆姉貴。

「そうですとも」金髪おねえさんの大演説が始まった。「ヒトのように感じ、ヒトのように傷つき、ヒトのように愛されるのであれば、それはもはやヒトなのです。ヒトとして扱うべきなのです。そうでしょう？　英語の言い回しであるように――それがニワトリのように鳴き、ニワトリのように動き、ニワトリのように目に映るのならば、それはもうニワトリなのです。

考えてもみてください。血も涙もない巨大法人なんかに一定の権利を認めるというなら、

どうして愛らしい獣たちや、賢い霊長類や、神々《こうごう》しい樹木や、知的な機械たちを、それ以上の存在として護らずにおけましょうか？　どうして彼らを単なるモノとして扱うことに耐えられるでしょうか？　私たちは常々そのように考えてきましたし、私たちの活動は今ようやく実を結びつつあるのです。この誇り高い印……四つのAにかけて！　虐待的所有／著作権に抗するための運動《Act Against Abusive Authorship》。これぞ私たちの目標であり、愛情の証《あかし》であり、人道の勝利なのです！」

「はあそうですか」

「すでに例の最高裁判決で、私たち合衆国は第一の関門を突破しました。EUでは権利章典を霊長類全般にまで拡張することに基本合意しています。次なる目標は……そうです、相互乗り入れです。架空人には、さらなる権利の拡大と確実な保障体制を……そしてその論理的帰結として、自然人が架空になれる権利を」

「そこんとこなんですけど」ボクはおずおずと右手を上げる。まるで授業の時のように。実際、あの時もこのへんで訳がわからなくなって、でも先生には訊けなかったんだけど。「それって、生身の人間がお話の中に入っちゃうってことですか？　『はてしない物語』みたいに？」

「それができれば理想的なのですけどねぇ」アナスタシアさんが微笑んだ。「さすがにま、ていません」

「まだ、そこまでは技術が進歩していないので……今のところは法的な扱いが主な関心事となっています」

母さんはニコニコ顔でうなずく。ボクと姉貴は顔を見合わせる。

「てことはつまり、たとえば『トゥルーマン・ショウ』みたいな――」

「ええ、そう。そちらのほうがイメージとしては近いですね。あなたがたは、魔法の力で架空の異世界に連れて行かれるわけではありません。むしろ架空の生活が……架空の情報環境が、架空人となったあなたがたを守るため、あなたがたを包みこむように、現実の物理圏へとやって来るのです。

マオ君、あなたのおっしゃるとおり……実は私たちの活動内容は、これまでに多くの小説や映画や、その他のメディアで語られてきたことです。けっして目新しいものではありません。フィクションが物理圏に接近すればするほど、作品は先回りして、さらなる可能性に言及する。フィクションというのは、そもそもそうしたものですからね。……技術的には十数年前に解決したもの。いつでも実用化できるもの。ほんの数年後には世界中で売り出されるだろうもの。モノも技術もたくさんあるのです。ありすぎるほど、あるのです。けれど、いざそれが現実になった時にいちばん問題となるのは――やはりなんといっても法律なのですよ。
たとえば宇宙旅行を考えてみてください。それこそ十九世紀から、それは物語の中で語られてきましたけれど、実際にロケットが飛び交うようになってから私たちの政府は大慌てで宇宙条約を結びました。技術の実用化において最大の焦点となったのは、英雄的な宇宙船操舵手の凱旋パレード手順でもなければ、異星人の来襲がもたらすはずの人類の一体感でもなく……人工衛星の法的な位置づけだった。そんな歴史をくりかえすように、私たちは、第三のヒトが世の中に増え始めてからようやく重い腰をあげて制度改革を始めているのです」

ボクはうなずくしかなかった。宇宙船がどうしたこうしたというのは全然知らない話だし、だいたいボクはいつだって落第点すれすれなんだから。

「――ご覧のように、知的機械は年々増える傾向にあります」気がつくと、アナスタシアさんはiPhoneを取り出して説明を続けていた。「無人哨戒機も、このように進化しています。こちらは先日の記事、史上初の無人機同士の空中戦です。それからこれは、国連平和維持軍のプレデター機が迷子になって故郷まで飛んで帰ろうとした事件ですね。なんて愛らしい行動でしょう！　名犬ラッシーはご存じ？　私たちはこの子の法的権利のために弁護士を派遣しています。――あるいはこちら。ＢＢＣの報道ですが、アラブ首長国連邦の大学でヒト型ロボットがＳＮＳに参加して、話題になりました」

「あ、それ知ってます」と姉貴。「たしか、身体がないと知能も知性も発達しない、っていうのが最近の流行学説なんですよね。聞いたことあります」

「そのとおりです、よくご存じですね」満面の笑み。姉貴、ほっぺたが真っ赤になる。先生に褒められた優等生みたいに。ちぇっ。どうせこっちは赤点生徒ですよ。

「私たちは世界をより良い方向へ変えたいのです。けれど、それはあなたがたのような人々の協力なくしては不可能です。ＡＡＡは単なる船頭役にすぎません。私たちは……いいえ、人類全体が今また新しい世界を見つけて、そこへ漕ぎ出そうとしているのです。最初は外宇宙《アウタースペース》。次は内宇宙《インナースペース》。前世紀末からは電脳空間《サイバースペース》が。そしてついに第四の……いわば法理空間《ジュリスペース》でもって、私たちの生活はさらに豊かになるのです」

ボクは彼女を見上げたまま、透明なコップの中のジンジャーエールをストローですすった。

ひどく間抜けな音がして最後の一滴がボクの喉の中へ突進してきた。

母さんと姉貴は、そろって咳払いをした。

「でも、日本に住んでてできるんですか？」姉貴が、言った。「それともあたしたち、引っ越さなくちゃいけないんですか……その、アメリカに？」

「その質問への答は、前半には『はい大丈夫』で、後半に対しては『ええ、ただし国内で』ということになりますね。ローズマリ先輩……つまり、あなたがたのお母さま……は合衆国市民権をお持ちなので、架空人になる権利が当然にあります。しかも先輩は、私と同じく、誇り高き海洋州《オーシャン・ステイト》の出身でありますし」

うなずき。目配せ。

母さんは、ボクらにむかって親指をぴんと立ててみせた。

そこんところはボクにも解った。母さんの故郷・ロードアイランドは、寛容と一番乗りの州だった。魔女狩りから逃れて来た女の人たちをかくまった植民地。英国支配に対して最初に反旗を翻《ひるがえ》し、独立戦争では最初の海戦を戦った土地柄。最初に奴隷制度を違法化した州。最初のストライキを打った州。あらゆる異端の宗教と慣習と奇人変人をあたたかく迎え入れ、全米で最初のシナゴーグを建立《こんりゅう》し、最初のゴルフコース（ただし9ホール）をつくり、最初の自動車周回レースを開催し、H・P・ラヴクラフトを育《はぐく》んだ州。

そして、合衆国の中で最初に架空人を認めた州の一つ。

「あなたがた二人も、まだ二重国籍である以上は認められるはずですし、私たちのほうで必要な法的援護は最大限提供させていただきます。ええ、もちろん無償で。今回のような場合に、日本国籍をどのように扱うかについては法律家の間でも議論がありますが、おそ

「勝てるわよ。闘いが必要になるけどね」母さんが締めくくった。

「そのとおりです」

はは－ん。

ボクはようやく合点がいった。姉貴を盗み見ると、こっちはとっくにわかってたわよ、という顔つきだった。

ようするに、そういうことだ。もう母さんはとっくに決心してる。ボクら一家は、自然人であるのをやめて架空人になる運命にある。たぶん明日の朝一番で。

母さんは、おほん、と咳払いして。

「で、アナスタシア、あとはちゃっちゃっと細部を詰めたいんだけど。――私たちがキャラクターになれるってことは、キャラクターも自然人になれるってことよね？　彼らとの関係はどうなるの？　結婚はできるの？　売買や譲渡の契約は？　キャラクターになったら私たちの情報は世界中に常時完全公開されるわけ？　情報の改変はされちゃうの？　その場合の精神的苦痛は補償される？　原状回復が不可能な場合は？　それとも改変禁止とか閲覧制限とかを設定できる？　後になって自然人に戻りたいと思ったらどうすればいい？　その際、これまでネットに放出されたデータはどうなるわけ？……」

　といった調子で、そこからアナスタシアさんとのあいだで難しいやりとりが数十分続いて、けっきょく判ったのは、

――今のボクたちの立場ならば、キャラクターになっちゃったほうが得が多い。

　ということだった。主に経済的な理由で、だ。

「架空人になるにあたって、法律上の設定のいくつかは、あなたがた自身が選ぶこともできます」とアナスタシアさんは書類の束を取り出す。こういうところはiPhoneじゃなくて紙媒体を使うものらしい。「髪の色、瞳の色、身長、体重、スリーサイズ、生物学的性別《セックス》と実存的性別《ジェンダー》、あとは性格分類として草食系か肉食系か、社交的か内向的か、ヤンキー／オタク／ネクタイびと、あるいはツンデレ／ヤンデレなどの細かい分類も」

「誕生日は？」

「それは選べません」彼女は口元で両手をぴたりと合わせる。どうやらそれが癖らしい。「とりあえずあなたがたのケースでは、という意味ですが。そもそも、先輩御一家がキャラクター申請するという希有な幸運を獲得できた要因の一つには、誕生日の件もあるのですし」

　誕生日。

　ボクは少しだけ、むず痒《がゆ》くなる。

ボクんとこの家系は、父方も母方も代々ゾロ目の日付に生まれてる。姉貴とボクにいたってては、ぴったり三年ズレた同じ日、つまり七月十一日だ。

誕生日までは完全に偶然なんだろうけど、それに気づいた母さんが面白がって親と同じ日に結婚式まで挙げたら、じつは父さんのほうのじいちゃんとばあちゃんも同じ日に結婚してたことが後になってわかって全員ビックリ。

ただし、これにはオチがあって、悲しいこともまた同じゾロ目でやってきた——ボクたちの父さんは、あの九月十一日、日本人として北《ノース・タワー》棟で犠牲になった不運な少数者の一人だったんだ。

ボクはまだ小さかったので、その日のことをおぼえてない。ずいぶん後になって、映像をニュースで見たことはある。その時、ボクのほうを振り返るクラスメートたちの顔を見て、ボクは人生の真実とやらを悟ってしまったんだ。

世の中、『珍しい』というだけで、価値は生まれる。

——その後のアナスタシアさんの流れるような説明を聞きながら、ボクは、サーカスの檻の中で贅沢な生肉を毎日御馳走になってる白いライオンのことを、ふと連想した。

「以上で、おおよその説明は終りです。なにか御質問は？　今すぐでなくてもいいですよ……私はずっとあなたがたのサポート役ですし、いつでも何でも、なんなりとお訊ねください。私たちにとって皆さんは、かけがえのない存在なのですし、素晴らしい架空人としての人生をエンジョイしてほしいですからね。

そうそう、忘れるところでした。これは、参考までに読んでおいてください。私たちのシステムではこういったことは起こりえませんが、万一の際の心構えとして……お渡しするのが決まりになってますので」

彼女が取り出したのは、薄っぺらい文庫本だった。タイトルは『俺に関する噂』。ぱらぱらとめくってみた。漢字が多かったけど、ちょっと面白そうだ。

「あぁ、それからツイッターとタンブラーには全員デフォルトで参加していただきます。ご心配なく、使用法は私が後で説明いたしますわ」

5月20日（Wed.）
[copyright][GooglingTheGutenbergGalaxy]
[ImaginaryPerson][うざい][面白い][キャラ]
[キャラクター][金髪萌え][これはひどい][著作権]

［二次創作〓日記〓ブログ〓法哲学〓わからん］

［わからんが面白い］

またしてもメールが来たので、ちょっと書き直しをすることになった。長いやりとりをかいつまんで説明すれば、一人称を〈ボク〉以外のものにしてほしい、ということらしい。投票の結果そうなりましたので、と。

誰の投票なのかは、私には知らされないことになっていた。これもまた、私を包みこむ情報防護措置の一つだ。

新しい学校では、私のことが話題になっていた。

日本人として最初の、という称号は残念ながら私のものではない。すでに前例はいくつかあった。ただし彼らの大半は国外に居住していたし、また独身の成人でもあった。家族で、しかも未成年が架空人になったという条件まで付けるならば、私たち一家はさまざまな『国内初の！』で語られる存在だったわけだ。

私に関するデータは、ほとんどの生徒たちがすでに知っていた。新聞やテレビのおかげなのか、それとも日本中の子供たちが操るケータイ経由で情報が爆発的に拡散したのか、どちらにしても結果は同じだ。とはいえ、芸能人や政治家を狙うようなカメラの集中砲火は発生しなかった。それはそうだろう。私に関する情報は、ＡＡＡＡが一元的に管理しているのだから。私は公共の関心事であると同時に著作物扱いなのだ。

情報については少々注釈を必要とする。私についての情報は、どこまでも増殖し拡散してゆく。広告として、法の許す範囲内での引用として、科学発展のための実験データとして。

ただし、物理的に存在する私を守るため、ネットに発信／発振される私の情報には多少の揺らぎが組み込まれている。私の所在や言動は、数パーセントの確率で相矛盾するようになっている。誰かが私（の情報）を集中的に集め始めれば、それに応じて確率は上昇する。私は東京にいるはずなのだが、じわじわと「ニューヨークに暮らす私」に関する（情報源の確実な）情報が増えてゆく。今日の昼食がコロッケパンだったとしても、五目チャーハンを食べた証拠が出回るようになる。それどころか、私の死亡報道さえも流れることがあるそうだ。そうやって〈私〉の振幅は大きくなり、本当の私の姿を覆い隠してゆく。

私は文字通りの広告塔だ。架空人の権利を主張するための。たくさんの団体が、私の一挙手一投足に広告をつける。大半は環境破壊や児童虐待に反対するＮＰＯたちだ。彼らの中にも、幾人か架空人が混じっているらしいが、詳しいことは知らない。

というわけで――担任に連れられて教室に入り、お辞儀と挨拶をこなし、指定された場所に着席。そして休み時間にはクラスメートから囲まれて質問攻め。転校生にとってはいつもどおりの儀式だ。今回も、以前の体験とそれほど大きな違いはなかった。もともと私の肌の色や顔立ちは目立つほうなのだ。そして母親の気まぐれな転職と引っ越しも、それが二桁の大台に乗る頃には、さすがの思春期真っ盛りでもいいかげん慣れてしまう。

もちろん細かい部分は異なっている。これまでは私の髪の色や父親についての質問が多かった。今回、クラスの女子の大半が知りたがったのは……生身の人間と結婚できないってホント？　だった。そして男子のほうは……おまえ、アニメのキャラと結婚できるってホントなの？

その意味で、最も変化したのは私の名前なのかもしれない。

と言っても、実はミドルネームが一つ増えただけなのだが。これまで私の名前は緑川フランシス真魚《まお》だったのが、先日来、以下のようになった——

緑川フランシス・by-nc-sa・真魚

著作者表示《BY》／非商業的使用のみ《NC》／継承《SA》——一見して解るとおり、表記法はクリエイティブ・コモンズのそれを踏襲している。著作者というのはつまり、個人情報の発信者である私自身を指す。架空人とは己を著述《オーサリング》するための法的人格である、というわけだ。これは自然人が己の最終的な所有者であることとパラレルの関係にある。最近改定されたポパー記法を用いるならば、おそらく私は緑川3.21フランシス真魚になるはずだ。これまでは物理圏と実感圏に属するだけの存在（つまり2.1）だったのが、今では多数の合意と思惟が支える架空の圏にまで拡張されている。

そう、拡張だ。

名前が増え、存在の範囲が拡がる。私自身はまったく変わらないままに、私に関する社会的合意は法理空間の中で大いに拡張し、議論という名のさざ波をひきおこしてゆく。

私のようなケースは魁《さきがけ》なのだ、とアナスタシアさんは繰り返し力説する。彼女によれば、法人が自然人になるというルート以外は、すべての〈相互乗り入れ〉を法的に可能にするべきなのだそうな。もとより自然人は法人を創ることができる。つまり自然人同士の結合の結果には、新たな幼い自然人の他に、法人という可能性があったのだ……すでに数百年も前から。そして法人もまた、この百年で大いに様態を拡張してきた。巨大化、多国籍化、有限責任。無答責《むとうせき》や不可謬性《ふかびゅうせい》にさえ、あとほんの数歩で到達する勢いだ。彼らが資産として架空人を「所有」するのも当たり前のように行われてきた。自然人同士では奴隷制を廃止したというのに（少なくとも先進諸国で……そして表面上は）。

そこで——と彼女は言う——これからは、それ以外の組み合わせも充実させねばならないのだ。架空人が法人を設立する。自然人が架空人になる。架空人が自然人になる。まずは自己を所有するところから始まって、ゆくゆくは自然人と架空人のあいだに新たな「子供」をつくって、そして――。そこから先の計画もパンフレットには書いてあったが、頭が痛くなったので読んでいない。

私を護っているAAAは、必ずしも一枚岩ではない。その実態は、ひどく緩やかで落ち着きのない連合体だ。ちょっとばかり過激な環境保護団体もいれば、ひどく真面目で大人しい「二次創作権を黙認してほしいだけの」グループもある。

最初、架空の人物の権利を拡張することと環境保護がどうつながるのか私には合点がいかなかったが、アナスタシア女史からのメール爆撃によって、少しだけ理解できた。あくまでも少しだけ、なのだが。

AAAの創設メンバーの中には、グーグルによる完全な情報散布権の確立こそが環境保護の近道だと主張する一派がいた。地球環境に関する最新の学術論文や観測データやその他もろもろの正しい知識が、一刻も早く全人類に拡がるためには……そしてその結果として新たな環境保護技術や素材が開発され、有権者が正しい環境常識でもって投票するためには……情報の解放こそが最良の方法というわけだ。地球を救うには、まずは人類規模での科学知識と識字率を向上すること。と同時に、情報の流通をまったく阻害しないこと。いや、それだけでは足りない。これは単なる権利ではない。正確な情報を日々絶え間なく浴びるのはヒトとしての義務なのだ……と、こういう理屈だ。これが「二次創作を黙認してください」だけだった連中とネットのどこかで合流し、情報交換が始まり、そして——BANG!《どかーん》　新しい情報種族の誕生。『情報を変容する権利』の拡大は、いつのまにか『誤情報によって傷つけられない権利』へと触手を伸ばす。その後は一直線。出来の悪い続篇を創る原作者への集団訴訟と賠償請求、マイクロブロガーたちの便乗、メディアの煽動、大手弁護士事務所の飽くなき新規顧客開拓精神と、その結果として開発されたコホート権という珍奇な（しかしなかなか巧妙に練られた）論理商品、……等々。

もしかしたら、私のような「肉体を持った架空人」の誕生よりも、AAAA創立のほうがよっぽど法理空間の歴史にとっては重大事件ではないのだろうか。とはいえ、それは私の関知するところではないし、いずれにしても私の日記は（スポンサーからの要望によって）私の話しか書いてはいけないことになっているのだ。（そもそも、先ほどのAAAAに関する文章でさえ全文アップされているかどうか私には確かめようもないし、それについて閲覧者たちがどのようなタグを付けることで感想を誇示し合っているのか、私には知る由もない。）

5月29日（Fri.）

［AiAi傘‖ImaginaryPerson‖雨‖面白い］

［クリエイティブ・コモンズ‖これはひどい］

［日記‖ブログ‖マージ‖マオちゃん‖話題］

転校してきて、二週間。

新しい友達もできたし、先生も優しい人だったんで、ほっと一息。クラスの男子どもはあいかわらず『じゃあさ、どのゲームキャラとだったら結婚する？』とか質問してくるけど。今日もまたそういうのをふりきって校舎から出ようとしたら、

「雨だよ、雨だよ」

と、Otenkiのやつが話しかけてきた。

こいつは新しくできた友達のひとりで……ただしクラスメートじゃない。ツイッターの中のボットだ。ふだんは、僕が『気になる』に設定してる単語が入ってる最新ニュースとか、どこの地下鉄が事故で止まったとか、空模様はどうだとかを報《しら》せてくれる。

いや。友達、というのは正確じゃないかもしれない。どっちかっていうと、お目付役だ。僕に選ぶ権利があるわけじゃないんだから。

Otenkiが教えてくれるのはニュースだけじゃない——AAAAが、デフォルトで僕と相互フォローするように設定してて、むこうからお知らせがある時にも使われるし、僕の居場所を実況することもできるんだ。

Otenkiの発言（正式には「つぶやき」だ）は、いったん僕のケータイに表示される。音声をオンにしておけば、こうして耳で聞くこともできる。ただしその場合は、変な鼻歌みたいな調子になる。本当はもっと人間らしい喋り方にも設定できるけど、あんまりやりすぎると面倒なことになるので「自重してる」のだそうだ。

「ちぇっ。めんどくさいんだよな、傘は」

「雨はしょうがないよ、雨だもの。雨の降る日は天気が悪い。——#AAAAからのお知らせです。先日の緑川マオさんの日記に対する文体変更攻撃は、修復が完了し、以後の再攻撃を防ぐための措置が採られました。ご安心ください」

「あっそ」

正直いって、そのへんの話はあんまり興味がなかった。この一週間で、もう四度目だし。どうせ僕の書いてる日記は僕には読めないし。そもそも、僕を守るためにいろんなバリエーションが出回るので、検索しても『正解』にたどり着くわけじゃない。

どっちにしても、僕の日記を勝手に書き換えようとした犯人は、今ごろはもう、AAA

Aに雇われた超一流の弁護士軍団に包囲されてガタガタ震えているに違いなかった。僕に関する情報は、ＡＡＡが僕や僕の家族の安全を確保するために一定範囲内で変容《トランスフォーム》する他は、書き換えたり、切り刻んだりは認められてない。架空人の自己に対する著作権、とかいう理屈はそういう風にも使えるらしい。

それでも、僕らにちょっかい出してくる連中は現れるし、弁護士たちの仕事は減るどころか増えるばっかりだ。時々、もしかしてＡＡＡは弁護士に仕事を与えるために世界中のキャラクターの権利を主張してるんじゃないだろうか、とすら思うことがある。姉貴に言わせると、アメリカという土地にいちばん適応してる生き物というのは弁護士と警官で、そのうちの半分くらいには『悪徳～』というステロタイプな形容がくっついてるんだとか。

「ちなみに以後、マオさんの一人称は『僕』となります。以上、お知らせでした。――雨の降る日は雨が降るねえ」

「知るもんか」

「校舎なう。出口なう。雨の中なう。……」

「もういいってば。実況は」

僕は傘を広げ、正門から駅へむかった。そして商店街までの道のりを半分ほどこなした後で、傘の取り違えに気がついた。

僕は傘の半透明の表面……僕を見下ろす半球形の内側を、見上げた。うっすらと、水色がかった雨の町並と曇り空が僕を睨み返してきた。

「あちゃあ」

僕は舌打ちした。こいつは僕の傘じゃない。誰かのAiAi傘だ。傘置き場で間違えたんだ。めんどくさいことになったなあ、と僕は思った。

「めんどくさいな」

口に出してから、しまった、と後悔しても追いつかない。もう僕の言葉はケータイ経由で文字になって、ツイッターのつぶやき水路へと放流されている。

「めんどくさいのは雨のせいだよ」

「うるさいな」

「でも雨は気持ちいいよ」

「うるさいってば」

「ボクも雨にあたりたいなあ」

そこでようやく、僕はつぶやき相手がOtenkiじゃなくなってることに気がついた。

「……誰だよ?」

「え？」

「おまえ。誰だよ」

AiAi傘は、いつのまにか変形していた。

それはもう半球形じゃなかった。簾《すだれ》。じゃなくて暖簾《のれん》。じゃなくて。とにかく、ようするに、頭の上は半球形だけど、その縁のとこから地面にむかって透明なスクリーンみたいのが伸びて、僕は筒状の薄い幕にぐるりと囲まれちゃってた。どういうふうに表現すればいいんだろう。母さんの洋服が詰め込まれてる、でも衣装箪笥じゃない、ビニール製のあれ。なんて呼ぶんだっけ。ドレッサー？　うーん。だめだ。かえって解りにくい。

「大昔の月ロケットみたいな、って言えばいいんだよ。ほら、ジュール・ヴェルヌが大砲で打ち上げた」

と、そいつは言った。

赤毛の女の子。僕と同じ年くらい。だけど、もっと子供じみた感じだった。その子は透明スクリーンを挟んですぐ隣、雨の中に立っていた。

でも本当は、単にスクリーンの表面に映ってるだけなんだ。電脳メガネやセカイカメラは手軽で便利だけど、もっと広い画面で拡張現実を楽しみたい……そんな面倒くさがりプラスぜいたくな連中のために造られたのが、AiAi傘だ。ワンタッチで透明の暖簾（というか砲弾というか）がスルスルッと下りてきて、情報圏からあらゆるお好みのモノが出現する。駅ビルにからみつくドラゴンだろうが、横町に新装開店したお菓子の家だろうが、放映中の人気アニメのキャラだろうが。ウェルカム拡張現実《AR》、さようなら単体現実。

　それは単に目の前の風景に映り込んでくるだけじゃない……実際に、そこに在るんだ。在ることになってるんだ。傘をさしてる側が、データをちゃんと受けとめさえすれば。AR用の手袋とか、アダプタとか、アプリとか。いろいろ取り揃えるとずいぶんなお値段になっちゃうらしいけど。もっと高級なバージョンだと傘のてっぺんに空気より軽いガスを仕込んで、ふわふわと浮いてるようにすることもできるとか。

　唯一の難点は、雨の日以外にこの傘を使ってると、けっこうアホみたいに見えること。だから発売された時は話題になったけど、あんまり売れなかったらしい。詳しいことはよく知らない。僕はあんまりニュースを見ないんだ。

　でも、たしかに傘の内側にいる僕の目にとびこんでくる拡張風景《オーグスケープ》の出来は、悪くなかった。

　雨は七色に輝いてた。雲に隠れてるはずの太陽と月と惑星たちが、ニコニコ顔で僕を見下ろしてた。どこかから『おもちゃの兵隊のマーチ』が聞こえてきた。

　で、問題の赤毛の女の子だ。

赤毛といっても、実のところは、ほんのちょっとだけ眉毛の上に見えてるだけだった。それ以外のパーツも、顔以外はぜんぜん見えなかった。その子は、（なぜか古くさいアンテナを二本生やした）熊の着ぐるみを頭からスッポリ、爪先まで茶色いタオル地に包まれてたからだ。僕は何と言っていいのか解らなかった。そしてなぜだか、僕を護っているはずの情報環境アーキテクチャのことを連想した。

「なんだよそれ」

「アナログマだよ」女の子の嬉しそうな声。ぴょん、とジャンプ。足元の水たまりから音符のしずくが四方へ弾け跳ぶ。「だってボク、今日はアナログマージだもん」

「あなろ？」

「そうだよ！　知らないの？　いま、すごい流行《はや》ってるんだよ。流行ってるんだよね？違うっけ？　ボク、そう聞いたよ。地上ではすごく流行ってるって。ホントにホントにそう聞いたんだよ。だってママが教えてくれたもん。ママは遠くにいるけど、でもツイッターで教えてくれたの。これまでは遠くてツイッターできなかったけど、NASAさんが開発してくれたんだよ。惑星間プロトコルだよ。だから大丈夫なの。それでボクはママとすぐお話できるようになって、ボクぜんぶ、おぼえたんだもん。♪アナロ〜グマ、アナロ〜グ〜マ〜、ゴース〜トや〜め〜て〜」

いきなり、その子は変な歌を歌い出した。

やたらと明るい（けれどなぜか淋しくなってしまう）不思議なメロディ。

僕はどうしていいか解らなかった。とりあえず、その子を置き去りにして歩き始めた。

というのはもちろん無理で、なんでかっていうと彼女は僕の傘の表面に映し出されてるだけなんだから。たとえ、どれだけ立体的に思えても。

どれだけ可愛くっても。

「♪アナロ～グマ、また会～ぅ日～ま～で～」

「……いつまで歌ってんだよ」


駅前のロータリーに着く前に、雨はやんでた。

後ろから、何か大きなものが近づく気配がして、ふりむくとアナスタシアさんが変なかたちの白い車に乗ってた。こないだ乗ってたのとは、ぜんぜん違う。しかも、よく見ると後輪が一つしかない。

「どうしたの？」と彼女。「独り言なんか喋ってて」

「べ、べつに。ちょっと歌の練習してたんです。こんど音楽のテストあるんで」僕は適当にごまかした。「それより何なんですか、この車。三輪自動車？」

「三輪電気自動車よ。モスキート・クラクション搭載のアプテラ。本日のカーシェアリングの割当。ちょっと面白かったので、あちこち乗り回してたのだけど」

「モスキート？」

「あら、知らないの？　若い人にだけ騒音が聞こえて、車を避《よ》けてくれるのよ。疑似エンジン音をわざわざ発信するのも風情がないし、これなら私にはうるさくないし、それに」

小さな子供を轢《ひ》く確率が格段に小さくなりますからね、と彼女は笑った。大人は轢いてもいいのかいな。と思ったら、顔に出たらしい。すぐに、

「だいじょうぶ。大きい人たちは、車が危ないものだって身にしみてるから。ちゃんと避けてくれるのよ」

「そういうもんですか」

「そういうものよ。――よかったら家まで送るわ。乗っていく？」

　そんなわけで。

　車の中で、僕は彼女といろんな話をした。つまりアナスタシアさんと僕が、だ。傘は当然のことながら、きちんとたたんで僕のシートの脇に寝かされた。

　でも、あの変ちくりんな、楽しいけど淋しい歌声は、ずっと僕の頭の中でエンドレスに流れっぱなしだった。

「思考を、直接ツイッターへ流すことも可能だわ」とアナスタシアさんは教えてくれた。

彼女が話してくれたのは、AAAAの最近の活躍ぶりとか、どういう法律を変えればどんな便利なことができるようになるとか、そんなことだった。

たとえば、町とか県とか国が、お金も家もないかわいそうな人を電気自動車に住まわせるサービスのこと。車の「住人」になった人はあちこち動き回りながら、屋根についてる発電パネルで電気をつくり、家賃を払う。うまくすれば小遣いぐらいはかせげる。

あるいはたとえば、ヒト型以外のロボットに『準人権』を与えて、自然人がこれを育てる。それなりにお金はかかるし最初は赤ん坊くらいの知能しかないけど、そのかわりロボットは物忘れしないので、一年くらいで大人なみの社会の常識とか、日常会話とか、判断とかができるようになる。そうなったら、ロボットは働きに出る。給料の何割かは育ての親にきっちり送金。老後の投資としては、年金よりも確実かもしれない。等等。

アナスタシアさんは、とにかく新しいことについて、僕に話しかけるのが楽しくてしかたがないみたいだった。彼女たちの活動にとって、たぶん僕がとても重要な「勝利」だから――「あたらしい一歩」だったから。

僕は最近のARのことを、それとなく訊いてみた。

思ったとおり、彼女は嬉しそうに教えてくれた――これまで電脳空間に閉じ込められていた情報を、どうやって物理圏へ「招致」するかが鍵であること。世界中でいちばん人気のある有料データセットは、巨大美女が新宿副都心のビル街をノシノシ歩き回る光景だったこと。大人たちは（新聞やニュース番組で）この件について眉をしかめて文句を言ったけど、売り上げはかえって伸びたこと。

アナスタシアさんは、最後にこんなふうにつけ加えた。もはや現実は「一人にひとつ」仕様になりつつある。そのせいで社会が不安定になる、という人もいるけれど、それで幸せになる人口が増えるなら、むしろどんどん進めるべきだ。なぜ現実が一つだけでなければいけないのか？　なぜ複数の「今」があってはいけないのか？　とはいえ、もちろんAAAの中でも意見は割れている。未成年への販売規制は認めるべきだろう。しかし、どこで線引きをすべきか？　流行観念感冒《ミーム・フルウ》という概念をいよいよ認めるべきだろうか？——

ちなみに、そういう難しい話を彼女がしてるあいだ、ずっと僕は両目を見開いて「へー」とか「ほー」とかアホみたいなつぶやきを繰り返すだけだった。あとで僕のツイッターのタイムラインを見たら、きっと僕はネジのゆるんだ不出来なボットだったに違いない。

「マオくん、もしかしてあんまりネットを見ないのかな？　まだテレビ派？」

「うーん。テレビもあんまり見ないです」

「ふだん何やってるの？」

「ええと、ケータイでゲームしたりとか。あと、昔のお笑い番組をYouTubeで観たり。それから自転車に乗ったり」

その時どういうわけか、僕は思い出したんだ。さっき出逢った、赤毛の女の子――マージの右上にふわふわ浮かんでた小さなアイコン。空飛ぶ子供の姿。

「……ピーターパン」

僕はまた、いつのまにか口に出していたらしい。

「ああ、これ？」金髪のおねえさんは、フロントガラスに映し出されてるARキャラクターのことだと勘違いしたらしい。

「これはね、このあいだAAAAが勝ち取った勝利の記念なの。グレート・オーモンド・ストリート病院と提携関係を結んだのよ。正確に言えば、病院を運営している財団と、だけど。『ピーターパン』は知ってる？　あれはもともと戯曲で……」

彼女の説明によると、作者のなんとかバリィ氏がつくっておいた契約書だか遺言状だかのおかげで、『ピーターパン』の権利はその病院財団のものになってるらしい。いつまで？　それはもちろん、財団が生きてるうちはずっと。つまり永遠に。

「これぞまさしく〈永遠の少年〉にふさわしい措置だし……さらには私たちの組織の新たな象徴としてもピッタリだわ」

永遠の少年（のイメージ）は、ガラスのむこうのビルの谷間を、すいすい泳ぐように飛び回ってた。曇り空のせいなのか、それとも車に搭載されてるARの性能がいいのか、彼は本物と区別がつかなかった。まぁ、本物の空飛ぶ子供を見たわけじゃないけど。

「惑星間プロトコル」僕はもう一回だけつぶやいた。

「え？」

「って何だか知ってます？」

「さあ、知らないわ。ええと、これのことかしら」という、よく考えたらすごく変てこりんな答を返しながら、アナスタシアさんは左手の人差し指でダッシュボードの片隅をいじくった。フロントガラスの、僕の目の前二十センチに答が浮かび上がった。雑誌記事とウィキペディア。「惑星間インターネット用のプロトコル。DTN……遅延耐性ネットワークとでも言うのかしら。それをNASAが開発しています、という話題ね。これがどうかして？」

「いや。特に理由はないです」

6月8日（Mon.）

[Google][GoogleStreetView][あとで読む]
［アナログマ][アナロ熊][かわいい][キネティクス］
［これはひどい][だがそれが良い][テオ・ヤンセン］
［展開][ブログ][マージ萌え][もっとやれ][物語自動生成］
［話題］

マージは、それからも、ちょくちょく僕の前にあらわれた。

僕の傘——になってしまった誰かの傘——の表面に。

もちろん、雨の日が多かったという立派な理由もある。僕の傘がどこかに行ったきり帰ってこなかった、というのも間違いのない事実だ。さらには、誰も僕の手の中のAiAi傘を奪い返しに来たりしなかったわけで。

でも……まあ、その、なんというか……つまり——なんだよ、いいじゃないか。どうでもいいだろ。そんなことは。

とにかく僕は例の傘を使い続けたんだ。雨の日には。それから雨があんまり降ってない時も。でもって、マージも現れ続けたんだ。ようするにそういうことなんだよ。

二度目に逢った時、マージは「きっとこれは混線だよ！」と叫んだ。本人いわく、母親と連絡をとりたがってるだけなのに、なぜか僕のところにつながってしまうらしい。

「おまえのママって？　どこにいるんだよ」

「どこって、家にきまってるでしょ」

「だから家はどこなんだよ」

「家は家だよ。エルム通りのまんなかで、スプリングフィールド市のまんなかのちょっと左」

「その市はどこの州にあるって？」

「知らない。♪アナロ〜グマ〜」

「歌はいいってば」

僕はAiAi傘の表面をつつく。すぐにウィキペディアにつながって、スプリングフィールドという名前の自治体は全米五十州のうち三十以上に点在していることを教えてくれる。

ダメだこりゃ。次いってみよう。

で、混線とやらは続いた。修復の気配すらなかった。というか、マージはわざと僕の傘の中に出没してるに違いない。そうとしか思えない。べつに彼女が出てくるのが嫌だとか、面白くないとか、そういうことじゃない。その逆だ。

マージは面白かった。というか、かなりアホだった。すぐにものを忘れるし、変な歌を歌い始めるし。

でもそれ以上に面白かった。一緒にいて楽しかった。マージとは趣味があった。というよりも、僕が知ってることはマージは知らなくて、でも教えるとすごく面白がってくれたし、逆にマージの話すことは（半分くらいループして同じことを繰り返すのが面倒くさかったけど）僕には初めて知るような、面白くて変てこりんなことばっかりだった。

僕は、最近のゲームと今年のツール・ド・フランス予想について喋りまくった。どちらかというと、主にツールについて。なにしろ僕が生まれてから初めての日本人選手が出場するんだ。僕が圧倒的に盛り上がってて、でもクラスの連中はあんまりついてきてくれない話題に、彼女はいちいちうなずいていてくれた。

マージは、惑星のあいだを飛び交う天使たちについて歌った。L1から3へ、そして月周回軌道へ。マージも天使たちのひとりだけど、あんまり他の連中とは仲が良くないらしく、こうしてついつい地上へ戻ってくるんだそうだ。ちなみにお月さまには、アポロ十一号の着陸船として活躍したイーグル機の魂が棲んでて、マージたちをやさしく見守ってくれている。

「なんだよL1って」本当のことをいうと、僕は、かなり早い段階で訳がわからなくなっていた。

「ＬはラグランジュのＬだよ」マージは着ぐるみの中で小首をかしげた。「Ｍはお月さま《ムーン》のＭ、それからマージのＭ。あ、マオのＭでもあるね！　すごい、すごい！　アナロ〜グマ〜♪」

「歌はいいってば。ラグランジュ？」

ラグランジュだって？

僕の指先が再び活躍。ぽちっとな。

地球、月、そして月の軌道。それらを飾るように並ぶ、五つの宙域。月と地球の重力がうまく釣り合って、モノがそこにとどまりがちな宇宙空間。宇宙コロニーの建設候補領域。論文を書いた科学者の名前をとって、ラグランジュ１から５まで。そのうち４と５はすごく安定してる。

「マージ」

「うん？」

「マージは今、どこにいるって？」

「枕元だよ。マージ、今お休み中なの。枕の天使マージちゃん……ＺＺＺＺＺ」

「その枕はどこにあるのさ」

「天使のドームの中だよ」

「それはどこにあるの？」

「ドームはL5だよ。お月さまと地上のあいだだよ。だからちょっとママと遠くて、とってもさみしいんだけど、でもマージは泣かないんだ。だってマージは天使だもん」

僕は黙った。L5にそんな施設がいつできたのか、僕は知らなかった。といっても、僕はふだんニュースもろくに見ない、赤点すれすれの落ちこぼれ生徒なんだから、しょうがないんだけど。

ふと、僕は思った。……この子はボットなのかもしれない。簡単な人工知能、よくできたリアルタイム動画。宇宙空間に棲んでいるという設定の。でも、だったらどうしたっていうんだ？　マージは面白かった。マージとお喋りするのは楽しかった。こんなに面白い子は、クラスの女子にはもちろん男子にもいなかった。それでじゅうぶんじゃないか。

で、問題は今日のことだ。


放課後、僕はバイト先へむかった。JR東京駅、八重洲口前。グーグル・ストリートビューの中で物語を演じる、という仕事だ。

八重洲口のあたりは、実験的に画像更新が速くなってる。一時間も経てば、僕たちの挙動がアップされて全世界から眺めることができる。

僕の今日の役目は、少年探偵だった。

テオ・ヤンセン風のキネティクスたちと一緒に、悪漢を追いかける。ちょっとだけ、僕はYouTubeで見かけた『赤い風船』という古い映画を思い出してしまった。

ちなみにキネティたちは動きが遅いので、自然と僕が連中を急《せ》かして「ほら、早く早く！」と両手をふりまわすことになる。まあ、もともと動く彫刻《キネティック・スカルプチャ》なもんだし、しょうがないとは思うけど。それにしてもなあ。

風力式の二進法頭脳が、ゆーっくりと答に辿り着く――「悪漢は……北へ……逃げたぞ！」

僕は早口で答える――「わかってるよ、そんなのは」

「悪漢は……あっちだ！……あそこだ！……ゆくぞ……皆の衆！」

「いいから早く！」

そこで風がやむ。

キネティ軍団は唯一の動力源を失い、大股のカニ歩きをやめる。

僕は頭をかかえて悪態をつく。脚本どおりに。

セリフや街の騒音はまだストリートビューでは聞き取れないけど、どのみち僕が参加してるおかげで音声データもネットにアップされることになる。グーグルとしては音声システムをわざわざ設置しなくてもいいし、AAAAとしては良い宣伝になる。持ちつ持たれつ、Win-Winの関係なのよ、とアナスタシアさんのニコニコ顔がよみがえる。

僕は、やっぱりマージのことを考える。マージが本当に存在するかどうかについて。本当に存在するというのは一体どういうことなんだろう、という問題について。マージがボットなら、僕だって半分くらいボットだ。僕と一緒に演技してるキネティたちもボットだし、世の中の大人のほとんどはボット以下かもしれない。

どうせボットになるのなら、少年探偵という役回りは悪くない。かっこいいし。正義だし。

振り返ると、すごい人だかりになってる。たくさんの観客。色とりどりの女子高生のおねえさんたち。ちょっとした映画スターだ。僕は手をふる。百人の女の子がキャーと歓声をあげる。よく見ると、三分の一くらいは男子だったりする。まあいいや。僕はかまわず笑顔をふりまき、走り回り、ついに悪漢を追いつめて最後のバトルで決死の一撃。

僕は小雨の中で、キネティたちを率いて走る。走る。走る。そして、ちょっと休む。撮影は五分後から再開です、と助監督がメガホンで叫ぶ。駆け寄ってくる観客たち。AAAAの警備スタッフが僕のまわりをぐるりと護る。情報防護、そして物理防護。僕はぐるぐる巻きに護られている。スタッフの一人が気を利かせて、僕に傘をさしてくれる。ありがとう、と僕は満面の笑み。女子高生たちの歓声ふたたび。僕は彼女たちにまた手をふってみせる。

と、その時、僕と彼女たちのあいだに……僕と彼女たちを邪魔するみたいに……茶色い着ぐるみが突然、割り込んできたんだ。

ええい、めんどくさいなあ。

だから。つい。

「今、仕事中だから！」

……僕の声は、少しだけ、今までよりも大きかった。ほんの少しだけ。

そしたら。

着ぐるみ娘の準リアルタイム動画は、これ以上ないくらい悲しそうな目をして、僕の雨傘の表面から消えていた。

僕の視界から。

僕の世界から。

6月11日（Thurs.）

[Marge‖あとで読む‖姉‖炎上‖架空人]
[これはひどい‖これもあり‖釣り‖日記‖ブログ]
[マージちゃんファンクラブ‖マージ萌え]
[メディア‖ラブラブ‖話題]

そのあとは、大変だった。あちこちからメールが来て。

姉貴からも来た。

「あんた何やってんのよ！　そんな女の腐ったようなこと言ってないで、さっさと謝りに行きなさいよ。かわいそうじゃないの、彼女」

「行くって、どこへ行きゃあいいんだよ。ていうか、なんで僕とマージのこと知ってんだよ」

「友だちに見せてもらったもの。あんたの日記。タグは見れなかったけど」

「……見んなよ！」

うん。姉貴のことはどうでもいいんだ。それに、他の連中からのメールも。そんなのは全然つらくなかった。

たった一つだけ、つらかったのは。
最後に消える寸前のマージの表情だった。
マージは泣いてた。それは間違いなかった。
顔、くしゃくしゃにして。
涙いっぱいで、あふれ出して。
きれいな白い肌が、真っ赤に染まって。
でも。
――でもマージの唇だけは。
微笑もうとしてたんだ。
必死に。
全力で。
僕を傷つけないように。
僕が傷つかないように。
僕に「ごめんなさい」って言おうとして。

僕の一言に傷つけられて泣いてるんじゃないから、って。

だから気にしなくていいからね、って。

……そんな笑顔を、必死でつくろうとしてたんだ。マージときたら。ちっちゃくて、朗《ほが》らかで、ぴょんぴょん飛び跳ねて、一億kmも遠くに住んでる、クマの着ぐるみが大好きな、あの女の子は。

だから、でも、そしたら——あぁちくしょう——そんなの見ちゃったら、僕に何が言える？　何ができる？　ちくしょう。ちくしょう。僕のアホたれ。大バカ野郎。あんな目を見て、悲しみでいっぱいの笑顔なんてものを見ちゃって、動揺しないヤツがいるかい？

ええい、ちくしょう！

ああそうだよ。そうとも。僕がやるべきなのは……

「だからさっさと謝っちゃいなさいって。マオったら」

「——って日記を勝手に読むなよっ!!」

6月20日（Sat.）

［あとで読む］［イヤ〜ンな展開］［シリアス］

［天使］［ルーブル美術館］

夜の美術館。

のつもりなんだけど、実際には近所の公園で、雨はすっかりやんでいて、でも僕はさっきまで毎晩ずっと傘をさしたまま彼女を待っていた。

ARをスイッチオン。傘のスクリーンのむこうは、薄明かりのルーブル美術館。僕の他には誰一人いない。

ちなみにどうしてルーブルにしたかっていうと、アナスタシアさんが「デートするなら美術館がいちばんムードが出るわよ」と教えてくれたからだ。

僕は待った。

待ち続けた。

初日。二日目。三日目。そして。

「……マージ！」

マージは、怒ってなかった。というより、もう忘れてるのかもしれない。どっちでもよかった。僕はマージと一緒に飛び跳ね、笑い、転がり、美術館じゅうを走り回った。

「♪また会う日～ま～で～」

例の歌だけは、どうにも馴染めなかったけど。

「もういいよ、その歌は」

「でもそうなんだもん。また会う日まで」

「は？　なにが？」

「あのね。ボクね、もうマオと会えないかもしれないの」

「……なんで⁉」

マージが急に揺れ出した。ちがう、僕の手が震えてるんだ。手と、傘と、傘に映し出された僕専用の現実が。

マージ。

会えない？　会えない⁉

なんで。どうして。そんなのありか。せっかくまた会えたのに。このあいだのことは謝るから、僕が悪かったから、だからマージ、だからどうか。

「あのね」赤毛の女の子は、あくまでも楽しそうだった。「ボクたち、もう地上に来れないの。だってママがそう言ったから。ボクたち天国へ行くことになったんだよ。予定が変わったから、ってママとお医者さんが言うの。だからボク、たずねたの。天国へ行ったら何するの？　これまでみたいに、地上のみんなに幸せをふりまくお仕事するの？　そうだといいな」

「ちょっと待った。その、お医者さんはなんて答えたんだ？」

「えーと、おぼえてない。でもきっと、幸せを配るお仕事するんだよ。だってマージは天使なんだもん」

「そうだね」僕は返事をしながら、指先で傘の表面を押しまくっていた。

「ボクね、あのね、枕元の天使《ピロウ・エンジェル》なの。だってママがそう言ったもん。エンジェルって天使のことでしょ？　だからボクは天使なの」

「そうだね」

「ボク、あんまり頭よくないからわからないけど。でもきっとすごいことなんだよ。だってそう言われたもん」

「誰に？」

「お医者さんに」

「医者の名前は？」

「えーとえーと、おぼえてない」

「なんとか思い出してよ」

「う一んとね。あのね、最初のお医者さんはドクタ・カークライトだったよ。Kはクッキーの K、Lはラグランジュの L」

クッキーはCだってば、と僕は言いそうになる寸前で口を押さえた。そんなことはどうでもよかった。時間がなかったんだ。

僕の指先は検索した。

新聞記事、ウィキペディア、世界中のつぶやきを表示するツイッター。

ウェイン・モーズリー・カークライト博士（英国出身、デラウェア州在住、五五歳、左利き、共感覚者）は重度障害児治療の専門家だった。全米の怒りと非難が彼に集まったのは数年前。メディアは来る日も来る日もニュースを売り続けてた。博士の主張——子供は大きくなる。親は老いてゆく。いつかは子供の世話ができなくなる。重い障害で動けもしない子供は、その時どうなる？　悲劇また悲劇。さあどうする。子供の成長を止めてしまえばいい。それも第二次性徴前に。そうすれば暴漢に襲われることもない。介護も楽になる。そして第一号の手術はおこなわれた。

博士の論文発表——全米各地から集まる親たち——裕福だけど（あるいは、それだからこそ）重度障害を持った自分たちの子供の行く末に心を痛める親たち。患者第二号。そして第三号。通称は枕元の天使《ピロウ・エンジェル》。なぜって、彼ら／彼女たちは、ベッドでむずがって動いたりしないから。ずっと枕に頭をのせて、天使のような笑顔をふりまいてるから。

非難、反論、再反論。病院の責任問題。救い主か悪魔の手先か。法廷闘争、弁護士軍団の大活躍。積み上がってゆく記事のアーカイブ。

そして裕福な親たちは、黙っちゃいなかった。連中は『無慈悲で無意味な法律の及ばない場所』を探し求めた。中南米の小国。アフリカの片隅。太平洋の無人島。海の上をずっと彷徨《さまよ》い続ける巨大な豪華客船。国内法に縛られない海洋プラットフォーム。成層圏の無着陸ジェット機。南極。衛星軌道。行き着いた先は――Ｌ５。

僕の指先は動くのをやめた。けれどグーグル・ニュースはそのまま関連情報をどんどん半透明ウィンドウに表示し続けた。僕とマージのあいだに、出来事が、記録が、データが、あちこちの国の文字と言葉が、写真が、動画が、地図が、引用が、つぶやきが、不幸と悲しみが、折り重なってゆく。半透明の全世界。僕が知らなかった世界。

ボットを組み込んで会話もできるようになったＬ５の天使たち。ＡＲの中で動き回れるシステムの開発。笑顔と歌声。反対運動。新たな法廷闘争。両親たちのつくった財団。四十人の天使たち。その十倍以上の弁護士たち。法理の激突……火花！……判例の大洪水。

一審、敗北。控訴。また敗北。最高裁は門前払い。

　せっかく造ったL５の施設はやっぱり違法です、と宣言される。親たちの怒り。反抗。声明文。……いざとなれば、我々は子供たち全員の安楽死という選択肢を拒絶しない。そして我々自身も子供たちと運命を共にする。期限は？　今月末。

「どしたの、マオ？」

「どうもしないよ」

「なんか変だよ、マオ」

「そんなことないよ」

　赤毛の女の子は心配そうに僕を見つめる。吐息が、僕の前髪をゆらす。傘の送風機能は実によくできてて、匂いまで再現してて、僕はもう本当にそれがあの子の息なんだと信じられた。というか、信じることにした。

「ほんとに、どうもしてない？」

「どうもしてないよ。歌だって歌えるくらいだもん。ほら、聴いてて……♪ずっと前からこっそり居ます〜アナロ〜グマ〜」

「あはは」マージは笑った。特上の微笑み。「♪新人さまはとってもすごい〜どエラい画質で攻めてくる〜」

僕らの歌声は一つになり、深夜のルーブル美術館じゅうに響きわたり、ジョコンダ夫人はじっと黙って、不思議な笑みを浮かべたまま僕らを見つめてた。

6月21日（Sun.）

[AAAA][ImaginaryPerson][jurispace][tag-o-war][law]
[Marge][nisan][あとで読む][炎上][緊急][架空人]
[これはひどい][事件][人権][タグうざい][タグ多すぎ]
[タグ大杉][日記][姉さん、事件です][ネタ][パロディ]
[ブログ][文体変更攻撃][法理空間][法律][マージちゃん]
[マージ萌え][マオ][緑川マオ][むしろオマージュ]
[むしろマオ萌え][わからん][わからんが面白そう][話題]

どうしよう。どうしよう。
あの子を助けなくちゃ。
どうすればいいんだろう。あの子を救い出して。宇宙から連れて帰って。いや、それじやダメだ。法律があるんだから。
じゃあ、どうすればいい？

6月24日（Wed.）

[AAAA][ImaginaryPerson][jurispace][tag-o-war]
[law][Marge][nisan][赤毛][赤毛萌え][あとで読む]
[炎上][キャラ][キャラクター][緊急][架空人]
[これはひどい][事件][人権][タグ大杉][なんだこれ]
[日記][姉さん、事件です][ネタ][パロディ][ブログ]
[文体変更攻撃][法哲学][法理空間][法律]
[法律関係ねえだろ][マージ救済同盟][マージちゃん]
[マージ萌え][マオ][緑川マオ][むしろオマージュ]
[むしろマオ萌え][要約たのむ][わからん]
[わからんが面白そう][話題]

……そもそも、今の僕に何ができるっていうんだ？

6月27日（Sat.）

[AAAA][ImaginaryPerson][jurispace][tag-o-war]

[law][Marge][nisan][赤毛][赤毛萌え][あとで読む]

［炎上][キャラ][キャラクター][緊急][架空人][決起］

［行動][行動あるのみ][これはひどい][事件][署名運動］

［人権][人権問題][タグ大杉][電凸][電脳デモ][なんだこれ］

［日記][姉さん、事件です][ネタ][パロディ][反対運動］

［ブログ][文体変更攻撃][法哲学][法理空間][法律］

［法律関係ねえだろ][マージ救済デモ][マージ救済同盟］

［マージ救済同盟全参加者よ、直ちに行動開始せよ］

［マージちゃん][マージ萌え][マオ][マオを救え！］

［緑川マオ][むしろオマージュ][むしろマオ萌え］

［無理な解決方法は却下］［盛り上がってるらしい］
［要約たのむ］［わからん］［わからんが面白そう］［話題］
ボクはまだ子供だし。
何もできない子供だし。
……ふう。

7月1日（Wed.）

[AAAA][CC][Free][FreeMao][ImaginaryPerson]
[Mao][Marge][nisan][OhMyGod][PillowAngel]
[Propaganda][SaveMarge!][SaveThePillowAngels]
[StPAs][TrueStory]［赤毛］［赤毛萌え］［あとで読む］
［炎上］［女か虎か］［解決篇］［架空人］［神展開］［喜劇］［急展］
［コモンズ］［これはいい］［これはひどい］［自己参照性］
［勝利！］［人権］［全米が泣いた］［だがむしろ良い］［タグ大杉］

［著作権‖長すぎる‖姉さん、事件です‖ネタ‖パロディ］
［反AAA‖悲喜劇‖悲劇‖皮肉‖ピロウ・エンジェル］
［プロパガンダ‖プロパガンダ確定‖マージ］
［マージ救済同盟の勝利‖マージ救済同盟の敗北では］
［マージ救済同盟よくがんばった‖マージ萌え］
［マージちゃんファンクラブ‖マオ‖マオイスト］
［マオ萌え‖マジですか‖短すぎる‖むしろ勝利］
［むしろ敗北‖もう勘弁‖もっと読む‖もつ鍋］
［わからん‖話題］

昨日の夜、アナスタシアさんから連絡があった。

そして何もかも解決した。したことになってた。

「どういうことですか」と僕はケータイにむかってつぶやいた。

「もう悲しんでるヒトはいない、ってことよ」と彼女の返事が来た。

「マージは？」

「マージもよ」

「どういうことですか」

「だから……あの子はいなかったのよ。あの子は病気でもなかったし、ラグランジュ5に浮かんでるドーム・コロニーの中ですやすや眠ってもいなかったし、そもそもカークライト博士は実在の人物じゃなかったの」

ボクは、彼女の言葉をよく聴いてなかった。

そのかわり、このあいだネットで見かけた短いお話を思い出していた。

……病気の子供がいるんです、と物乞いが哀れな声を出す。うちの娘は苦しんで、薬も買ってやれねえんです。紳士は無言でお金を恵んでやる。ありがとうごぜえます旦那、と物乞いは立ち去る。紳士の隣で友人が訳知り顔に首を振る。騙されたねえ、君、あの物乞いに子供なんかいないんだよ。君から金をせびるためのお涙頂戴の小芝居さ。すると紳士は、うなずいて——そうか、よかった。病気で苦しんでいる子供はいないんだ。

……でもあの子はいたんだ！

「そんな女の子はいなかったのよ」

「あの子はいたんだ！」

「いなかったのよ」

僕の声を、アナスタシアさんの言葉が上書きした。

そして、そういうことになったんだ。L5ドームも、エンジェルたちも、ぜんぶ嘘だということが判明しました。マルウェアとウィキペディアの悪質な改竄《かいざん》の結果でした。以上、AAAからのお知らせでした。それが事実で、それが現実だった。

唯一の現実だった。

「どうして？」

「たくさんの大人が、どうしたらいいのか考えて、努力して、そうして事実が判明したの。あなたのおかげでもあるのよ、世界中の大人が動いたのは。あなたの日記がきっかけになって」

「でもマージはいたんだ！」

「そうかしら？」アナスタシアさんの声は、とても奇麗だった。「あなた自身、少しは考えていたんでしょ？　彼女がボットかもしれないって」

「違う！……あの子はいたんだ！」

「そして彼女の苦しみも実在していたほうが望ましい、というの？　彼女だけじゃないわ。彼女の家族や、親類たちや、世界中でこのニュースを耳にして苦痛を感じた大勢の人たちや」

「それは……だって……でも！」

「なあに？」

「……変だよ！」

「そうかしら」

「そうだよ」

「私はそうは思わないわ。――私はあなたの意見を尊重する、あなたも私の意見を尊重する。そういうことでいいかしら？」

僕はそれ以上返事をしなかった。


ここでマージの件はおしまいだ。

そうとも。おしまいなんだ。これ以上は何もない。何も書くことはない。もしも書いたとしても、AAAAが削除するだろう。現実なんてこんなもんだ。お話とは違う。物事は突然に終るし、素敵な決着がつかない場合だってあるし、貧乏人はたいてい損をする。というか、そっちのほうが圧倒的に多いんだ。

もちろん、この僕の日記自体がまるごと架空の物語だという可能性もある。なにしろ僕は法的には架空人なんだから。自然人みたいな責任の問われ方をするわけじゃない。但《ただ》し書きさえつければ、どんな嘘をついても罰せられない。だから、もしも僕の体験がフィクションなら、きっとこの日記の最後には例の但し書きがつくはずだ。この物語はフィクションであり、実際の人物・団体・事件とは一切関係ありません。

でも、もしも、それがついてなかったら……そしたら、もしかしたら僕の体験はぜんぶ本当のことで、L5宙域には本当にピロウ・エンジェル財団のバイオスフィアが、静かに浮かんでたのかもしれない。そして、今ごろはゆっくりと木星軌道だか何だかにむかってしずしずと進んでゆく頑丈な球形棺桶の中に、あの子は実在してるのかもしれない。確率は半々だ。

そして、実在するあの子は、架空の僕にむけて最期の言葉を送ってたかもしれない。あるいは……これは本当に低い確率だけど……ピロウ・エンジェル財団は集団自殺なんかせずに、ただ単に外惑星へむかってスタコラと旅立っていっただけで、だからあの子は今も星の海のどこかにいて、僕にむかって信号を送り続けているかもしれないんだ。僕とあの子にだけわかるような、秘密の暗号を。

どこに？

どうやって？

僕には解らない。でも僕は探してる。探すことにしてる。架空人であることの特権と能力を活かして。これから毎日。

いちばん可能性があるのは、この日記のどこかだ。僕についてネットで調べれば、最初にたどり着くのはここなんだから。電子の海でいちばん目立つ場所。僕の書いた文章は、後からは書き直せないけれど、タグは後からでも付け足せる。あの子が何かできるとすれば、きっとそこだ。

ただし問題がひとつあって——僕は、この日記につけられた読者のタグを読むことはできない。情報防護規定でそうなってるからだ。

だから。

この日記を読んでいるあなた。そう、あなただ。あなたに——安全な物理圏のどこかに実在する自然人のあなたたちに——僕からのお願いだ。あの子の暗号を探してやっておくれ。あの子が本当にいたんだという証を、どうか探してやっておくれ。

そしてもしも見つけたのなら……あの、うるさくって、忘れっぽくって、クマの着ぐるみが大好きだった、可愛らしい一人の女の子のために……花の一輪も供えてやっておくれ。

著者あとがき

　お久しぶりor初めまして、新城カズマです。

「短篇集を出しませんか？」

　というメールを頂戴した際に
「ぜひ！」

　と返事を書きつつ最初に脳裏をよぎったのは
（――そういえば短篇集って今まで出したことなかったなあ）

　と、

（一冊にするほど短篇たくさん書いてたっけ？）

　の二つだったのでした。

ハヤカワさまで短篇集……しかも〝世界で最もSFを愛する作家〟伴名氏による「ベスト・オブ・新城カズマ！」。一体どうなる!?　もしかして「ハヤカワ文庫史上で最も薄っぺらい本」になるのか!?　それはそれで楽しそうだけど。あ、あと「あとがきも書いてください」とも言われてたな、さて何を書こう、昔ライトノベルを中心に書いてた頃は「あとがきが長い作家」と呼ばれてたけど四六判では書いてない……なんで四六判には「あとがき」が無いんだろう、「あとがき」楽しいんだけどなあ、洋書だと「まえがき」だけど、アジモフが毎回自分の本につけてたやつはどれも楽しかったし、S・キングの初短篇集にジョン・D・マクドナルドがつけたイントロは最高だった……などと全くドウデモイイ事を連想していたら、案外あちこちに短篇たくさん書いてた（のを丁寧に伴名氏が発掘してくださった）ことが判明しました。よかったヨカッタ。

というわけで短篇集。

詳しくは、氏の解説に譲るとして――ちなみに新城は解説初稿を拝読して「そうか、新城カズマはこういう作家だったのか！」と至極納得したのですが――ここでは裏話めいたことを。

「月を買った御婦人」が何ゆえメキシコ帝国なのかと言えば、単に「滅びちゃった帝国」

に昔から興味があるからなのですが、本筋を成立させるには北の合衆国がちょいと邪魔だったので舞台裏で瓦解消滅してもらいました。でもやっぱ理由くらいは必要かなと思い（管見によればSFとは「つい根拠を求めてしまうフィクション」なのです）わりと安直に、

――南北戦争勃発直後にアレな疫病が東海岸で流行し、あっというまに首都ワシントンD.C.は無人の荒野に。

そうだ、そうしよう！　戦時中に疫病が流行るのは歴史的にも先例があるし、南部連合とメキシコが無事だったのは……え〜と西海岸の金鉱山で働かされてる中国系移民から「水は沸騰させてから飲むと健康にいいよ」と聞いたので被害は軽微、ってことにしとこう。どうせ本筋とは関係ないし。

ぐらいな軽いノリで、〈六一年の疫病〉とキーボードを叩いたのでした……が、しかし！

まさかそんな適当極まりない「疫病で近代国家崩壊」設定が、つい昨年、当の合衆国において、じわじわと現実になりつつあるのを眺めていた新城カズマの驚愕と恐怖を、想像してみてください！

……もちろん現実はそこまで底抜けではなく、合衆国も（単位人口あたりで日本の数十

倍の犠牲者を出しつつ）なんとか崩壊もせず今はワクチン大量接種中。

なのですが、大統領選挙で負けを認めない人々が新型コロナ・ウイルスをどんどん政治的争点に格上げしてゆき、Qの「世直し予言」を盲信したアノンな連中が「選挙は不正！こっちの候補の勝ち！」と合衆国議事堂を襲撃し、ついでにウイルスも大富豪と製薬会社とレプティリアンの陰謀で、既にローマ法王は逮捕されて間もなく全世界緊急放送で全地球市民に六十億円だかドルだかがベーシック・インカムされて世界はGESERAでアセンション！――てな噂がSNSを駆け巡るのが、まさに新城カズマ初短篇集の刊行されんとする（&よくよく考えてみれば作家デビュー三十周年の）記念すべき西暦二〇二一年の現実世界。

ベーシック・インカムを「議論の余地はございましょうが」で扱った頃はまだ一部識者が議論していた程度、今ほど一般に知られてはおらず、ましてやアセンションと合体するとは夢にも思っておりませんでしたが……いやはや！　果たして三十年後に誰かがこの短篇集を読み直したら、一体どんな新たな驚きが待っているでしょうか？――それとも、

「そういえば……あの頃はまだ『文明』という便利なものがあってなあ……」

と、僕らは懐かしく思い出すのでしょうか？

　という身も蓋もないディストピア妄想を書き連ねた直後に何ですが……伴名さま、担当の溝口さま、表紙を飾ってくださった[56]10様、他大勢の皆様に最大級の感謝を。
　そして、いつも素敵な妻&子供たちに心からの愛を。

二〇二一年初夏、まだ文明的な都市・東京にて

新城カズマ

追記：
　ちなみにベーシック・インカム制度を崩壊させる方法は三つほど思いついたので、そのうちどこかで書ければと思ってます。

ゲームマスター・新城カズマは情報圏を遊歩する

SF作家
伴名　練

もしも、新城カズマが「SFにしか関心の無い」作家だったら——今ごろ、日本SFの中核で次々に新作を発表していて、大学生のSFファンが作品内容をめぐって論争を交わし、未来社会を語るトークイベントにもSF作家代表として呼ばれ続けていただろう。

けれども、そうはならなかった。新城カズマの興味関心の対象はあまりに広かった。

〇三年五月に新城が書いた文章に曰く、

「プロとして書き始めて満十一年プラス数か月、各種ライトノベル・ミステリ・SFときて、のこるは本格異世界ファンタジーと奇妙な味の短篇と……いや、まだまだあるなあ、書きたいネタは。上記二種はもちろんのこと、少女小説もやってみたいし、児童文学とか、西洋歴史ものとか、トールキンやポォの翻訳とか……うぅむ、時間は圧倒的に足りません」

この後も、構想になかったものとして、キャラクター創作論を執筆し、ライトノベル史をまとめ、ショートショート集を出し、時代小説を書き、学者との対談本を出し、関心の赴くままにあらゆる執筆活動を続けてきた。「本当にやりたいことをやっていいよと言われたら架空の百科事典を書きたい」と語ったこともある。結果として、長いキャリアの中で、ジャンルSF読者に向けて書かれたものは僅かしかない。『サマー／タイム／トラベラー』に感激したものの次に手を伸ばすべき本を探して途方に暮れたり、新作SFを待ち望んで飢え苦しんだ人は珍しくなかっただろう。

SF短篇を中心とした傑作選である本書は、そういった方にまずうってつけだし、もちろん新城作品初体験の方にもおすすめできる一冊となっている。

なお、「SF短篇を中心とした傑作選」であり「SF傑作選」でないのは、私の趣味で入った、一切SFではない「ジェラルド・L・エアーズ、最後の犯行」とか、九分九厘まで超常要素のないジュブナイル「さよなら三角、また来てリープ」などが含まれているからだが、これは新城カズマの多才に触れる手がかりになるだろうという意図と、単純に面白い小説が埋もれているので世に広めたいという動機による。

さらに「新城カズマのSF」を知って頂くには、SF以外のジャンルにも多面的に広がっている新城の活躍を知って頂くのが有用だろう。以下に、その経歴と著作について記していく。長くなるので、収録作について知りたい方は394ページの【収録作品紹介】まで飛ばしてください。

【1】柳川房彦／新城十馬と『蓬萊学園』（〜九七年）

新城カズマは生年・出身地非公開。公にされているのは幼少期の読書歴からである。

小学校時代に、SFジュブナイル叢書と出会う。新城が挙げるラインナップ的に、集英社の「ジュニア版・世界のSF」（六九〜七〇年）のことと思われる。ベルヌ『地底の冒険』（『地底旅行』）＋「オクス博士の幻想」の合本）、バロウズ『火星のプリンセス』（表題作＋「火星のブラック・パイレーツ」の合本）、アシモフ『滅びゆく銀河帝国』（『銀河帝国の興亡』＋「ロビイ」の合本）、スミス『銀河パトロール隊』。

これらのSF作品の残響は新城作品にたびたび顔を出してくるが、最も言及回数の多いのはアシモフ『滅びゆく銀河帝国』だ。集団としての人類の行方を予測する架空学問「心理歴史学」を鍵に語られる未来史は、個々のテクノロジーにとどまらず社会・文明全体の趨勢を予測しようとする新城SFの原点とも言える（日本SFでは他に、眉村卓未来史

《司政官》シリーズなどにも影響を与えている）。

ちなみにこのジュブナイル版、ハヤカワ・SF・シリーズ版（訳題『銀河帝国衰亡史』）、ハヤカワ文庫SF版（訳題『ファウンデーション　銀河帝国興亡史』）、創元推理文庫版（訳題『銀河帝国の興亡』）とも訳者が異なり、日本のスペースオペラ紹介の第一人者、野田大元帥こと野田昌宏が訳しており、アシモフのロジックと野田昌宏の訳文を同時に浴びれば、一生残るのは想像に難くないところである。

SFジュブナイル以外での小学生時代の愛読書については、「ケストナーやらリンドグレーンやら『ドリトル先生』やら『ナルニア』やらアーサー・ランサムやらといった一連の岩波児童文学、高学年になってからは『指輪物語』を筆頭に評論社のファンタジー文学、そして星新一の全短篇集読破……という至福の日々を過ごしていた」という。

うち、『指輪物語』も、絶大な影響を与えた作品である。小学校の高学年から中学校にかけて、新城は父親の仕事の関係でアメリカに渡っており、『指輪物語』を読んだのはアメリカで暮らしていた頃のこと。

英語という、母語とは別の言語を習得していた最中に、『指輪物語』書籍収録の「中つ国」地図に書かれていた、地名の命名規則を自ら発見したことが、架空言語についての原体験として強烈に脳裏に刻まれた。プロフィールに「架空言語設計家」と入れるほどの架空言語への思い入れや、言語テーマへの傾倒は、この体験をもとに育まれたものである。小説以外では、日本から一か月に一度届く船便を通じて〈アニメージュ〉などを読み、アニメ・ゲーム文化にも触れていった。

高校生の頃、日本に帰国。慶應義塾大学入学後、ファンタジー研究会に入る。八八年に、大学の先輩から仕事を受けて『ジャパネスク　RPG幻想事典・日本編』に「柳川房彦」名義で執筆陣として参加、いきなり「全体の半分くらいの原稿」を担当したという。

その流れで、やはり先輩に誘われてゲーム会社「遊演体」でアルバイトとして働き始め、八九年に正社員となった。ちなみに大学の方は、授業に出ず仕事をしていたため学籍抹消・放校処分になっている。

転機となったのが、九〇年の、遊演体のプレイバイメール、『ネットゲーム90　蓬莱学園の冒険!』である。

プレイバイメール《PBM》、という用語には補足が説明だろう。平たく言えば郵便を使ったTRPGで、プレイヤーはアクション(行動選択)を一か月に一度手紙で送り、ゲームマスター側は送られてきた各プレイヤーの行動を考慮しながら新たなストーリー進行を練り上げて、手紙の返信でリアクションを示すと同時に、冊子を通じて全体のストーリーを提示、ゲームを進めて行く……というものである。TRPGが分からなければ、オンラインゲームでのコマンド入力の代わりに手紙を送り、ストーリー進行とノンプレイヤーキャラの挙動を全てプログラムでなくゲームマスター側の人力で行うゲーム、とイメージしてもらってもいい。

遊演体のPBM、その第一回は八八年の『ネットゲーム88』だったが、アルバイトとして進行を手伝っていた新城カズマは、第二回の『ネットゲーム90　蓬莱学園の冒険！』のグランドマスターに抜擢される。

新城が新たなPBMのメインコンセプトに選んだのは、新城の愛好した少女マンガ群、直接的には、もとやま礼子『燃えよ！　孔雀学園』からヒントを得た、「巨大学園」だった。

南の島にある生徒数が十万人に及ぶ巨大学園で、夥しい数の部活・同好会が社会を創り上げている、という設定の『蓬莱学園』は、多くの若者の心を鷲摑みにした。

一番多い時でプレイヤー数三千五百人、キャラ数四千八百人に及び、彼らのアクション（運営側が提示した選択肢から行動を選ぶ場合と、完全な自由行動の場合がある）をすべて捌いて一つの物語を創り上げて行くゲームマスターの職掌がいかに大変なものかがわかるだろう。そして全部で200パターン程度のリアクションを、A4サイズ2、3枚程度の小説として、数人のマスターで執筆するというのも、大変な膂力を必要とするのは間違いない。

その苦労の甲斐あって、ゲームは大きな盛り上がりを見せた。

南総里見八犬伝をモチーフに、「地球最後の秘宝」を探すという触れ込みで始まりながら、連続殺人を解くミステリ、学園内クーデターや内戦を描くミリタリー・ポリティカルもの、地底世界に至る冒険もの、と多彩なストーリーの流れに広がった。ちなみに、地底世界の住人たちの使用する言語のために、さっそく架空言語を用意している。

プレイヤーの中には、後にSF作家となる野尻抱介を始め、小説家・漫画家・イラストレーターなどクリエイターとして著名になった者や、コンテンツ業界に就職した者も数知れず、後世に「蓬萊学園閥」と称されるほどになった。

雑誌〈ドラゴンマガジン〉の編集者・菅沼拓三もプレイヤーの一人だった。

〈ドラゴンマガジン〉と富士見ファンタジア文庫が創刊されたのが、八八年のこと。九〇年には第一回ファンタジア長編小説大賞受賞作である『スレイヤーズ！』第一巻が刊行されるが、まだまだ書き手を探している段階であった。

そんな折に、遊演体が〈ドラゴンマガジン〉にPBMの広告を出したり、雑誌関係者にPBMへの招待状を送ったりしていたことが、菅沼のゲーム参加に繫がった。そして、プレイヤーとして「リアクション」を読み新城の文章技術に確信を持っていたため、新城に小説執筆を打診することになった。当初は『ネットゲーム90　蓬萊学園の冒険！』のノベライズが議論にのぼっていたが、やがて、九一年以降の蓬萊学園を舞台としたオリジナル作品を執筆することで話がまとまる。

こうして、「新城十馬」名義で、富士見ファンタジア文庫から『蓬萊学園』小説の刊行が始まった。自治と大量の部活が存在する巨大学園という融通無碍な設定下で、それぞれの信念や狂気を抱えたキャラクターたちの価値観と意地がぶつかり合い、青春エンタメとして無類の面白さを誇るシリーズとなり、長篇とアンソロジー合わせて一〇冊を刊行するヒット作となった。当初は、あとがき内で『蓬萊学園』関連のゲームやファンクラブの告知も頻繁に行っており、小説版が『蓬萊学園』メディアミックス及び遊演体のCMの目的も兼ねていたことが分かる。

順調に巻を重ねた『蓬萊学園』長篇だが、九六年に刊行された第四弾『蓬萊学園の革命！』はシリーズ始まって以来のボリュームだったためか、一冊目で刊行が途切れる。同年には、〈月刊ドラゴンマガジン〉で『チャーリーズ・エンジェル』に影響を受けたという新城の新作ドタバタアクション『マリオン＆Ｃｏ.』が連載されている。

九七年に遊演体を退社した一方、『マリオン＆Ｃｏ.』が書籍化され、これをもって、新城にとって初めての完全オリジナル作品の刊行となり、小説家として新たなステージに入った。

【2】ライトノベル作家・新城カズマ（九八年〜〇四年）

九八年、新城は仲間とともに有限会社エルスウェアを設立、代表取締役に就任する（一三年まで。以降は顧問）。

同年、富士見ファンタジア文庫より《狗狼伝承》シリーズ第一作『流斬少年・スオウ』が刊行される。この本が、「新城カズマ」名義での最初の一冊となった。

時念流と呼ばれる剣術の使い手である少年と、彼に助けられた少女が、異界から現れる怪物「狗狼」とその協力者である人間たちを相手に戦う物語。ベースはチャンバラものの和風ダークファンタジーなのだが、時念流が時空に干渉する術であるために、巻を追うごとに時間跳躍と、過去改変の要素が大きな意味を持ち始め、最終巻は光瀬龍『百億の昼と千億の夜』クラスの異常に大きなスケールの場面が描かれる。

この小説は新城による伝奇世界史構想《時念神話体系》の一部で、第一巻の刊行時には既に《時念神話体系》のプレイバイメール展開も決まっており、『斬影夜想曲』（九九年、エーアイ・スクウェア）、『狗狼伝承〜放課後の旅人たち〜』（〇〇年、エルスウェア）

と続いた。背後に、読む者を狂わせ戦乱を呼び起こす「転輪乗経典」の世界遍歴と、その守護者であった古代クシュカ帝国で使用されていたという架空言語「クシュカ語」が存在しており、新城らしい架空世界の作り込みである。

九九年三月には、キャラ創作指南書『プロの発想法でつくる！ ゲームキャラクター』（監修・柳川房彦、エルスウェア編）がエクシード・プレスより刊行された。あくまで柳川房彦が「監修」した本であり、執筆はライター陣になっているが、キャラクターを軸にした物語のパターン分類は後年の『物語工学論』のそれと酷似しており、参考図書のラインナップや歴史事項の引用を見ても、構成のかなりの部分を新城カズマ自身が担っていると思われる。ちなみに本の挿絵はのちにSF漫画家として名を馳せる速水螺旋人で、「本書が実質的商業デビュー」と記されている。

こういった本のほか、『狗狼伝承』の小説版あとがきで宣伝しているように、多数のプレイバイメールやTRPGに関わっており、ゲーム会社代表取締役として多忙を極め、オリジナル小説の執筆は『狗狼伝承』のみという状態がしばらく続いていた。

その状況が変わったのは、〇二年のこと。まずは一月、九月に『星の、バベル』上・下（ハルキ文庫ヌーヴェルSFシリーズ）が相次いで刊行される。

一部で日本SF冬の時代と称された九〇年代中盤を通過して、当時の日本SF出版社は新しい潮流を生みだそうとしていた。早川書房、徳間書店に加え、角川春樹事務所もそのひとつ。「二一世紀はSFの時代になる」という霊感を得た角川春樹社長の号令一下、SF新人賞である小松左京賞を準備、ハルキ文庫で日本SF第一世代・第二世代の著作を大量に復刊。そして新鋭の書き下ろしレーベルとして用意したのがレーベル内レーベルの「ハルキ文庫ヌーヴェルSFシリーズ」だった。当初は他のハルキ文庫作品とデザインは変わらなかったものの、劇的なリニューアルを行い、表紙のみならず背表紙にもキャラクターイラストを大胆にあしらい、一目にはライトノベルと区別のつかない、よりライトノベル読者に届きやすい造形に変わった。『星の、バベル』は、小川一水『導きの星』、笹本祐一『ほしからきたもの。』、高瀬彼方『カラミティナイト』、林譲治『暗黒太陽の目覚め』などとともに、このリニューアル後に属する。

当時、角川春樹事務所でSFに携わっていた編集者・中津宗一郎もまた、『蓬萊学園』プレイヤーの一人であり、蓬萊学園ファンクラブ創設の中心メンバーだった。

その依頼を受けて執筆された『星の、バベル』は、外見こそライトノベル的であるものの、新城カズマが初めて「大人向け」を意図して書いた作品になった。侵略SFの要素をポリティカルフィクションの中に組み込み、言語ネタを始めとする様々なアイデアを投入した内容で、SF読者からも注目を集めることになった。

同じく〇二年に開始された『ジェスターズ・ギャラクシー』（富士見ファンタジア文庫）は、既に銀河帝国が滅びた時代から語られる、帝国末期を舞台とした皇帝直属騎士たちの奮闘の物語で、未来版「新撰組もの」とも呼べるシリーズだった。星図や年表のみならず、銀河古語や犬戎語といった文法をもつ複数の架空言語を登場させるなど、その世界設定はやはり非常に凝っている。言語的なこだわりや、視点人物が帝国サイドにいる点で、森岡浩之『星界の紋章』シリーズとの共振を感じさせる作品だが、新城カズマ自身は本作をトールキンとアシモフに捧げている。トールキンについては『指輪物語』の架空世界の堅牢な奥行きを、アシモフについては『銀河帝国の興亡』のモチーフや、未来の資料を引用して語る形式を意識したものと思われる。ただし、新城カズマ自身は本作を、「この物語は実を言えばSFではありませんし、いわゆるスペース・オペラともちょっと違います。あえて名前をつけるとすれば「星間史劇もの」とでも申しましょうか……」と記している。本作は四冊が刊行されているものの、ストーリー的には半ばで途絶している。

〇三年には、著者初の「本格別世界ファンタジー」である『イスベルの戦賦』一、二巻を二か月連続で刊行。六万九千年前の世界を舞台に、亡国の姫が予言に導かれながら復讐を目指す壮大な物語で、文法付きの架空言語と地図は当然のように完備、文化圏の対立や失われた文明なども存在し、セリフ回しの細部にまで異世界情緒が漂う——という膨大な設定に裏付けされた架空世界は、『指輪物語』のそれと正面から相対できるほど入念に構築されていた。ただし、ストーリーとしては序章で途絶している。

後年、ライトノベル作家志望者向けのインタビューにおいて新城は、話を作ることと架空世界をでっちあげることのバランスの重要性を説き、「生々しい話をしてしまえば、自分の今までの経験からしても、世界設定への凝り方がバランスのメーター上限をふりきってしまった作品は、そういうものであればあるほど売れていない」と語っている。

〇四年、日経BP社から、エルスウェアが編集に携わったムック『ライトノベル完全読本』が刊行される。外見上は、現在も刊行されている宝島社『このライトノベルがすごい！』同様のガイドブックという印象を抱かせる本だ。ただ中身は、七四年以降のライトノベルの詳細な年表や、イラストレーターの変遷、ガンダム小説史、各レーベル編集者へのアンケート、平井和正や角川春樹など古参業界人のインタビュー、ライトノベルから一般文芸へ移った作家（岩井志麻子、中村うさぎ、森奈津子）の回顧的対談など、ライトノベルの積み上げてきた歴史・足跡を浮かび上がらせる印象の強いものだった。『ライトノベル完全読本』は〇五年にVol．2とVol．3が刊行されており、Vol．2では、新城自身が、スタンダールを引用しながら「反・ライトノベル書評宣言　もしくは現在進行小説の現在進行形態動態」なる巻頭言を執筆している。

のちに、東浩紀・桜坂洋との鼎談で、新城カズマは出版の動機についてこう述べている。

「ライトノベルが完全消滅するとは思いませんけど、がくーんと減る危険性は十分ありえて、そのとき哀しくなるとは思うんですよ。そのへんは『日本沈没』の田所博士の心境といいますか。なので、あらかじめ『ライトノベル完全読本』と『ライトノベル「超」入門』を作っておこうと思ったわけです」

「まあ、『完全読本』をやったときの気分というのは、本当は田所博士というよりも『銀河帝国の興亡』のガール・ドルニックに近かったですけどね。しかも師匠のハリ・セルダンがいない(笑)。なんとか避難所を作らねば、そのためにはまず過去の知識を集めて……という気持ちはありました」

『銀河帝国の興亡』では、銀河帝国の滅亡予測に従って、訪れる暗黒時代の回避のために文明の資産を後世に残そうとする人々の苦闘が描かれる。ライトノベルというジャンルに対する新城カズマの思い入れの現れる発言だ。

『ライトノベル完全読本』は三冊で終わったが、この後の新城カズマのライトノベル関連執筆活動の端緒ともなった。

【3】『サマー/タイム/トラベラー』の衝撃——SF作家・新城カズマ(〇五年〜一〇

年）

老舗のソノラマ文庫の隆盛や、後発の富士見ファンタジア文庫、角川スニーカー文庫の台頭など、活気を見せるライトノベル界には、当初からSF要素を含む作品も少なくなかった。SFマガジンでのブックレビュー欄を含め、ライトノベルがSF書評の場やSFコンベンションで取り上げられることも多々あった。

にもかかわらず、九〇年代後半まで、ライトノベルレーベルを主戦場として執筆する書き手が早川書房で書籍を刊行することは皆無に等しかった。流れが変わったのは、〇一年の田中啓文『銀河帝国の弘法も筆の誤り』（ハヤカワ文庫JA）、〇二年の野尻抱介『太陽の簒奪者』（ハヤカワSFシリーズJコレクション）のヒットからである。

以後、早川書房は、ライトノベルレーベルやビジュアルノベルの出身者など、若い読者をもつ書き手、新世代の才能を積極的に登用しはじめる。その旗艦となったのが、ハヤカワ文庫JA内での、帯に「次世代型作家のリアル・フィクション」と銘打った作品の展開だった。

〇三年、冲方丁『マルドゥック・スクランブル』、荻野目悠樹『デス・タイガー・ライジング』、小川一水『第六大陸』のシリーズが相次いで刊行される。同年、〈SFマガジン〉七月号で「ぼくたちのリアル・フィクション」特集が組まれ、冲方丁、長谷敏司、元長征木、吉川良太郎らが小説で同誌に初登場、西島大介の短篇コミックも掲載された。この特集号は、講談社の〈ファウスト〉創刊の噂を聞きつけた塩澤快浩SFマガジン編集長がそれより早く動こうと企画したものだった。

「リアル・フィクション」の定義そのものは、提唱者の塩澤本人も明言に迷うほど曖昧で、単なる商業的ラベルではないかと言う批判もあったが、『マルドゥック・スクランブル』の日本SF大賞受賞や、『SFが読みたい！』における年度ベストSFランキングでの『マルドゥック・スクランブル』一位、『第六大陸』二位という結果など、気鋭の作家の力作をSF読者にアピールできた点で、大きな成功をおさめた。

リアル・フィクション帯を用いた作品は、〇四年の小川一水『復活の地』を経て、〇五年に再び相次いで刊行されることになる。桜坂洋『スラムオンライン』、仁木稔『スピードグラファー』、小川一水『老ヴォールの惑星』、桜庭一樹『ブルースカイ』。

そしてラインナップの中には、新城カズマ『サマー／タイム／トラベラー』（六、七月刊行）も含まれていた。

未来なさげな地方都市を舞台に、「ほんの短い時間だけ未来に飛ぶ能力を身に着けた少女」の友人たちが、夏休みの間、その能力を研究する。既存の時間SF作品に纏わるオマージュとディスカッションに溢れたマニアックな部分を備えながら、鬱屈を抱えた若者たちの中で「未来へ飛べる能力＝他人を現在に置き去りにする能力」というモチーフが輝く青春小説として優れた作品であった。また、細かなSFアイデアを配置しつつ、後半では、作者曰く「バリントン・J・ベイリーにブラッドベリを混ぜたようなつもりで」書いた派手な時空理論が炸裂する（そしてすぐに棄却される）。当然ながらSFファンから高い評価を受け、星雲賞日本長編部門を受賞した。

刊行直前、〈SFマガジン〉七月号「ぼくたちのリアル・フィクション2」では新城カズマ・桜坂洋・平山瑞穂・海猫沢めろんが小説で、西島大介が短篇コミックで登場。この時に掲載された新城作品が、『サマー／タイム／トラベラー』の姉妹篇、「アンジー・クレーマーにさよならを」である。なお、今回、本書に収録した作品は、「原稿は来週水曜までに」を除き、すべてがここから五年間に書かれた作品群である。

この号には新城カズマインタビューも掲載されており、思い入れ深いSFについて左記のように語られている。

「ブラッドベリとフィニイ、アシモフの『銀河帝国の興亡』三部作、今はファウンデーション・シリーズっていうんでしたっけ。バロウズの火星シリーズ、バラード、バリントン・J・ベイリー、ティプトリーとコードウェイナー・スミス、あとはもちろんヴェルヌ。

なんかすごいベタなものばっかりですみません。日本SFだと『果しなき流れの果に』『産霊山秘録』『百億の昼と千億の夜』。最近はテッド・チャン、コニー・ウィリス、ジョン・クロウリーかな。あんまり最近でもないか（笑）。ボルヘスとカフカをSFに入れるのかよくわかりませんが、そのへんもすごく好きです」

更にインタビューでは、次なるSF長篇の予定も語っている。

「ちょっとだけ未来の、刑務所の服役囚のほうが住民より多いような町に住む女の子の物語、というのはやりたいなと思ってます。これも半分実話というか、アメリカで実際、財政危機の打開に刑務所を誘致してるという話があるんです。これでSF書けるなーって思って早川の編集部にプロット出したら、担当編集様が乗り気になってしまって」

これは『SFが読みたい！ 2006年版』以降、刊行予告に入ることになる『.49ers Point-Forty-Niners』のこと。他に鋭意構想中の作品として「一次大戦と二次大戦の間を舞台にした言語学SF」も挙げている。

翌年、〈SFマガジン〉〇六年二月号の日本作家特集では、凱旋作である「月を買った御婦人」が掲載され、当時の編集部コメントには、こう書かれている。

「政治経済から科学技術まで、投入された膨大なネタはまさに目が眩むほどで、新城氏の頭の中はどうなっているのか途方に暮れてしまいます。近い将来、例えばN・スティーヴンスンのような大長篇を期待してしまうのは、私だけではないでしょう」

……だが、残念ながら、期待された次なるSF長篇が現在まで書かれていないことはみなさんご存知の通りである。

ここから数年、SFマガジンでの短篇発表は途絶え、書籍の刊行点数も減っている。これは、大きな注目を集めつつあった新城に、原稿依頼が殺到し、それに追われていたためと思われる（『15×24《イチゴー・ニィヨン》』執筆が〇六年初春から〇七年秋、毎日新聞社〈まんたんブロード〉連載が〇七年四月号から〇八年三月号。『さよなら、ジンジャー・エンジェル』連載が双葉社文芸Webマガジン〈カラフル〉〇八年六月から〇九年一〇月）。

それらの仕事の合間を縫って〇六年四月に『ライトノベル「超」入門』（ソフトバンク新書）を刊行したり、同年九月の、ガガガ文庫立ち上げ時のムック『ライトノベルを書く！　クリエイターが語る創作術』（小学館）で執筆者向けのインタビューに答えたりと、ライトノベルの後進育成の仕事にもかかわっていた。〇八年には、『15×24《イチゴー・ニィヨン》』執筆のために集英社を訪れた縁で、原作を務めた読切漫画「帝都、RT」（漫画：山田孝太郎）が〈ジャンプSQ.〉一一月号に掲載されている。

目に見える形で執筆活動が活発化し、SFの最前線に復帰するのは〇九年。

〈SFマガジン〉において、二月号に「F&M月からN月までを（かろうじて）切り抜けながら」、一〇月号に「雨ふりマージ」を掲載。

「雨ふりマージ」は連作〈あたらしいもの〉シリーズの第一作。小説だけでなく、フリーペーパー〈WB〉（早稲田文学編集室）連載の架空エッセイ「未来の読書とランデブー」もこのシリーズ内に位置付けるなど、思考実験的な夢想を軸とした作品群だった。〈あたらしいもの〉シリーズの成立の経緯は、対談本『社会をつくる「物語」の力』に詳しい。その内容を要約すれば、
①これまで、「それぞれのSFジャンルの中で新しいことをやりたい」と思って書いてきた。たとえば時間ものである『サマー／タイム／トラベラー』で、あまり書かれていない「未来に飛ぶ」ことを書くなど。次なるジャンルとして「ロボットもの」に関心を向けていた。
②「架空のキャラクターを現実世界の人間が云々してるけども、向こうには向こうの言い分があるだろう」と妄想していた。
③そこに、Googleブックス開始の報が届き、著作権の問題が大きく取り沙汰された。著作権というものをどう改善していくか、というアイデアを考えているうちに、法人の次の「新たなヒト」＝「架空人」の発想が生まれた。
——そして生まれた「自然人と法人と架空人とが愛し合ったり争ったりするというSF

シリーズ」が〈あたらしいもの〉であった（この定義に当てはまらないものもあるが）。「シリーズ最良の成果のひとつである「雨ふりマージ」は、第二一回SFマガジン読者賞受賞、『年刊日本SF傑作選　量子回廊』収録の栄誉に輝いている。

八月刊行の『物語工学論 入門篇 キャラクターをつくる』は、現代のエンタメを作ろうとする創作者に向けて、キャラクター分類をもとにして指針を示す一冊。新城カズマのキャラクター論の集大成とも言えるものだ。

ただし、この年の小説家・新城カズマ最大のサプライズは『15×24《イチゴー・ニィヨン》』全六巻（スーパーダッシュ文庫）の刊行だろう。

ネット心中を望む二人と、それを阻止しようとする者／後押ししようとする者、合わせて一五人の少年少女を視点人物に、大晦日朝から元日朝までの二四時間を描くノンストップエンタメ。一巻ごとに完結しない完全な続き物で、四か月連続刊行という、一般的なライトノベルの枠組みを超えた傑作だった。本作は、新城カズマにとって二〇二一年六月現在、最後のライトノベル作品となっている。

Twitterを通じて先行公開や読者参加型企画を行ったのも、新興メディアに関心の高い新城カズマらしい発想と言えた。なお、同年一一月には、アンソロジー『Twitter小説集 140字の物語』にも、Twitter上で発表した極短作品群が収録されている。

一〇年には、ミステリ要素と恋愛要素を含むゴーストストーリー『さよなら、ジンジャー・エンジェル』（双葉社）が刊行される。初の「単行本での小説」であり、SF外の一般小説界にもいよいよ新城カズマの名が広まることになるが、連載と書籍化から解き放たれ、スイッチが入ったかのように、この年も、SF作品を続々と発表する。〈あたらしいもの〉シリーズでは、〈SFマガジン〉で「議論の余地はございましょうが」（二月号）と「どちらか一方」（五月号）、七月刊行『NOVA2』で「マトリカレント」を発表。ただし多忙すぎたためか〈SFマガジン〉九月号では目次に入っている新作「《タリア・ヴァン＝ローセン回顧展》目録より／In Her Shoes」の原稿を落としており、以降〈あたらしいもの〉短篇は書かれていない。

ノンシリーズ作品では、八月、『逆想コンチェルト　奏の2　イラスト先行・競作小説アンソロジー』（徳間書店）に「旧ソビエト連邦・北オセチア自治共和国における〈燦爛郷ノ邪眼王〉伝承の消長、および〝Evenmist Tales〟邦訳にまつわる諸事情について」を寄稿した。

〇九年初頭から一〇年夏にかけての一年半ほどは、新城カズマが最も「SF作家として」積極的に活動した時期だった。あと数か月書き続けていればSF短篇集一冊ぶんがまとまる速度であった。

しかし編集部は、短篇集あるいは長篇書き下ろしを待ち切れなかったのか、七月、〈まんたんブロード〉連載をまとめた『マルジナリアの妙薬』（早川書房）、ブログ記事をまとめた『われら銀河をググるべきや』（ハヤカワ新書juice）を同時に刊行する。『マルジナリアの妙薬』は、SFやサスペンスや寓話などジャンル不問のショートショート十二話分だが、物語を語る／騙る行為が全体を貫くモチーフとなったメタフィクション色の強い一冊で、『われら銀河をググるべきや』は、Googleと著作権の問題などを考察するエッセイ。二冊揃うと、小説家・新城カズマのフィクションに対する思索に、違った角度から触れることができる。

ただ「ハヤカワ新書juice」は、全一六冊という短命に終わったレーベルで、『われら銀河をググるべきや』は全一六冊のうち一四冊目という、レーベル末期の作品。『マルジナリアの妙薬』も、併売を狙って新書サイズで刊行したために、内容以前に棚取りの問題で苦戦を強いられて絶版、入手困難な本となった。今回、『マルジナリアの妙薬』から二篇を収録したのは、そういった事情から現状埋もれてしまっている作品を拾い上げるためもあった。

この二冊同時発売後、一般小説誌で立て続けに連載を持ったこともあり、〈SFマガジン〉での小説作品発表から遠ざかり、新城カズマのSF小説の実作は激減、この一〇年間でわずかに短篇三本（紙で二作、電子で一作）と児童書一冊のみ、となってしまった。

【4】〈島津サーガ〉と執筆量の減少（一一年〜）

一一年、〈小説新潮〉四月号に掲載された「持ち逃げ有楽」は、本能寺の変後、織田信長の弟・長益の逃走劇を扱い、新城カズマにとって商業で初の時代小説となった。本作では既に『島津戦記』のキーアイテムが登場しており、〈島津サーガ〉への助走が始まっていた。

同年五月号からは、〈別冊文藝春秋〉で『ｔｏｋｙｏ４０４』を連載開始。定住しない人々をテーマに緩やかに繋がる連作短篇群だが、そういう人種への取材者として新城カズマ本人が登場し散々な目に遭う展開も含んでいる。これ以前にも新城自身が出演する作品は多かったが、本作ほどメインキャラクターになるものはなく、私小説性をも帯びていた。

前述の二作で、ＳＦ以外の一般小説への進出が始まっていた一方、実作が減少したとはいえ、「ＳＦ作家としての活動」そのものはまだ活発であった。九月には『３・11の未来日本・ＳＦ・創造力』（監修　笠井潔／巽孝之、編集　海老原豊／藤田直哉、作品社）に、エッセイ「3．11の裡に（おいて）ＳＦを読むということ」を寄稿しているほか、日本Ｓ

F評論賞では第六回（一一年）～第九回（一四年）まで選考委員を務めることになる。

一二年には、二つの雑誌で時代小説の連載が始まる。ひとつめは、〈小説新潮〉三月号からの、『島津戦記』。島津四兄弟の三男・歳久を主要登場人物に、幼少期から木崎原の戦いまでを描く、新城カズマにとって初の時代小説長篇。ふたつめは、〈小説推理〉六月号からの、『玩物双紙』。茶器や石といった「モノ」を語り手に、戦国の三英傑や松永久秀などの戦国武将に新たな光を当てる短篇連作。いずれも、ヨーロッパ、中東、中国など、海を（あるいは時代をも）隔てた地での事件が戦国時代日本に影響を及ぼしている点が特色で、伝奇的奇想の幾つかは二作で共通しており、姉妹篇ともいえた。また、これらは更に巨大な構想の〈島津サーガ〉の一端でもあった。

歴史小説家に転身したかのような執筆ぶりだが、同年の〈小説TRIPPER〉の「〈特集〉ライトノベル最前線」のインタビュー「ライトノベルは〝書物〟を超えるか？」（聞き手：藤田直哉）で、新城はこう答えている。

「ライトノベルを辞めて歴史小説に転身したという意識は微塵もない。たまたま思いついた話が16世紀の日本を舞台にしていただけで、やっていることは実は本人は変わっていないと思っていて。私自身は非常にシンプルで、商業デビューしてからずっと同じことをやっているつもりなのですね。自分では、思いついた面白い話を書いて出すということを同じ場所で繰り返しているつもりなんだけど、自分の乗った船が動いているので、景色が変わっていく」

　さらにＳＦについては、

「ＳＦ関係でも山のようにお待たせしていて、現実に追い抜かれたので、追い抜き返そうとしています」

　と語っている。

　この年はレイ・ブラッドベリが亡くなりＳＦマガジン一〇月号で追悼特集が組まれた。そこに新城は「Hey! Ever Read a Bradbury?――a tribute prose」を執筆したが、以後八年間、ＳＦマガジンに小説を発表していない。

　翌一三年は、日本ＳＦ作家クラブ創立五〇周年にあたり、その記念事業として、日本ＳＦ作家クラブ主導での出版・イベント企画が相次いでいたため、新城にも執筆の機会があった。

　書き下ろしのジュニア向けエッセイアンソロジー『未来力養成教室』（日本ＳＦ作家クラブ編、岩波ジュニア新書）に発表した「IT'S FULL OF FUTURES.....」は、新城カズマ本人が書いた文章の途中で未来からのメッセージが割り込んでくるという、お得意のメタフィクション的な体裁になっている。

また、『21世紀空想科学小説　ドラゴン株式会社』（岩崎書店）を刊行。これは、ＳＦ作家が現代の子どもたちに向けて新作童話／ジュブナイルを書き下ろすという企画の一冊。ドラゴンから生まれたドラゴンと子供たちの交流を描くファンタジー色の強い作品ではあるが、ドラゴンを利用して会社を作る設定、エネルギー問題への目線、二パターンから選べる結末など、新城カズマらしい企みのある一冊になっている。

この年、ＳＦ以外では『ｔｏｋｙｏ４０４』（文藝春秋）も本に纏まっている。刊行記念として、今回もTwitterを用いて、新城カズマの行方を探す読者参加型企画を行っていた。

一四年、『島津戦記』（新潮社）、『玩物双紙』（双葉社）が相次いで刊行。『島津戦記』刊行の段階で既にnoteを駆使して宣伝を行っていた辺り、やはり新興メディアへの嗅覚は衰えていなかった。また、〈新潮４５〉誌上で、『島津戦記』についての座談会（島津義秀・新城カズマ・徳川家広）が行われるなど、一気に歴史小説家としての知名度を獲得したが、二一年六月現在、『玩物双紙』が最新の単著となっている。

一五年二月、双葉社文芸Ｗｅｂマガジン〈カラフル〉にて、〈島津サーガ〉と同じ世界観に属し、真田幸村・幸昌父子と大坂城を描いた『永遠の城』の連載が始まる。一六年一月二五日更新分までの二四話分が掲載されており、完結後に書籍化の予定だったが、現在まで完結・刊行は果たされていない。

SF作家としては、唯一、『SF宝石2015』（光文社）に、三年ぶりのSF短篇となる「あるいは土星に慰めを」を発表。既に年老いたかつての少年少女たちの懐旧を薄暗く描いた異色の一篇であり、作風の変化を予感させたが、以降、SFと名の付く媒体に小説執筆は無い。

ライトノベルとの関係では、執筆は絶えて久しいものの、この年、外務省や経済産業省が後援し、国内サブカルチャーを顕彰する『SUGOI JAPAN Award』のラノベ部門の選定委員に就任した。この任期は、『SUGOI JAPAN Award』が終了する一七年まで続くことになった。

一六年、〈小説新潮〉に「真田幸村、一座建立」が掲載。幼少期の真田幸村と、島津四兄弟の一人があいまみえる、『島津戦記』『永遠の城』を繋ぐような作品。活字になった小説はこれが最新作。

一七年、二日間で短篇小説の執筆・電子化・販売をこなす、日本独立作家同盟のイベント「NovelJam」において、「原稿は来週水曜までに」が最優秀賞を受賞（審査員は藤井太洋、米光一成、海猫沢めろん、鷹野凌）。これが現在最新の小説作品である。翌年に行われた「NovelJam2018」で、新城は当日審査員サイドに回っている。

一八年、憲法学者・木村草太との対談本『社会をつくる「物語」の力　学者と作家の創造的対話』（光文社新書）が刊行された。その中では、〈あたらしいもの〉で展開したアイデアも披露しつつ、今後取り組もうとしているSF作品に組み込まれ得る様々な未来予測やアイデアが語られているが――それらは、実作になっていない。

……というわけで、『サマー／タイム／トラベラー』が一六年前、最後の小説が刊行されたのが七年前、最後にSF短篇が活字になったのが六年前。

少なくとも、三年前の対談本ではSFへの意欲を失っていないとわかるし、SFファンとしてはそろそろ新作SF長篇を読みたいところ。そのためにできることは何か――その手がかりは、『ジェスターズ・ギャラクシー』第三巻のあとがきに隠されている。

「法則1、新城カズマの執筆量は、担当編集者の催促回数に正比例する
法則2、法則1における催促回数は、担当編集者の人数に正比例する

……こんな法則が明らかとなったのです。

ようするに、「まだですか？」とガンガン言ってくる編集さまが増えれば増えるほど、新城は素直に書き続けてくわけですな。逆に言えば、せかされないとなかなか仕事をしな

いだけなんですが」

『15×24』のあとがきでは、当時のスーパーダッシュ文庫編集長が直々に、集英社の会議室を借りることを提案、新城を集英社に通わせて執筆させたという逸話もある。

これまでの執筆ペースを考えれば、非ライトノベルの長篇を書きあげるのに概ね一年半から二年を要することが分かっている。二〇二三年辺りに新城カズマがSF長篇を発表しているか、それ以外のジャンルの小説を書いているのか、何も出さないままなのか。その結果は、早川書房の編集者次第ということになる。

本書が生まれた第一の理由は、優れたSF短篇が埋もれて読まれなくなっている状況を改善したいという動機からだが、第二の理由として、本書によって読者の注目を集め、新城カズマ本人と編集者に新作SF刊行を急かしたいというものもある。本書を楽しんで頂けた読者には、ひとまず『サマー／タイム／トラベラー』を勧めるが、新作SFへの声援もぜひ送ってほしい。

【収録作品紹介】（作品のネタバレを含みます）

◆「**議論の余地はございましょうが**」〈SFマガジン〉二〇一〇年二月号初出、書籍初収録。

参議院選挙期間中、新興政党の一員として出馬した候補者は、選対とリアルタイムでやりとりを繰り広げながら選挙演説を行っていたが、彼のかけた眼鏡のスクリーンに第三者からの割り込みが入り——連作シリーズ〈あたらしいもの〉シリーズのうちの一篇。

選挙という政治性の高いモチーフに身構える読者もいるだろうが、グランドマスターを務めたプレイバイメール『ネットゲーム90　蓬萊学園の冒険！』の山場のひとつで学園の日本からの独立投票を扱って以来、新城作品では選挙がカジュアルに用いられており、候補者が自身の目指す社会像を語る選挙のシステムは、総体としての未来を模索しヴィジョンとして示す新城作品と相性がよいものと思われる。

また、経済について、近年では藤井太洋の『アンダーグラウンド・マーケット』、機本伸司『未来恐慌』などの例もあるが、日本SFで正面から書く作家が少ないジャンルであり、『蓬萊学園の犯罪！』のソーニャ・チップ、『サマー／タイム／トラベラー』のトリブルを始め、幾度となく題材に選んで来た新城カズマにとっては、十八番とも言える分野である。

初出から十一年が経ち、ベーシック・インカムそのものは作中で指摘されたのとは異なる問題点——ネオリベ的な為政者が社会保障を削減する目的で使用するのではないか、というもの——が議論に上るようになっているが、通常のベーシック・インカムを露払いに登場する「架空人」周りのロジックはいまだに目を引くSF的発想である。

◆「ギルガメッシュ叙事詩を読みすぎた男——H氏に捧ぐ」〈まんたんブロード〉〇七年四月号初出、『マルジナリアの妙薬』収録。

ショートショート連載の第一話目を飾った作品で、ノアの方舟をテーマにした、精度の高い星新一パスティーシュ。H氏は当然、星新一のこと。星新一本人にもノアの方舟ネタ作品(『かぼちゃの馬車』所収、「大洪水」)は存在するが、もちろん展開は別物。キャラクターも濃く、蘊蓄の多い新城カズマと、細部を削ぎ落した星新一の作風は真逆であり、意外に感じられるかもしれないが、新城は星作品の重要性をたびたび説いている。

「自然主義的リアリズムとまんが・アニメ的リアリズムの差異というのは、かたや時間があり「私」の物語を語るもので、かたや時間をなくし「キャラ」の固有性を立てていくというものになりますけど、もう一つの可能性があるんじゃないかと。まさにさっき言われた星新一さん式のショートショートですね。あれは物語が凝縮してあるんだけれども、登場人物の印象はむちゃくちゃ薄い。エヌ氏とかエス氏とか交換可能なんですね。小咄やアネクドートは、ものすごい強烈なオチがあって不可逆時間なんだけれども、キャラでもなく「私」でもない主役がいる。あそこをもう一度意識したほうがいいのかなあと。そのためには星新一を読み直すというたいへんな作業が待っているわけですけど（笑）」「自然主義的リアリズムがまんが・アニメ的リアリズムを発見したという話は、そんなに直線的じゃなくて、星新一というものすごい人がいたという事実がワンクッション挟まるとわかりやすい。やっぱり星新一の偉業を真剣に再考すべきではないかと、今こうやって話していて突然思うわけです（笑）」（東浩紀『コンテンツの思想　マンガ・アニメ・ライトノベル』）

◆**「アンジー・クレーマーにさよならを」**〈SFマガジン〉〇五年七月号初出、SFマガジン編集部編『ゼロ年代SF傑作選』（ハヤカワ文庫JA）再録。

一方のパートでは古代都市スパルタの歴史を辿りつつ、いま一方のパートでは、近未来を舞台に、自らの個人情報を売って他人の遺伝情報を買う、女学院の少女たちを描く。少女小説テイストとポストサイバーパンク的な身体改造・情報環境の掛け合わせを、「百合SF」のタームが話題になる遥か以前に行っており、その先進性が目を引く。これは新城カズマがもともと少女漫画や少女小説、寄宿舎ものに親しんでいたために書きえた作品だろう。新城自身、「女の子が主人公の方が書きやすい」と語ったこともある。

本篇は、『サマー／タイム／トラベラー』の登場人物の一人、貴宮饗子が執筆した同題の小説に影響を受けて書かれたもの——という設定で書かれている。

私立聖凜女子学園に通う令嬢、貴宮饗子の人となりは、作中描写に曰く、

「彼女は起爆剤で、燃料タンクで、操縦桿で、ようするに好奇心が縦ロールの髪をなびかせてるみたいなやつだった。ぼくらのなかでいちばん本を読んでいて、理想の恋人像は「もちろんロジオン・ロマーヌィチ・ラスコーリニコフよ」と断言して憚らず、聖凜の文芸部が毎年秋に発行する部誌には『隣人を不審に思う生得の権利について』だとか『遺伝子工学の未来と、親を選ぶ権利の発生』だとか、そんな小論文ばっかり発表してた」

遺伝子デザイン技術が、服の着替えや整形手術のように気楽に使われていけば、生まれたあとでも自分の遺伝組成を変えられる＝遺伝情報レベルで子供が親を選べることになり、親から離翔《テイクオフ》する時代が到来する。牧畜農耕という技術が、不安定な環境から人類社会を離翔させ、新しい時代をもたらしたように、その時、人類は最古の不完全技術である『家族』から自由になる——というのが饗子のロジックであり、「アンジー・クレーマーにさよならを」はその延長上にある。

『サマー／タイム／トラベラー』に登場する少年少女たちは、家族のしがらみによって町に囚われている者が多く、饗子自身が良家の子女であり家族によって町から出ることを禁

じられたキャラクターであることを考慮すれば、本作に託された切実さが分かるだろう。

◆「世界終末ピクニック」〈まんたんブロード〉〇七年九月号初出、『マルジナリアの妙薬』収録。

　物理圏から情報圏に存在する〈セカイ〉を訪れた主人公たちは、あと二時間で訪れる〈セカイ〉の終了を待ち構える——ショートショート連載の第六回目。

　新城SFで重要な概念である「架空人」の萌芽は、『サマー／タイム／トラベラー』の終盤でちらりと言及される「被著作人」から存在するが、「架空人」というネーミングで正面から書かれたのは本作が初めて。今回は「NPC」（ノンプレイヤーキャラクター）のルビが振ってあり、本作そのものも、オンラインゲームのサービス終了時にプレイヤーたちが集ってその終了を見守る状況をイメージしてもらえば分かりやすいだろう。一三年にMMOFPS『Planetside』がサービス終了する際も、隕石が大量に降り注ぐ終末の光景の中、別れを惜しむプレイヤーたちが集ったそうで、現実と共鳴しているとも言える。

　描写の細部に、情報圏の存在を支えているのが物理圏の経済であるということが示されており、一般的なヴァーチャル・リアリティSFで描かれにくい急所とも言える。

◆「原稿は来週水曜までに」一七年二月、電子書籍オリジナル作品として群雛NovelJamより刊行。

小説家であるヒガシイチガヤ・ユウスケは、人気シリーズの完結作執筆でスランプに陥り苦しんでいた。にもかかわらず本の刊行日時が、人工知能の予測によって世間に発表されてしまい、更なる苦境に陥る。人工知能と小説家の未来をフックにしつつも、新城作品には珍しい、徹頭徹尾のギャグを展開しており、初期作品を彷彿とさせる。

「NovelJam」というイベント内で執筆されたが、その公式HPにいわく、「NovelJam（ノベルジャム）とは、著者と編集者が集まってチームを作り、わずか2日間で小説の完成・販売までを目指す『短期集中型の作品制作企画』です。ジャムセッション（即興演奏）のように事前にあまり本格的な準備をせず、参加者が互いに刺激を得ながら、その場で作品を創り上げていきます」

実際には一日目の昼から二日目の昼までしか執筆時間が無く、二三時間未満で書かれた小説ということになる。NovelJamのイベントはこれを第一回として現在、第四回まで続いているが、ここまで制限時間が厳しいのはこの回限り。執筆期間が極端に短いからこそ、書き手の地の部分が出ていると言えるかもしれない。担当編集者は賀屋聡子。イベント内で最優秀賞を獲得している。二一年六月現在、新城カズマの小説最新作である。

◆「マトリカレント」『書き下ろし日本SFコレクション　NOVA2』（一〇年、河出文庫）初出、短篇集初収録。

一四五三年、オスマン帝国軍の侵攻により、コンスタンティノープルが陥落。東ローマ帝国は滅亡した。混乱の最中、海に落ちた後宮の女官テオドラを救ったのは、海で生き続けてきた男・アレクシオスだった。アレクシオスの師が見つけた「油」は、人類に、海中で長期生存し、海流を乗りこなして遠泳させる力を持たせた。彼ら海に生きる人々の活動は、現代に至って地上人の営為と交錯する――ベリャーエフ『両棲人間』のような古典SFを連想させる一方で、スターリングなどの身体拡張系サイバーパンクの香りも漂う作品。

もともと「西洋歴史もの」を書く願望のあった新城カズマだが、本作が歴史の背面に存在した民族を描くスケールの大きい伝奇になりつつ、現代社会にも影響をもたらすSFとして結実するのは、ジャンル横断型作家ならではと言える。また、「亡国の女性」というモチーフは、後に書かれる『島津戦記』『玩物双紙』でも重大な役割を果たしており、日本史小説への参入は、むしろ本作に発揮されたような世界史への関心を起点としたものかもしれない。やや異質だが、〈あたらしいもの〉シリーズの一篇という位置づけである。

なお、東ローマ帝国滅亡時の皇帝・コンスタンティノス11世は、自軍を鼓舞し、攻め込んできたオスマン帝国の軍勢の中に自ら斬り込んだが、戦闘後に死亡が確認されたという説と、そのまま消息不明になったという説（伝説）がある。

◆**「ジェラルド・L・エアーズ、最後の犯行」**〈小説推理〉一〇年三月号初出、書籍初収録。

ジュニア・ハイスクールに通う少女は、学校の授業で死刑囚に手紙を送ったことがきっかけで、七人を殺害した死刑囚との文通を始める。男は無罪を訴え再審請求をしていたが……本書収録作のうち、一切SFではない唯一の作品。

『日本SFの臨界点』を題した本に非SFが入っているのを訝しむ方もいるだろうが、書簡体を巧みに利用したサスペンスフルな作品として優れており、新城カズマの一般小説短篇集が出ることも当面はなさそうで、放っておくと埋もれるだろうと考え、とにかく小説として面白いので収録した。読後、タイトルの上手さにもうならされる。

ヒロインが赤毛の、饒舌なキャラクターであることは、新城自身がたびたび愛着を語り、新城キャラの饒舌さのルーツのひとつでもある『赤毛のアン』シリーズの影響かもしれない。

◆**「月を買った御婦人」**〈SFマガジン〉〇六年二月号初出、『日本SFの臨界点［恋愛篇］』（ハヤカワ文庫JA）再録。

十九世紀末のメキシコ帝国。公爵家の末娘である十五歳の令嬢、アナ・イシドラのもとに五人の求婚者が詰めかけた時、彼女が結婚の条件として求めたものは「月」だった。かくして大砲による月面着陸競争が始まるが、それは科学技術史と政治史の双方を塗り替えて行く――ハインラインの名作短篇「月を売った男」の裏返しのタイトルであり、日本SFで連綿と書き継がれてきた「竹取物語」オマージュの短篇でもある。作者いわく、「探検家でなく、出資者から視た月旅行SF」とのこと。人力演算モチーフは小林泰三「予め決定されている明日」、小川一水「アリスマ王の愛した魔物」、劉慈欣「円」などとも共通しているが、過剰とも言えるアイデアの投入は新城SFの醍醐味だろう。

大砲で月を目指す着想はもちろんヴェルヌ『月世界旅行』からのもの。プレイバイメール『蓬莱学園の冒険！』のクライマックスが（恐らくは『地底旅行』にインスパイアを受けた）地底世界探検であることを思えば、ヴェルヌ作品の浪漫が新城作品に多大な影響を与えていることがお分かりだろう。

なお、初出時の挿画はメスティーソ（白人とラテンアメリカ系有色人種のミックス）を意図した浅黒い肌の女性だったが、父の人種的偏狭が本文で示唆されていることからお分かりの通り、今回の表紙イラストで描かれたように、アナ・イシドラは人種的には白人となる。

◆「さよなら三角、また来てリープ」『マップス・シェアードワールド―翼あるもの―』（〇八年二月、GA文庫）初出、短篇集初収録。

長谷川裕一作のSFコミック『マップス』の世界観を用いた小説アンソロジー（他に秋津透・笹本祐一・重馬敬・中里融司・古橋秀之が寄稿）に発表された作品。『マップス』は地球生まれの少年・ケンが宇宙船でもある人造生命の少女リプミラとともに宇宙を旅し、銀河のあらゆる生命を死滅させようとする「伝承族」と戦う、スケールの巨大なスペースオペラ作品。

アンソロジー執筆陣は、『マップス』キャラクターたちのスピンオフ短篇や『マップス』の宇宙を舞台にした冒険物語を寄せているが、新城は、ストーリーの終盤ぎりぎりまで一見『マップス』本篇と直接はかかわりのない、七七年の高校生たちを主人公にした学園青春小説を描いた。ただし宇宙へのロマンが軸になっている点と、高校生たちの作りあげる宇宙船の「外見」に原典へのリスペクトがある。フィクションへの愛着を語る物語という点で、SFか児童文学かという差異はあるが、短篇「書物を燃やす者たちは、いずれ人をも燃やすだろう」と対になる作品と言える。

◆**「雨ふりマージ」**〈SFマガジン〉〇九年一〇月号初出、『年刊日本SF傑作選　量子回廊』再録。

母親がリストラされた母子家庭の一家は、困窮を乗り越えるために家族そろって架空人になることを選んだ。それは、自分たちの情報が全世界に発信され、無数の改変を伴ってフィクションとして拡散・消費されることを意味していた。

「議論の余地はございましょうが」「世界終末ピクニック」でも架空人の概念は登場したが、自然人が架空人になる、という発想と、その実際にセンスオブワンダーがある。現在でいうYouTuberに近い側面も持っているが、主人公の一人称が自由意思によらず次々に変化する辺り、フィクションに取り込まれた人間のままならなさを描くメタフィクションとも言える。第二一回SFマガジン読者賞受賞。

本文中で取り上げられている筒井康隆「おれに関する噂」は、平凡なサラリーマンである主人公が、ある日突然マスコミに追い掛けられ一挙手一投足を報道され、全国民から注目を浴びる、という不条理劇だが、本作品は経済的保障と引き換えに自らその立場を受け入れる、というものに近い。

【新城カズマ書籍リスト】（実質的な共作など、新城本人の執筆の割合が低いものは省略した）

●**《蓬莱学園》長篇シリーズ**（九一〜九六年、富士見ファンタジア文庫）

日本の本土から二五〇〇キロ離れた南洋の島・宇津帆島に存在する、生徒十万人の高等学校・蓬莱学園を舞台に、個性的な生徒たちの巻き起こすドタバタを描く群像劇。

『蓬莱学園の初恋！』新入生・朝比奈純一は入学イベントで飛行船に搭乗した際、地上にいる少女に一目ぼれして、飛行船から飛び降りた。見失った彼女を十万人の生徒から探し出すため、鉄道管理委員会から路面電車を強奪するなど次々に無茶を繰り返した結果、学園のあらゆる治安組織に追跡されることになる。

『蓬莱学園の犯罪！』（上・下）賭博研究会初代部長にして稀代の賭博師、ソーニャ・枯野は、上流生徒たちの集う秘密カジノのディーラーとして、正体不明の強運な客と対峙する。だが勝負の際、チップ代わりに「黄金生徒証」が賭けられたことをきっかけとして、学園経済が崩壊し、二人の意地の張り合いは学園全体を巻き込む騒動となる。怒濤の展開で学園敷地内に暗黒街が誕生する中盤は、シリーズ全体のハイライトとも言える。

『蓬莱学園の魔獣!』（上・下）学園敷地内でひそかに目撃されていた未知の怪物が、学園環状線の列車を破壊した。その噂を聞いた学園銃士隊のテオドールは、怪物の正体を探りはじめる。一方、学園の新米教師の山根宵子は、研究部で通常のコミュニケーションができない奇妙な少女と出会い、交流を深める。怪獣ネタと脳科学ネタの織り成すサイファイロマン。

『蓬莱学園の革命!』土木建築研の一年生・折川育郎は、運命のいたずらから、工事による学園改造の夢を抱くようになった。折しも生徒会選挙が迫り、現会長のファンである三人娘や、策謀家の副会長がその準備に動き出していたが、学園内でテロが起きたことで、育郎に受難が訪れ、選挙の行方も狂っていく。商業的判断からか、第一巻（九六年六月）で途絶している。第二巻の冒頭部分は、一〇年刊行の同人誌『新城カズマ個人誌　散歩曲線01』に収録されている。

●《～名探偵・知里しのぶの事件簿より～》シリーズ（九四年～九七年、富士見ファンタジア文庫）

「南の島に、魔女の群れ」『蓬莱学園　弁天女子寮攻防戦』／「完璧な恋文《パーフェクト・ラブレター》」『蓬莱学園　恋愛編　パーフェクト・ラブレター』／「幽霊本塁打《ホームラン》一号【問題篇】【解答篇】」『蓬

萊学園　部活編　騎馬っていこう！』／「11人いた！（笑）」『蓬萊学園　転校編　香住の中の10万人』

蓬萊学園のアンソロジーに発表された短篇シリーズ。元私立探偵にして蓬萊学園教師、知里しのぶが、改心した元不良の男子生徒・魚住笙を助手に、学園で起きる珍事件怪事件に挑む「日常の謎」ミステリ。「南の島に、魔女の群れ」は二五〇人の女子生徒が一斉に髪をショートカットに変えた謎を、「完璧な恋文《パーフェクト・ラブレター》」では、封筒だけで中身のないラブレターの謎を、「幽霊本塁打《ホームラン》一号【問題篇】【解答篇】」では人のいない場所で聞こえた打球音と衝撃の謎を、「11人いた！（笑）」は伝統の十人麻雀の最中に紛れ込んだ人間の正体を暴く。「11人いた！（笑）」は過去作のキャラがどさっと登場するオールスターキャスト的な作品で、ＳＦでも何でもないが「心の師・萩尾望都に」捧げられている。

●**『黄金郷に手を出すな：マリオン＆Ｃｏ.』**（九七年、富士見ファンタジア文庫）

〈月刊ドラゴンマガジン〉九六年一月～九月号連載作品。二千年にわたって世界に動乱を巻き起こし、人類から目の敵にされてきたヴァレンタイン一族の少女、マリオン・ヴァレンタイン。故・藤堂組組長の令嬢にして修道女、藤堂澪。世界的チェスプレイヤーにして毒殺専門の暗殺家、アリョーシャ。元英国軍人で考古学研究者の「提督」。国連高等弁務官のミス・TJ。そんな〈マリオンと仲間たち《マリオン・アンド・カンパニー》〉の面々が今回狙うのは、南米の小国にある古代遺跡で発見された十万トンの金塊。それには人類史にかかわる秘密が隠されていた。初連載らしい先のことなど知らんと言わんばかりの猪突猛進なドタバタアクションと、主要キャラ全員が峰不二子ばりに平気で寝返り敵味方が目まぐるしく入れ替わる展開で、新城作品でも類を見ないスラップスティックコメディ長篇になっている。

●《狗狼伝承》全七巻（九八年～〇五年、富士見ファンタジア文庫）

中学生の森塚詩乃は、校舎の屋上で、転入生の少年・小笠原周防と化物との死闘に巻き込まれる。周防は時空に干渉する剣術・時念流の使い手〈時念者〉を名乗った。彼らは人を喰らう異形の化物・狗狼を祓い続ける役を負ってきたが、狗狼によって隠れ里は滅ぼされた。周防は、復讐と、幼馴染の奪還のために狗狼と戦い続けてきた。自らも時念者となった詩乃は、周防とともに戦いに身を投じるが、徐々に時念者と狗狼の隠れた真実が明らかになり、時念流の起こすタイムパラドックスは、宇宙規模の危機を呼び起こす――

「新城カズマ」名義での長篇第一作。元々は「お気楽少女チャンバラ道中もの」を書こうと構想されながら、登場人物たちのそれぞれの弱さ、誤解、擦れ違いによって、毎巻のように周防や詩乃を心理的に追い詰める箇所に力点が置かれており、鬱展開・切ない展開に事欠かない。これはコミックやアニメに対してライトノベルが優位に立てる部分として心理描写に辿り着いたためだという。最終巻あとがきでは執筆にあたって刺激を与えられた作品として、萩尾望都と三原順を始めとする大量の少女コミックのタイトルを挙げている。

雑誌掲載や未発表で書籍化されていない番外短篇が九話分存在し、同人誌『新城カズマ個人誌　散歩曲線01』に収録されている。

●**『浪漫探偵・朱月宵三郎』既刊二巻**（〇一年、富士見ミステリー文庫）

かつて帝都を跋扈し、人々を恐怖に陥れた怪人たちは、とある作家の手で小説の中に封印された。時を経て怪人たちは封印を解かれ、現実世界に舞い戻った。彼らを再度捕えるべく、小説の中から現れた浪漫探偵・朱月宵三郎《あかつきしょうざぶろう》は、作家の曾孫である少女の下に馳せ参じる。

江戸川乱歩、小栗虫太郎、夢野久作を始め、探偵小説と怪奇幻想小説の境界がまだ曖昧だった頃の書き手へのリスペクトが横溢するシリーズ。第一巻は、ミッション系女学校を舞台に「二十面相みたいな怪奇犯罪者だが、小説の設定上殺人が犯せない」はずの怪人と斬首事件の謎を追い、モルグ街オマージュやバベルの図書館が登場する怪奇色の強いものになっている。新城自身はミステリとして書き上げたものの、担当編集者からはファンタジーであると指摘された模様。第二巻は、毒殺魔の女傑怪人が題材で、「飲むと十秒に一度ずつ体温が上昇する」毒薬を用いての密室殺人と、「どんな罪を犯しても隠蔽される一族」の関わるホワイダニットを扱っており、特殊設定ミステリとしてはこちらの巻の方に軍配が上がるだろう。レーベル自体が消滅している。

●『星の、バベル（上・下）』（〇二年、ハルキ文庫ヌーヴェルSFシリーズ）

大学生の高遠健生は、絶滅危惧言語の研究者である教授に連れられて訪れた南洋のメソネシア共和国で、反政府組織の有力者と親しくなる。二人は先住民のアイデンティティの確立のために、彼らの失われた言語の辞書を作ろうと画策した。十五年後、健生が仲介人となって進めた政府と反政府組織との和平交渉は最終段階に至ったが、爆弾テロが起きたことで状況は急変する。その背後にあったのは、感染者を人ならざる者に変えてしまう、未知の侵略だった……。

新城がはじめて大人向けを企図して書いた作品。オスロ合意から発想を得ているという。また、元々テロを扱う予定だったらしいが、執筆の最中に911が起こったためそれも作品内に組み込まれている。これらの事情によってか、普段の作品に横溢する稚気は抑え気味で、生命に限らず感染／書き換えの対象としていく異星の機構に登場人物たちが翻弄される。主人公の秘められた過去と、「物語の罪」に向き合う点で、架空言語設計家・新城カズマらしさを感じさせる。

●『ジェスターズ・ギャラクシー』既刊四巻（〇二年七月〜、富士見ファンタジア文庫）

創建以来、九万八千年以上の歴史をもつ銀河帝国《エ＝ヴェルナン》。その皇種《ウルデガル》は、超光速移動を可能とする超空間〈銀河大樹《ヴェルヘ＝デーテ》〉を管理独占する力によって支配を維持してきたが、共和主義者たちの活動によって安寧を脅かされつつあった。皇帝に忠誠を誓い、竜騎艇を駆って敵を討つ銀河騎兵、〈鮮血の天使《エレヒ＝ナウグ》〉の一員、地球《ザユスト》のアルロンは、辺境星域から公女を帝都へと連れ帰る任務に就き、その過程で公女と心を通わせる。やがて歴史は大きく動き出し、アルロンたちは幾多の任務をこなす。惑星がたやすく滅び、多数の人間があっけなく死ぬ動乱の中でも、弱き者に手を差し伸べる「誇り高き莫迦者」であり続けた彼らだが、時代のうねりによって悲劇に巻き込まれていく……。

帝国が滅んだ後の時代から回顧的に語られる形式を取っており、敗者となることが約束された主人公たちの、不屈の想いが胸を打つ。『狗狼伝承』に女性読者が多かったため、本作は意識的に女性読者を狙ったという。

銀河古語や犬戎語を始めとする複数の架空言語、星間地図や歴史など、世界設定も凝っている。群像劇エンタメとして各巻の完成度が高い作品だが、帝国と共和主義者たちの全面対決が始まるより前、第四巻（〇四年三月刊）で途絶した状態となっている。

●『イスベルの戦賦』既刊二巻（〇三年六月〜、ファミ通文庫）

狩猟採取民族の暮らす北方諸王国《カエグ＝アン＝ルーハ》は上王《ハウ＝カエン》によって統治されており、その一人娘であるイスベルは、野山を駆け巡り獣と戯れ、「疾駆《はやが》けの姫」と称されていた。彼らの平穏な日常は、農耕《オスタナウ》と選挙政治を行う共和国《オル＝セ＝アウドラエ》の軍隊が襲撃したことで奪われてしまう。国を滅ぼされたイスベルは復讐を誓い、黒き巨剣〈天の踵《ウー＝グ＝エハーハウ》〉を武器として戦って、苦難に継ぐ苦難を乗り越えていく。一方で、彼らの仇敵である共和国北方派遣軍司令官の下では、辣腕の軍師が、失われた爛王朝の秘術〈文字《ヤーグワー》〉を蘇らせようとしていた――『指輪物語』をこよなく愛する新城カズマが、トールキン（とハワード）に捧げた剛速球の作品であり、過去の地球という舞台ながら、ハイファンタジー色が非常に強い中身になっている。史実で文明が誕生するはるか以前、六万九千年前に、亡国の王女が共和制国家へ反旗を翻すという大胆な枠組みで、骨太で濃密な世界設定の中に、凝りに凝った台詞回しが乱舞する。当然のように架空言語も存在するが、文法のみならず、季節によって変わる単語とか地方によるアクセントの違いまで設定されている。

ストーリー的に序盤の段階で途絶しており、海外ファンタジー小説のように分厚いハードカバー本で出したほうが、より想定読者に届きやすい作品だったように感じる。

●『サマー／タイム／トラベラー』全二巻（〇五年、ハヤカワ文庫JA）（※電子書籍あり）

「これは時間旅行《タイムトラベル》の物語だ。

といっても、タイムマシンは出てこない。時空の歪みも、異次元への穴も、セピア色した過去の情景も、タイムパラドックスもない。

ただ単に、ひとりの女の子が——文字通り——時の彼方へ駆けてった。そしてぼくらは彼女を見送った。つまるところ、それだけの話だ」（冒頭より）

高校生である卓人の幼馴染・悠有が、マラソン大会の途中で瞬間的に「消失」し、再び出現した。悠有が短時間だけ未来へ飛ぶ能力を身に着けたのだ、と仮説を立てた、天才的な頭脳を持つ少女・貴宮饗子の発案のもと、友人たち五人は喫茶店〈夏への扉〉に集まって、能力検証の〈プロジェクト〉を開始する。

能力が発動する状況を見つけようと実験を繰り返したり、過去のタイムトラベル作品をかき集めてディスカッションを行ったりと、〈プロジェクト〉にどっぷり浸かった夏休みを謳歌する彼らだったが、悠有の兄が抱える難病や、町で起こる連続放火事件が暗い影を落としていた――

SF作家・新城カズマの最高傑作。「時をかける少女」テイストの時間SFは世に数あれど、そのリリカルさと、マニアックなまでの多層オマージュの掛け合わせで、類例のない物語になっている。異常に読書量が多く、こまっしゃくれた高校生たちが過去の時間SF作品を論じたり分類したりする様子にはたじろぐが、閉塞した地方都市の若者たちを主役に、既に色あせた「未来」という概念への屈折した思いを浮かび上がらせる手法が巧みで、SFに詳しくない読者にも親しみやすい青春ものになっている。能力そのものは過去には戻れず少し未来に飛べるだけ、というささやかなものだが、SFとしては時空理論の魅力、記憶に纏わる難病や、ライフログ的な記録システムを提供するクラブ、地域通貨など、その他の細かいアイデアも興味を引く。頭でっかちな語り手と、過去作の大量引用という点で、拙作「ひかりより速く、ゆるやかに」が参考にした作品でもあり、「ひかりより～」を好きな読者にも手に取ってほしい作品である。三村美衣は、ジャンルへの自己言及性を導入している面で新本格ミステリと共通することを指摘している。

重版を続けており、刊行後一六年経った現在でも絶版になっていない。

●『ライトノベル「超」入門』（〇六年、ソフトバンク新書）

黎明期から刊行当時までのライトノベルの実像について、様々な観点から光を当てた研究書。前史としての『クラッシャージョウ』『ダーティペア』『グイン・サーガ』などを紹介し、ニフティでの「ライトノベル」という文言の誕生について言及しつつ、ライトノベルの方向性を確定させた作品として『スレイヤーズ！』を位置づける。アニメーターの置かれた環境からイラストの「塗り」が変化しその影響が大きなものであったことを指摘し、技術革新に伴うCGイラストの変化を述べるなど、ラノベイラスト史にも目を向ける。キャラ意識の源流を模索し、属性を分類しながら、キャラクターの分化・変化について分析する。その他、世界の名作古典とライトノベルを比較してライトノベル的な手法を浮かび上がらせたり、一般にライトノベルが持たれがちなイメージや誤解を解いたり、今後のライトノベル業界の向かう方向を予測したりと、縦横無尽に考察・解説を試みる。

●『物語工学論　入門篇　キャラクターをつくる』（〇九年八月、角川学芸出版）→『物語工学論　キャラクターのつくり方』（一二年五月、角川ソフィア文庫）に改訂（※電子書籍あり）

二一世紀初頭の日本における（小説・コミック・映画・演劇・TVドラマ、ゲームなどの）キャラクターがどのようなもので、どうやって創ればよいのかを解説する、創作者向けの指南書。王道的なキャラクターモデルを分類しその企みや効果について、実例を挙げて分析している。巻末では賀東招二と対談を行い、賀東のデビュー経緯や『フルメタル・パニック！』の初期構想などを聞き取りながら、互いの創作スタンスを浮かび上がらせている。

●《15×24《イチゴー・ニイヨン》》全六巻（〇九年、スーパーダッシュ文庫）（※電子書籍あり）

インターネット掲示板での書き込みに誘われ、高校生・徳永準はネット心中を計画するが、その途上、書きかけの遺書のメールが誤って送信されてしまう。メールを受け取った友人たちは、自殺を食い止めるために仲間を募り、準を探し出そうとする。その中には準の死を望む者も紛れ込んでいた。スリ、強盗犯、ネット掲示板運営者、車椅子の少女、出産を待ち受ける女性、売出し中のアイドル、などなど、徳永準の死を巡って、一五人の若者たちが、大晦日から元日朝までの二四時間、東京の街を駆ける。「自殺に向かう少年を止める」ための作戦は、東京に溢れる犯罪／陰謀／抗争、登場人物たちの抱えるトラウマを巻き込んで次々に危機を呼ぶ。同時代的なリアリティを持たせつつ真正面から描かれる「死についての物語」。視点人物一五人、登場人物数はその倍をゆうに超え、原稿用紙三〇〇〇枚、ページ数は計一八〇〇頁——という超大作だが、サスペンスフルな展開とキャラクターの強さで、新城作品でも随一の圧倒的なリーダビリティの高さを誇る。

大森望の書評にいわく、「恩田陸『ドミノ』とか伊坂幸太郎『ラッシュライフ』が6倍に膨れ上がったものを想像していただければ、当たらずといえども遠からずか。たんに量が増えただけでなく、たった24時間の話なのに、古川日出男『聖家族』のようなスケールと奥行きまで感じさせる」「今年ナンバー1の国産エンターテインメント」。本来、新城カズマの代表作としてもっと読まれるべき作品だが、ライトノベルレーベルから四か月連続刊行という特殊な出版事情のためか、絶版である。形式とレーベルを変えた復刊が望まれる。

●『**さよなら、ジンジャー・エンジェル**』（二〇年二月、双葉社）↓一三年、双葉文庫より文庫化（※電子書籍あり）

双葉社文芸Webマガジン〈カラフル〉に〇八年六月二五日～〇九年一〇月一〇日分に連載。警察官の泊司郎は、ある日、幽霊になっている自分に気付く。記憶を失い、自分の死の原因すら分からない司郎だったが、やがて霊たちのコミュニティの一員となった。司郎は町の中を歩くうちに、書店でアルバイトをしている大学生・結城継美に興味を惹かれる。彼女に近づく男に疑いの目を向け、継美を護衛しようと決意した司郎だが……。生前と同じように町の中で暮らす霊たちが、寄り合いを開催して、物語や自分の持ち物を交換する、という幽霊社会を築いており、その社会の中にも対立や陰謀がある、という切り口が新しい。現世の物に触れたり長く見つめたりするだけで損壊してしまうというルールに縛られながら、生者を守ろうとする死者を描くジェントル・ゴースト・ストーリーもの。同時に、ミステリ性と恋愛要素も含む一冊。

●『マルジナリアの妙薬』（二〇一〇年七月、早川書房）

毎日新聞社〈まんたんブロード〉〇七年四月号～〇八年三月号連載のショートショート一二篇をまとめたもの。ヴィクトリア朝ロンドンの列車内で同じ車両に居合わせた二人の会話、サマルカンドのスルタンが後宮に住まわせたこの世で最も美しい娘の噂、古本屋で発掘された江戸時代の落語家の日記……様々な時代と場所で語られる「物語についての物語」。連載の途中で新城カズマが逃亡、知人である女子大学生作家イトウ・シヲリが代作を始める……という構造からも分かる通り、多層的なメタフィクション、というよりフィクションの形式を借りたフィクション論でもある。本文一三八ページで新書判型という特殊な造本となっている。

●『われら銀河をググるべきや』（一〇年七月、ハヤカワ新書juice）

〇八年一二月二三日に開始された新城カズマのブログ一八か月間分の記事に加筆訂正を加えたもの。Google の書籍全文検索サービス（GBS）に対してアメリカ作家組合が起こした訴訟が和解に至ったことを契機として、著作権法、知的財産、電子書籍、検索の自由、新しい通貨など、様々なイマジネーションを膨らませる。連作〈あたらしいもの〉シリーズ全体の意図、指向性についても語られている。これらの記事が書かれたのとほぼ同時期に新城カズマは、黎明期の Twitter にのめり込んでいったが、そこで飛浩隆と繰り広げた対話が、飛浩隆「自生の夢」にも影響を与えている。

●『ｔｏｋｙｏ４０４』（一三年三月、文藝春秋）

大学生の笑子が入居を決めた《メゾン・ポテ》。そこは住所が存在せず、増改築のせいでちょっとした迷宮状態になっていて、住人達がしょっちゅう部屋を交換する特殊な住宅だった。笑子は奇妙な新生活を始めることになる。一方、小説家・新城カズマは「定住しない人々」をテーマに新作を執筆するための取材で、《家出少女連盟》の噂や、戦前に描かれた絵本の謎を追ううち、都市の幻想空間に迷い込んでいく。

連作短篇形式で語られる笑子周辺の人間関係／メゾン・ポテ住人たちの物語と、新城カズマの体験は、やがて合流し、発散と拡大を見せる。幻想の濃度は短篇によって様々で、呪いやバベルの図書館ネタを扱う幻想度の高い作品もあれば、「友だちに『豪邸に住んでいる』と嘘をついてしまった小学生のために大人たちが偽装工作をする」という、超常要素の無い作品もある。様々な登場人物が、ノマドのような移動し続けながら生きる人々について考察を繰り広げるため、新書か思想書を読んでいるような味わいもある。

●『**21世紀空想科学小説　ドラゴン株式会社**』（二〇一三年一二月、岩崎書店）

十歳の少年エルマのもとに誰かから届いた種は、ドラゴンへと成長した。さらにエルマが種を分け与えたために、町中の小学生がドラゴンを飼うようになる。やがて、町はドラゴンたちで溢れる新しい社会に変化した……。日本SF作家クラブが創立五〇周年を記念して岩崎書店とコラボした児童書SFシリーズのうちの一冊。対象読者は小学校中〜高学年くらいか。『エルマーとりゅう』を意識しつつ、夢あふれるファンタジーとして始まりながら、次第に（原発問題にも通じるような）エネルギー問題に踏み込んでいく。『ガゴゼ』『リンドバーグ』などで知られる漫画家・アントンシクによる挿絵のドラゴンがキュート。

シリーズとしては全九冊で、作家と挿絵の組み合わせは他に、それぞれ、北野勇作／森川弘子、東野司／佐竹美保、藤田雅矢／中川悠京、林譲治／ＹＯＵＣＨＡＮ、梶尾真治／海野螢、藤崎慎吾／田川秀樹、松崎有里／横山えいじ、山本弘／すまき俊悟、というラインナップである。

●**『島津戦記』**（一四年九月、新潮社）→一七年、『島津戦記Ⅰ』『島津戦記Ⅱ』（新潮文庫ｎｅｘ）として文庫化。（※電子書籍あり）

〈小説新潮〉一二年三月号から一三年九月号に連載。一五四九年、キリスト教伝来の年。島津四兄弟の次男・又四郎（のちの義弘）と、三男・又六郎（のちの歳久）は、元服に際し、島津家に伝わる秘密の試練を課せられる。二人はその最中に辿り着いた洞窟で、隠れ住んでいたイスラームの亡国の姫と巡り会う。彼女はキリスト教徒に国を滅ぼされ、夫の命を奪われながら、従者を連れて逃げ延び、四兄弟の祖父・日新斎の庇護に入ったのだった。歳月が経ち、日新斎は四兄弟に、一族の秘められた宿願を語り始める――

戦国時代の島津家を軸にしつつ、合戦描写は控えめな代わりに、物語のあちこちに、イスラーム・ユダヤ・キリスト教にかかわる人々が顔を出し、明の海禁政策や、世界的な銀の流通状況など、グローバルな視野の歴史小説になっていることが特徴的。「九州の桶狭間」とも呼ばれる木崎原の戦いにおける、歳久の行動はたぶん誰も書いたことがない解釈になっている。傀儡・織田信長、暗躍する明智光秀など、新城カズマの新解釈で描かれる英傑たちの姿も興味深い。

●**『玩物双紙』**（一四年一一月、双葉社）

〈小説推理〉一二年六月号から一三年四月号に連載。三英傑の手を経た茶器、銀、一条兼良の所有した文車、安土城にあった盆山、多聞山城の建材、松永久秀の手に渡った天文予測機械。人ではなく「モノ」の一人称で戦国の裏面史を語る、異形の連作短篇集。言及されるのは主に応仁の乱から家康までの日本史だが、時としてその視線は、日本神話・聖書・ハプスブルグ帝国の栄華・ムスリム商人の活躍など時空を自在に超える。銀が引き起こした戦禍、鄭和の大航海のロマン、宋から流れてきた女性たちの流浪など、この一冊で開示した思索やアイデアは、『島津戦記』の中にも組み込まれており、その併走的作品とも言える。幻想度は高くないが、文車が人間の忘れやすさを嘆く「乙女たちの奈落、あるいは補陀落」は本書収録も検討した。

●**『社会をつくる「物語」の力　学者と作家の創造的対話』**（一八年二月、光文社新書

木村草太との対談本）（※電子書籍あり）

憲法学者・木村草太との対談本。ＴＢＳラジオ番組での共演をきっかけに誕生した企画。法学の基本思想から語り始め、米軍基地問題、トランプ現象、フェイクニュース、リベラルデモクラシー、憲法改正といったホットなトピックを論じ、蓬萊学園の運営裏話や指輪物語の再解釈など新城カズマならではの話題に踏み込む。さらにＡＩ技術の実情や新たな社会構築について、ＳＦ作家として想像を巡らせる。特に「架空人」のアイデア、架空人に何をさせることができるか、については、既発表の小説以上に深く語ったパートもある。

【未収録短篇紹介】（ＳＦ・ファンタジーに区分されるもののみ）

■「レインボウ・ロォズ　Rainbow Rose」（金城首里との共作）『オーバーブラッド2　アナザー・ストーリー』（九九年二月、エクシードプレス）初出。

西暦二一一五年、アメリカ東海岸の人工海上都市を舞台にしたゲーム『オーバーブラッド2』（九八年、リバーヒルソフトよりプレイステーション用として発売）。その世界設定を用いたスピンオファンソロジーの中の一篇。

盗品を売って暮らす少女・ケイシーがジャンク屋で入手したペンダントの中に隠されていたチップ。それは、軌道上に浮かぶ一台の人工衛星の意識と通信を可能にするものだった——新城いわく、「ギブスンからはじまってクラークで終わる、言ってみればSFの歴史を逆さまにたどったようなお話」。

■**「生者の船」**『マップス・シェアードワールド2—天翔る船—』（〇九年、GA文庫）初出。

執筆陣は他に葛西伸哉、笹本祐一、友野詳、西野かつみ、山本弘。再び新城カズマは独自路線を突っ走り、今度は普通にキャラクターが登場する小説ですらなく、とある地での文明の興亡を、神話的に、あるいはステープルドン的に語り、その場所の正体が『マップス』の根幹設定と繋がっていることが明かされていく——という一種の年代記もの。『マップス』通読後に読むことを著者本人が推奨している。

■**「F&M月からN月までを（かろうじて）切り抜けながら」**〈SFマガジン〉〇九年二月号初出。

世田谷のマンションで生活するジャックは、ケーブルTVとウェブでニュースを視聴しながら、同居人のリズと議論を繰り広げるのが日課だった。時折しも、オバマがヒラリーを破って大統領選の民主党候補に選ばれた頃。CNNの番組では激動の世界情勢が次々に流されるが、YouTubeに流れた猫の瞬間消失動画こそが、人類の歴史が決定的に変わってしまう予兆だった……。お得意の経済ネタSFとGoogleを思いもよらぬ形で掛け合わせた風変わりな作品。

■**「どちらか一方」**〈SFマガジン〉一〇年五月号初出。

〈あたらしいもの〉シリーズの一篇。当時話題になった、東京都の「青少年の健全な育成に関する条例」と、ロボットのいる未来社会の一コマを対比して、いわゆる「非実在青少年」について考察した掌篇。架空人の人権を話題にするシリーズにおいて、「非実在青少年」論との接触は避けては通れないものだった。

■**「旧ソビエト連邦・北オセチア自治共和国における〈燦爛郷ノ邪眼王〉伝承の消長、および〝Evenmist Tales〟邦訳にまつわる諸事情について」**『逆想コンチェルト　奏の2　イラスト先行・競作小説アンソロジー』（一〇年、徳間書店）初出。

イラストレーター・森山由海の絵を元に小説を書く競作企画の一篇。「ソローキン博士によって『源氏物語』の失われた巻の発見が発表された」という導入から始まり、中央アジアに残る〈邪眼王〉伝承と呼ばれる武勲詩が『源氏物語』の源流である——という奇説が、現代の動乱と絡めて語られる。ボルヘスの某短篇から始まる日本SFの一つの系譜に位置付け得る作品。翻訳家によるエッセイ形式で、今話題の異常論文ティストもある。

■「**Hey! Ever Read a Bradbury?　——a tribute prose**」〈SFマガジン〉一二年一〇月号初出。

ブラッドベリ追悼特集に掲載された掌篇。ブラッドベリの死を受けた読者たちの言葉から受肉した存在が、自身の誕生の起源を求めて、人から人へと飛び移り過去へと遡り、やがて意外なルーツにたどりつく。

■「**書物を燃やす者たちは、いずれ人をも燃やすだろう**」〈ダ・ヴィンチ〉一四年一〇月号初出。

過干渉な母親を持ち読書に苦手意識を抱く現代の女子大学生と、ナチスドイツ時代に自著を焚書された作家エーリッヒ・ケストナーを、『エーミールと探偵たち』の本が繋ぐ、すこしふしぎなビブリオファンタジー。ドレスデン空爆に絡めてあのSF作家もちらりと登場する。

■**「あるいは土星に慰めを」**『SF宝石2015』(一五年、光文社)初出。

かつて少年少女六人は、夜毎、とある同一の夢を体験していた。それは、地球から三〇九光年離れた恒星の周回軌道上で、兵站業務に就いているというものだった。放課後の教室に集いその夢について語り合っていた過去を、四〇代も半ばを過ぎた彼らは追想する――『サマー/タイム/トラベラー』のテーマを時間から宇宙に変え、光ではなく影で彩ったような青春喪失小説。作品集全体の印象を考慮して収録を見送ったが、担当編集の溝口力丸氏が最後まで「収録できないか」と粘った作品でもあり、ご興味おありの方は掲載誌をご確認ください。

初出一覧

「議論の余地はございましょうが」〈SFマガジン〉二〇一〇年二月号、早川書房
「ギルガメッシュ叙事詩を読みすぎた男」〈まんたんブロード〉二〇〇七年四月号、毎日新聞社
「アンジー・クレーマーにさよならを」〈SFマガジン〉二〇〇五年七月号、早川書房
「世界終末ピクニック」〈まんたんブロード〉二〇〇七年九月号、毎日新聞社
「原稿は来週水曜までに」〈群雛NovelJam〉二〇一七年二月、NPO法人日本独立作家同盟（電子書籍）
「マトリカレント」『書き下ろし日本SFコレクション　NOVA2』、二〇一〇年七月刊、河出文庫
「ジェラルド・L・エアーズ、最後の犯行」〈小説推理〉二〇一〇年三月号、双葉社
「月を買った御婦人」〈SFマガジン〉二〇〇六年二月号、早川書房

「さよなら三角、また来てリープ」『マップス・シェアードワールド―翼あるもの―』二〇〇八年二月刊、SBクリエイティブ・GA文庫
「雨降りマージ」〈SFマガジン〉二〇〇九年十月号、早川書房

編者略歴　1988年生，作家　著書『なめらかな世界と、その敵』（早川書房），『少女禁区』（角川ホラー文庫），編著『2010年代SF傑作選（１・２）』『日本ＳＦの臨界点［恋愛篇・怪奇篇］』『日本ＳＦの臨界点　中井紀夫　山の上の交響楽』（以上ハヤカワ文庫）

HM=Hayakawa Mystery
SF=Science Fiction
JA=Japanese Author
NV=Novel
NF=Nonfiction
FT=Fantasy

日本《にほん》ＳＦの臨界点《りんかいてん》　新城《しんじょう》カズマ
月を買った御婦人

〈JA1491〉

二〇二一年七月二十日　印刷
二〇二一年七月二十五日　発行
（定価はカバーに表示してあります）

著者　新《しん》城《じょう》カズマ
編者　伴《はん》名《な》練《れん》
発行者　早川浩
発行所　株式会社　早川書房
郵便番号　一〇一 - 〇〇四六
東京都千代田区神田多町二ノ二
電話　〇三 - 三二五二 - 三一一一
振替　〇〇一六〇 - 三 - 四七七九九
https://www.hayakawa-online.co.jp
乱丁・落丁本は小社制作部宛お送り下さい。
送料小社負担にてお取りかえいたします。

印刷・精文堂印刷株式会社　製本・株式会社明光社

ISBN978-4-15-031491-0 C0193

本書は活字が大きく読みやすい〈トールサイズ〉です。